혼사행

항상 新무협 판타지 소설

FANTASTIC ORIENTAL HEROES

혼사행 2
항상 新무협 판타지 소설

초판 1쇄 찍은 날 § 2010년 6월 7일
초판 1쇄 펴낸 날 § 2010년 6월 12일

지은이 § 항상
펴낸이 § 서경석

편집장 § 문혜영
편집 책임 § 서지현
편집 § 이수민

펴낸곳 § 도서출판 청어람
등록번호 § 제1081-1-89호
등록일자 § 1999. 5. 31
어람번호 § 제2-1937호

주소 § 경기도 부천시 원미구 심곡2동 163-2 서경B/D 3F (우) 420-822
전화 § 032-656-4452 팩스 § 032-656-4453
http://www.chungeoram.com
E-mail § chungeoram@chungeoram.com

ⓒ 항상, 2010

ISBN 978-89-251-2197-0 04810
ISBN 978-89-251-2195-6 (세트)

※ 파본은 구입하신 서점에서 교환하여 드립니다.
※ 저자와 협의하여 인지를 붙이지 않습니다.
※ 이 책은 도서출판 청어람과 저작자의 계약에 의해 출판된 것이므로,
  무단 전재 및 유포·공유를 금합니다.

婚事行
혼사행

②

항상 新무협 판타지 소설

FANTASTIC ORIENTAL HEROES

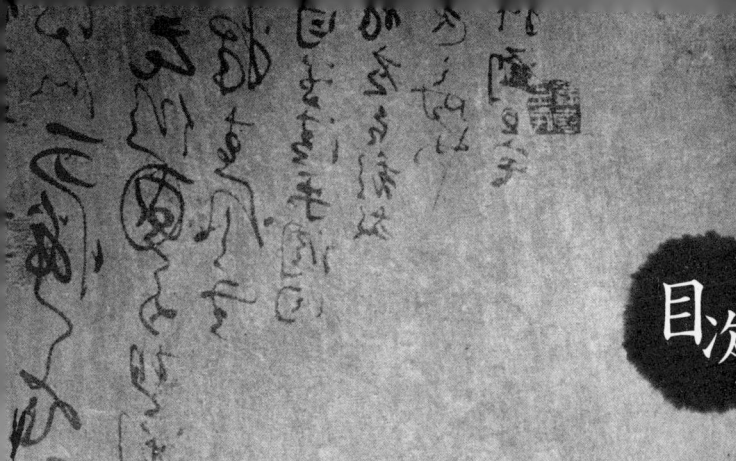

目次

第一章	투혼	7
第二章	진가장	55
第三章	결투와 질투	99
第四章	그들의 선택	143
第五章	해후	177
第六章	우물 안 개구리	205
第七章	작은 전쟁	235
第八章	악연	275
第九章	길몽과 흉몽	307

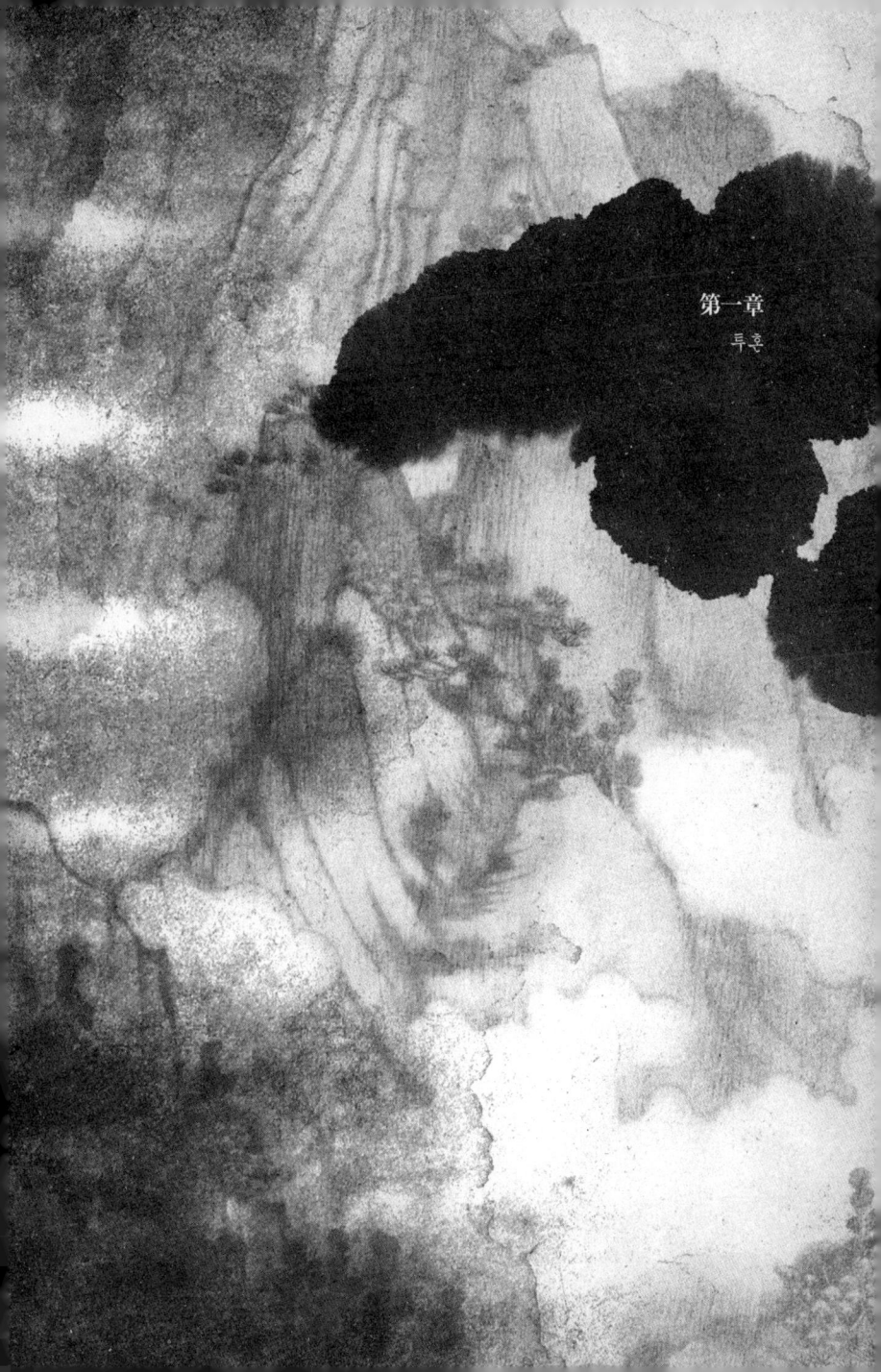

第一章

득혼

천봉채 전체가 극한의 긴장감에 휩싸였다.
 무림지존의 위치까지 올랐던 무적신검 황조령과 패도적인 검으로 강호를 질시했던 폭룡검 사왕진이 맞붙기 직전이었다.
 이건 수만금을 주어도 못 볼 구경거리였다.
 그들의 화려한 명성은 둘째 치고, 무림대전 이후 더 이상 강호에서 볼 수 없었던 존재들이기 때문이다.
 무림의 호사가들은 이를 못 보는 것을 한탄할 테지만, 정작 그 자리에 있는 사람들의 심경은 달랐다.
 그들의 대치 형국을 보는 것만으로도 숨이 턱턱 막혔다. 천봉채가 정한 사선(死線)만 벗어날 수 있다면 당장에라도 도망치고 싶은 그때였다.

"무적신검 황 대장, 여기가 네놈이 죽을 자리다!"

후아앙~!

사왕진이 질풍처럼 달려들며 육중한 혈검(血劍)을 내려쳤다. 태산이라도 박살 낼 듯한 강맹함이 느껴졌다.

황조령이 들어 올리는 지팡이가 견뎌낼 수 있을지 의문스러운 상황이었다.

쩌엉~!

고막이 찢길 듯한 강렬한 쇳소리와 함께 사왕진의 노도(怒濤) 같은 기운이 진심장을 타고 들어왔다.

이제껏 상대했던 자들과는 격이 달랐다.

해일처럼 밀려드는 기운은 단전으로 빨려들어 사라지는 속도를 능가했다. 당혹스러운 상황은 아니다.

황조령은 그 기운을 이용해 온몸을 보호했다.

푸아앙~!

강맹한 기운이 충돌하면서 흙먼지가 요동쳤고,

쿵!

황조령이 앉아 있던 의자가 땅속에 박히고 말았다.

인간의 싸움이 아니다. 천지가 개벽하는 듯한 장관에 주변 사람들은 벌린 입을 다물지 못했다.

"몰골은 상병신인데…… 무공 실력만큼은 여전한 모양이군."

사왕진은 흡족한 표정을 지으며 말했다. 그리고는 성큼 한 걸음 물러서며 명했다.

"의자를 가져오라."

"존명!"

발 빠른 수하가 황급히 의자를 대령했다.

혈검을 갈무리한 사왕진은 의자를 끌어당겨 앉았다. 황조령을 지척에서 마주 볼 수 있는 위치였다.

"일부러 날 찾은 겐가?"

사왕진이 팔짱을 끼며 물었다. 이에 황조령도 경계를 풀며 대답했다.

"그럴 리 있겠나. 난 이미 강호를 은퇴한 몸일세. 더 이상 예전의 은원 관계에 집착할 이유가 없지. 우연찮게 사활곡을 넘다가 자네를 보게 되었을 뿐이네."

"거참, 신기한 우연도 다 있군."

"그러게 말이야."

"뭐, 우연이든 필연이든 상관없겠지. 이렇게 다시 만났으니 예전에 못다 한 승부를 결정지었으면 하는데……."

"자네가 원한다면……."

그들의 평온한 대화는 짧았다.

곧바로 몸을 일으킨 사왕진이 노역비에게 말했다.

"황 대장에게 수호검을 돌려주어라. 그래야 제대로 된 승부를 볼 수 있겠지."

이에 황조령은 고개를 가로저었다.

"미안하지만 정중히 사양하지. 이런 신세가 되다 보니 이제는 검보다는 이 지팡이가 편하다네. 그리고 그 검의 주인은 따로 있다네."

"저 겁없는 놈 말인가?"

사왕진은 수검을 향해 턱짓하며 물었다. 황조령과 격돌하는 순간 위축되지 않고 지켜본 유일한 인물이었다.

황조령이 고개를 끄덕이자 그는 더욱 유심히 수검을 바라보았다.

"배짱은 두둑한 놈 같은데, 과연 수호검의 주인이 될 실력을 가진 놈일까?"

"그게 무슨 상관인가? 내가 강호를 은퇴하면서 물려준 것인데."

"당치도 않다! 저 수호검이 어떤 검인가? 수백에 달하는 진양교도들의 목숨을 빼앗고, 내가 지켜 드리지 못한 주군의 피가 서려 있는 검이다. 그런 검을 아무에게나 주겠다? 절대 용납할 수 없는 일이다."

"자네 뜻이 그렇다니 어쩔 수 없군."

이어 황조령은 수검을 돌아보며 말했다.

"어떠냐? 실력으로 되찾을 자신이 있느냐?"

"물론입니다."

수검의 대답은 지체없었다.

"그럼 됐다. 이제 상단과 표국 사람들을 데리고 뒤로 물러가 있어라."

수검은 황조령의 명을 충실히 이행하려 했다. 그러나 어느 지점에 이르자 사람들은 도통 움직일 생각을 하지 않았다.

이유 여하를 막론하고 넘으면 죽게 된다는 사선 때문이었다.
 "내가 전력을 다해 싸우는 것을 원한다면 저것 좀 어찌해 주지 않겠나?"
 사왕진은 곧바로 황조령의 부탁을 들어주었다. 그리고는 갈무리했던 혈검을 다시 고쳐 쥐었다. 방해거리가 모두 사라졌으니 본격적으로 대결을 펼쳐 보자는 신호였다.
 그러나 황조령은 그럴 마음이 없는지 씨익 웃어 보였다.
 "왜 또……."
 "이렇듯 다시 만나 대결을 펼치는 것이 참으로 신기한 일 아닌가?"
 "그래서?"
 사왕진은 눈살을 찌푸리며 반문했다.
 "우리 내기 한번 하지 않겠나?"
 "내기? 자네는 그런 것들을 극도로 싫어하지 않았나?"
 황조령, 그가 누구인가? 정도(正道)에서 벗어나는 것은 절대 용납지 않는 인물이었다.
 "그때야 나를 따르는 무리에게 본을 보여야 할 위치였고, 강호를 은퇴한 지금에야 무엇이 문제될까."
 "해서, 어떤 내기를 하자는 것인가?"
 사왕진이 관심을 보였다. 흔쾌히 응하기보다는 왜 내기를 하려는지 떠보는 의도가 강했다.
 "내가 이긴다면 여기로 끌려온 사람들을 무사히 보내주게."
 사왕진은 피식 실소를 터뜨렸다.

"강호를 은퇴한 지금에도 남부터 챙기는 성격은 변하지 않았군."

"뭐, 집안 내력 아니겠는가."

"하면 묻겠는데, 내가 이긴다면 무엇을 줄 수 있는가? 청빈한 것도 여전한 것 같은데, 빼돌린 보물이나 쌓아둔 재물도 없을 것이고……."

"내 수호검을 주겠소!"

수검이 소리치는 순간, 사왕진은 박장대소를 터뜨렸다.

"크하하하! 여전하군, 여전해. 자네 곁에는 자신의 모든 것을 바치려는 수하들이 항상 넘쳐났지. 그래, 수호검이라……. 손해 보는 장사는 아니로군."

승낙의 의사를 보인 사왕진이 혈검을 곧추 잡았다. 더 이상 뜸들이지 말고 대결에 임하자는 것이다.

황조령 또한 진심장을 내뻗으며 화답했다.

"미안하지만 먼저 덤벼주지 않겠나? 이런 몸이라 걸어서 움직이는 것이 쉽지 않군."

"잊었는가? 강호에서 가장 패도적인 인물이 바로 나, 사왕진일세!"

순간, 사왕진의 모습이 사라졌고, 그가 있던 자리에는 뿌연 흙먼지만 흩날렸다.

"많이 둔해졌구나, 황 대장!"

어느새 사왕진의 혈검이 황조령의 심장을 노리고 들어왔다.

"다리만 둔해졌을 뿐이네!"

황조령의 진심장 또한 어느새 사왕진의 심장을 향하고 있었다.

이판사판, 동귀어진(同歸於塵), 이번 한 수로 화끈하게 같이 죽자는 의도인가?

다행히 그런 어처구니없는 불상사는 발생하지 않았다. 결정적인 순간, 둘은 거의 동시에 검의 방향을 바꾸었다.

쩡!

사왕진의 검끝과 황조령의 진심장 끝이 정면으로 부딪쳤다. 재주를 부려 먹고사는 기예단원들조차도 성공 확률이 극히 희박한 묘기였다. 당연히 군중들의 탄성이 터졌다.

그러나 돈 주고도 볼 수 없는 장면은 이것으로 끝이 아니었다. 양보할 수 없는 내력 싸움이 벌어진 이제부터가 시작이라 할 수 있었다.

"우아아아아~!"

사왕진의 기합 소리와 함께, 혈검을 잡은 소매부터 어깨까지 소용돌이치며 의복이 뜯겨 나갔다. 곧이어 무쇠와도 같은 팔 근육이 적나라하게 드러났다.

모용관도 인정한, 내공과 외공이 최적으로 조합된 신체였다. 그 압도적인 힘을 과연 황조령이 당해낼 수 있을까!

부르르.

진심장을 움켜잡은 손이 떨리고, 눈가에는 쉴 새 없이 경련이 일어났다. 상당히 힘에 부친 모양새였지만, 이는 사왕진도 마찬가지였다.

그의 얼굴은 붉은 머리와 수염에 버금갈 만큼 상기되었고, 무쇠 같은 근육 위로 튀어나온 힘줄은 금방이라도 터질 듯 요동쳤다.

문제는 땅속에 박힌 의자였다.

끼익, 끼이익…….

불단목 중에서도 가장 귀하다는 악귀목으로 만든 의자가 부서질 위기였다.

요란한 소리를 내며 휘어지는 의자 다리가 완전히 꺾이려는 그때였다.

쿵, 쿵!

황조령은 양발에 내공을 실어 버텨냈다.

불편한 다리에 극심한 고통이 따랐지만, 이를 신경 쓸 여유가 없었다.

"이야아아아~!"

사왕진의 밀어붙이기는 계속되었다.

노도처럼 밀려드는 그의 사나운 기운이 황조령을 압박했다. 넘치는 내력은 외려 독이 되었다. 피가 끓고 내장이 뒤틀리는 증상이 나타난 것이다.

쌓아두는 것도 한계에 이른 순간, 황조령은 진심장을 쥔 손에 내력을 쏟았다. 봇물이 터지듯 진심장을 타고 몸에 쌓여 있던 기운이 한꺼번에 폭사되었다.

쿠아아앙!

거대한 폭발음과 함께 흙먼지가 치솟았다. 그 어마어마한 기운이 사왕진을 덮친 것이다.

"위험했군."

"……!"

사왕진의 음성은 위쪽에서 들렸다.

황조령이 반사적으로 진심장을 들어 올리는 순간,

쿠앙!

육중한 사왕진의 혈검이 진심장에 가로막혔다. 조금이라도 반응이 늦었다면 황조령의 정수리가 쪼개졌을 것이다.

"나도 위험했군."

장군 멍군인 상황이다. 황조령의 엄살 섞인 말에 사왕진의 얼굴에 미소가 번졌다.

"변하긴 변했군. 목숨을 건 대결 중에 농까지 하다니……."

"자네도 마찬가지야. 예전처럼 뼛속까지 짜릿했던 느낌이 사라졌단 말이지."

"과연 그럴까?"

곧바로 사왕진의 파상적인 공격이 이어졌다.

쾅쾅쾅쾅쾅!

천둥 같은 소리와 함께 시뻘건 불꽃이 연신 튀었다.

사왕진의 그 명성 그대로 실로 무지막지한 공격이었다. 이를 지팡이로 막아내는 황조령이 용하게 느껴질 정도였다.

모든 이의 시선이 그들의 대결에 집중된 그때, 쭈뼛쭈뼛 수검에게 다가와 말을 붙이는 이가 있었다. 창천표국의 표두 구일이었다.

"이, 이보시오?"

슬쩍 고개를 돌린 수검이 의아한 표정으로 반문했다.

"왜 갑자기 존대를 하는 겁니까, 구일 형님."

"아, 참참…… 우리, 형님 아우 하기로 했었지."

하루도 안 된 일을 깜박할 리 있겠는가. 그때는 수검의 진정한 신분을 몰랐기 때문이다. 이는 수검도 눈치채고 있었다.

"황 대장님을 모시고 있다는 것을 숨겨서 미안합니다. 우리 황 대장님이 그런 것을 워낙 싫어하셔서……."

"알지, 알지! 무적신검 황 대장님이 어디 보통 분이신가? 그 분이 황가장을 떠난 것만으로도 강호가 발칵 뒤집힐 일 아닌가? 한데… 몸 상태는 어떠신가?"

"무슨 의미입니까?"

"예전 황 대장님이었다면 이렇게 묻지도 않았지. 하나, 지금은 몸이 좀 불편하지 않으신가? 우리 때문에 이 위험한 대결을 자청한 게 아닌지 해서 말일세. 황 대장님은 그런 분 아니신가?"

"푸하하! 별 걱정을 다 하십니다. 우리 황 대장님이 누굽니까? 천하의 모용관을 꺾고 무림지존의 위치까지 오른 분입니다. 그러나 제가 황 대장을 믿고 따르는 것은 그런 명예 때문이 아닙니다. 보통 사람, 아니, 높은 위치에 올랐던 사람일수록 얼굴이 망가지고 불구의 몸이 되었다면 크게 좌절하거나 자포자기했을 것 아닙니까? 그러나 우리 황 대장님은 불굴의 의지를 발휘하여 지팡이로 펼칠 수 있는 진심장법을 창안해 냈단 말입니다."

"오~ 그렇군."

"누가 될지 모르지만, 이런 황 대장님과 연을 맺는 여자는 정말 복받은 겁니다."

정말 뜬금없는 소리였다. 잘나가다가 왜 여자 이야기로 샌단 말인가? 한데 표두 구일이 반응을 보였다.

"아, 아니, 황 대장님이 아직도 혼자이신가?"

"그러니 하는 소리 아닙니까?"

"황 대장님은 무림사에 길이 남을 영웅 아닌가? 홀연히 강호를 떠나신 뒤에 아들딸 낳고 잘사시는 줄 알았는데?"

그건 동화 속에나 나올 법한 행복한 결말이었다.

아들딸은커녕 백선백퇴의 불명예스러운 신화까지 창조한 것이다. 그러나 이를 사실대로 말할 정도로 수검은 멍청하지 않았다.

"참, 죽자 사자 매달리는 처자는 많았지요."

물론 정반대다. 싫다고 난리를 치는 여자들뿐이었다.

"그러나 우리 황 대장님이 워낙! 여자 보기를 돌같이 하지 않습니까. 엄청 대단한 집안에, 경국지색의 외모를 가진 여인네들이 추파를 던졌지만, 황 대장님은 눈길 한번 주지 않았습니다."

"오……!"

탄성까지 발하는 구일은 확실히 믿는 눈치였다. 거친 사내들 사이에서 가장 멋진 남자라 추앙받는 존재가 바로 황조령이었던 것이다.

"황가장의 대를 이으셔야 하니 어서 장가를 드셔야 할 텐데……. 아마도 남녀 관계에는 인연이라는 게 있나 봅니다. 천하의 영웅이신 황 대장님이 여태 혼자시니 말입니다."

"우, 우리 아가씨도 그렇다네. 외모, 마음씨, 집안, 뭐 하나 부족한 게 없는데 시집가실 생각을 통 안 하신다네."

"그야 소연 아가씨의 마음을 확 사로잡을 정도로 괜찮은 사내를 못 만난 탓이겠지요."

수검이 넌지시 운을 띄웠다. 바로 그런 남자가 누구겠느냐는 의미였다.

"그러고 보니 우리 아가씨가 황 대장님을 바라보는 눈빛이 뭔가 다른 것 같기도 하고……."

"맞습니다. 이게 바로 인연일 수도 있습니다. 무슨 의미인지는 모르겠는데, 우리 황 대장님께서도 소연 아씨의 만두를 드시고는 이 맛있는 음식을 매일 먹고 싶다고……."

"……!"

순간, 구일의 눈이 번쩍 뜨였다.

"저, 정말인가, 수검 아우?"

"제가 왜 거짓말을 합니까?"

"이, 이런 다급한 상황에 꺼낼 말은 아니지만… 우리 잘해보는 게 어떻겠나?"

"뭘 말입니까?"

수검은 능청스럽게 대꾸했다.

"우리 아가씨와 황 대장님이 좋은 연을 맺도록 말일세. 물론 여러 가지 면에서 황 대장님이 출중하시지. 그러나 자네도 말했듯이 남녀 관계는 조건만 맞는다고 되는 게 아닐세. 그 많은 표국 중에서 우리와 함께 사활곡을 넘고, 이렇듯 흔치 않은 일에 휘말렸다는 것 자체가 인연 아니겠나?"

구일은 어떻게든 유소연과 황조령을 엮으려는 생각으로 가득했다. 이는 수검이 원했던 바다.

그런데 구일은 현재의 상황이 얼마나 위험한지 까먹은 것인가?

아니다. 먼저 운을 띄운 것은 수검. 황조령의 실력을 믿기에 그런 행동을 보인 게 아니던가. 구일은 수검의 그런 믿음을 믿은 것이다.

"역사를 한번 만들어봅시다, 형님."

"수검 아우만 믿네!"

어젯밤 술에 취해 의형제를 맺었던 것처럼 두 손을 마주 잡고 의기투합한 그때였다.

"저, 저런!"

군중들의 안타까운 탄성과 함께 황조령의 어깨에서 피가 튀었다. 일방적으로 당한 것은 아니다. 진심장 끝에 가슴을 찔린 사왕진의 상태는 더욱 좋지 않았다.

"역시나… 되로 주고 말로 받았군."

억지웃음을 지어 보이던 사왕진은 울컥, 진한 선혈을 토해냈다. 큰 부상을 당했지만 위축된 모습은 보이지 않았다.

스윽.

입가에 묻은 피를 닦아내고는 이내 파상적인 공격을 퍼붓기 시작했다.

쾅쾅쾅쾅쾅!

상처를 입었어도 그 패도적인 기세는 여전했다. 범인들은 감히 막을 엄두도 못 내는 가공할 만한 힘으로 황조령을 몰아쳤다.

그러나 혼신의 힘을 쏟아붓는 만큼의 효과는 없었다.

황조령은 신묘한 진심장의 움직임으로 혈검을 막아내고 피해냈다. 그 견고한 방어를 뚫기 위해서는 무리수를 둘 수밖에 없었다.

사악.

간신히 황조령의 옆구리를 베기는 했지만 돌아오는 피해가 더욱 컸다. 그와 동시에 황조령의 진심장이 사왕진의 목 부근을 후려친 것이다.

퍼억!

"크윽……"

터져 나오는 신음을 참지 못한 사왕진은 휘청휘청 물러섰다. 사지 멀쩡한 사람이 앉은뱅이를 당해내지 못하는 형국이었다. 괜한 자존심에 비아냥거릴 수도 있겠지만 사왕진의 반응은 정반대였다.

"이거, 이거…… 칭찬을 하지 않을 수 없잖아! 그 불편한 다리에 가장 적합한 무공이군."

사왕진과 황조령은 분명 적이다. 누군가 한 명은 죽어야 그 악연이 끝나는 숙적 중의 숙적이었지만 무(武)에 대한 열정만큼은 똑같았다.

"자네의 실력 또한 녹슬지 않았군. 뼛속까지 시큰한 느낌, 숨조차 제대로 쉴 수 없는 긴장감은 정말 오랜만이야."

"나야 예전의 그대로일 뿐이고, 자네는 누구도 생각지 못한 무공을 창안해 내지 않았나. 그 이름이 무엇인가?"

"진심장법이라 이름 붙였다네."

"좋아! 자네의 그 진심장법, 내가 박살 내주지!"

다시 사왕진이 뛰어들었다. 기세는 좋았지만 득보다 실이 많은 결과는 마찬가지였다. 육참골단(肉斬骨斷), 자신의 살을 내주고 상대의 뼈를 끊는 것과는 정반대 상황이었다. 매번 손해 보는 장사. 그래도 사왕진은 포기하지 않았다.

뿌악~!

오른쪽 어깨를 움켜쥔 사왕진이 주춤주춤 물러났다. 축 늘어진 팔, 혈검을 제대로 쥐지도 못하는 것으로 보아 어깨뼈에 문제가 생긴 게 분명했다.

이제는 포기할까…….

아니었다.

우두둑!

사왕진은 내공을 실은 반대쪽 손으로 어긋난 어깨뼈를 맞췄다. 극심한 고통이 따를 것이 분명했다. 거북한 소리에 군중들은 기겁했지만 사왕진은 눈살 하나 찌푸리지 않았다.

"이제야 몸이 좀 풀리는군."

그는 부상당한 어깨를 빙빙 돌리며 말했다. 허황된 소리가 아님은 황조령이 가장 잘 알고 있었다. 그 어떤 상황에서건 굴하지 않고 덤벼들어 기필코 승리를 쟁취했던 이가 바로 그다. 살만 내주어서는 이길 수 있는 상대가 결코 아니었던 것이다.

"그래, 이번에는 확실히 결관을 내야겠지."

황조령이 자세를 고쳐 잡으며 대꾸했다. 상대적으로 이득을 많이 봤다고는 하나, 그의 상태 또한 과히 좋지는 않았다.

가랑비에 옷 젖는다고, 여기저기 베인 상처 때문에 옷 전체가 붉게 물들었다.

진심장을 쥔 손에도 미세한 떨림이 느껴졌다. 그 무지막지한 공격을 쉬지 않고 막아냈으니 당연한 현상이었다.

"내 손에 죽을 준비는 되었나? 오랜만에 만난 무림 동도로서의 예의는 더 이상 기대하지 말게. 이제부터 자네는 내 주군의 목숨을 앗아간 원수일 뿐이야."

"섭섭하군. 호가호위하는 놈들이 넘쳐나는 강호…… 예전의 은원 관계를 떠나, 진정한 무림인의 기개를 가진 자네를 만나 내심으론 좋았다네."

"모든 것을 이룬 자의 여유인가?"

피식 쓴웃음을 지어 보인 황조령이 대답했다.

"득실을 따진다면… 나도 잃은 것이 더 많은 사람일세."

진심이 담긴 말이다. 모용관을 꺾고 진양교 타도의 숙원을 풀었지만, 두치와 송 노공 등, 뜻을 함께했던 수많은 동료를 잃었다. 사람을 아끼는 황조령에겐 그보다 더 큰 상실감은 없었다.

"뭐, 모든 것을 다 이룬 자의 배부른 회한이라 치부해도 상관없네. 덤비게! 나 또한 자네를 반드시 죽여야 하는 적으로 간주하겠네."

"이제야 싸울 맛이 나는군!"

곧이어 벌어진 대결은 처절함의 연속이었다.

피가 튀고 살이 찢기고, 득실 따위가 필요없는, 맹목적인 승리를 위해 싸우는 맹수들의 격돌이었다.

그 처참한 광경에 군중들은 할 말을 잃었다.

인간들이 어찌 저렇게 싸울 수 있을까. 그들의 상상을 초월한 무공 수위는 둘째 치고, 소름 끼치는 전율이 느껴졌다.

이것이 바로 절정고수들의 사투인 것이다.

아직도 항간에 회자되는 모용관과 황조령의 마지막 대결. 인간의 한계를 넘어선 가장 치열했던 대결이요, 무림사에 영원히 기억될 최고의 명승부였다는 등의 말들은 많았지만, 실제 그 대결을 지켜본 사람은 극소수였다.

지금 펼쳐지고 있는 사왕진과 황조령의 대결을 통해 그때의 승부가 얼마나 처절했을지 짐작할 수 있었다.

"이, 이보게, 수검 아우. 저, 저러다 큰일 나는 것 아닌가?"

제(祭)보다 젯밥에 관심이 많았던 구일이 정신을 차렸다. 황조령이 우세를 점했던 대결이 양패구상(兩敗俱傷)의 상황으로 전개된 것이다. 구일은 속이 바싹바싹 탔지만 수검의 반응은 여전히 무덤덤했다.

"뭐가 말입니까?"

아무렇지 않게 대꾸하는 수검을 그는 더 이상 이해할 수 없었다.

"자네 눈에는 저 위급한 상황이 보이지 않나? 까딱 실수라도 했다가는 황 대장님이 어찌 될지 모르는 상황인데, 자네는 걱정도 되지 않느냔 말일세."

"걱정? 그게 뭡니까? 먹는 겁니까?"

"……."

"무림지존은 아무나 되는 게 아닙니다. 우리 범인들은 상상도 할 수 없는 노력과 불굴의 의지, 그리고 실력이 뒷받침되어야 합니다. 걱정이요? 제가 황 대장님을 걱정하는 것 자체가 모욕입니다."

"……!"

구일의 눈이 번쩍 뜨이는 그때, 사왕진의 심상치 않은 기합 소리가 울려 퍼졌다.

"이야아아아~!"

쩌엉~!

격검의 순간, 혈검에서 발생한 소용돌이치는 기운이 진심장을 타고 황조령을 덮쳤다.

파파파파팟!

사나운 기운을 감당 못하고 황조령의 의복이 찢겨 나갔다. 회오리 같은 기운이 전해지는 순서인 소매, 어깨, 그리고 진심장을 쥔 오른편의 절반까지, 너덜너덜해진 옷가지 사이로 황조령의 맨살이 드러나는 순간 군중들은 경악을 금치 못했다.
"세, 세상에!"
"저, 저것이 대체……."
황조령의 몸은 한 군데도 성한 곳이 없었다. 크고 작은 검상과 상처들이 흡사 문신을 해놓은 것처럼 보였다. 무림지존의 명성은 그냥 얻어진 것이 아니었던 것이다. 황조령이 살아왔던 치열한 삶이 그의 몸 구석구석에 새겨져 있었다.
"……."
진양교의 무리 또한 상당한 충격을 받은 모습이었다. 어떻게 해야 저런 몸이 되는지 그들은 함부로 상상조차 하지 못했다.
황조령과 사왕진의 사투는 더욱 치열해졌고, 이들을 바라보는 군중들 사이에선 숙연한 분위기가 흘렀다.
그들의 대결은 사사로운 원풀이가 아니었다. 한 가지 목적을 위해 모든 것을 바쳐 왔던 진정한 무림인들의 격돌이었다.
폭풍처럼 휘몰아쳤던 대결이 잠시 소강상태를 맞이했다.
"허억… 허억… 허억……."
한껏 입을 벌린 사왕진의 거친 숨소리가 이어졌다. 머리가 깨지고 살점이 뜯겨 엉망이 된 몸도 그렇고, 제대로 서 있지 못할 정도로 지친 것이 분명했다.
그러나 황조령을 노려보는 눈빛은 변함없었다.
내가 힘든 만큼 네놈도 힘들 것이다. 그런 네놈을 꺾고 반드시 승리하겠다는 강렬한 의지가 느껴졌다.
 아니나 다를까,
 "이야아아아~!"
 기력을 회복한 사왕진이 곧바로 뛰어들었다. 아무리 지치고 힘들어도 혈검에 실린 파괴력만큼은 여전했다.
 쩡! 쩡! 쩡! 쩌엉~!
 혈검을 막아내는 진심장이 점점 밀려났다. 조금씩 뒤로 밀려난 진심장이 황조령의 어깨에 타격을 주는 지경에까지 이른 것이다. 황조령의 무기가 서슬 퍼런 양날 검이 아니라 다행이었다. 아니, 날이 없는 지팡이의 이점을 십분 활용하여 무지막지한 사왕진의 공세를 막아내고 있는 것이 분명했다.
 "하찮은 꼼수는 통하지 않는다!"
 사왕진은 미친 듯이 혈검을 휘둘렀다. 그 살기 어린 눈에서 뿜어지는 광기는 모용관과 흡사했다.
 휘청, 휘청, 휘청!
 사왕진이 혈검을 내려칠 때마다 황조령의 몸은 크게 흔들렸다. 다행히 진심장으로 막고 있어 치명상을 입지는 않았다. 그러나 격검의 순간마다 밀려나는 진심장이 어깨에 큰 충격을 주고 있었다. 저러다 어깨뼈가 먼저 으스러지는 것이 아닌가 하는 우려가 드는 그때였다.
 화앙.
 수세에 몰렸던 황조령이 진심장을 뻗었다.
 상대의 빈틈을 노린 역공은 아닌 듯 보였다. 수세에 몰린 상황을 극복하고자 상대를 떨어뜨리려는 의도가 강했다. 사왕진 또한 그렇게 판단했다.

"노인네의 지팡이도 이보다 빠를 것이다!"

있는 힘껏 진심장을 내려친 순간, 사왕진은 큰 오판을 했음을 깨달았다.

쿠앙~!

"......!"

진심장에는 황조령의 응축된 내력이 담겨 있었다.

쇳덩이를 내려친 느낌과 함께 그 단단한 혈검의 날이 부러지고 만 것이다. 뿐만 아니라. 사왕진이 어찌할 사이도 없이 혈검을 부러뜨린 진심장이 그의 왼쪽 어깨에 박혔다.

"큭!"

외마디 비명을 토하며 사왕진이 주저앉았다.

뭉툭한 지팡이 끝이 생살을 파고들어 뼈에까지 닿았으니, 그 고통은 실로 엄청났다. 보통 사람, 아니, 제아무리 산전수전 다 겪은 무인이라도 고통을 참지 못하고 쓰러졌을 것이다.

사왕진은 부러진 혈검에 의지하여 허물어지려는 몸을 고정시켰다. 부들부들 떨리는 팔, 핏물이 새어 나올 정도로 이를 악문 모습에서 그가 얼마나 큰 고통을 참아내고 있는지 짐작할 수 있었다.

버티는 것도 용한 상황에서 사왕진이 몸을 움직이려 했다. 자신의 몸을 지탱하고 있는 혈검만 휘두를 수 있다면 황조령을 해치울 수 있는 절호의 기회도 되는 것이다.

엄청난 고통을 감내하며 날이 부러진 혈검을 휘두르려는 찰나였다.

툭.

황조령은 진심장을 가볍게 밀쳤다.

"크아악~!"

그 순간 사왕진은 처절한 비명을 발하며 주저앉았다.

거친 숨을 몰아쉬며 비 오듯 식은땀을 흘리는 모습에서 그 고통이 어떠할지 가히 짐작이 갔다.

"무리하지 말게나. 그러다가 영원히 왼쪽 팔을 쓸 수 없을 것이네."

황조령이 담담한 어조로 말했다. 이에 사왕진은 독기 어린 시선으로 바라보며 대꾸했다.

"자네는… 내 주군을 쓰러뜨리기 위해 그 잘난 얼굴과 한쪽 다리를 희생하지 않았나. 내 한쪽 팔을 희생하여 무적신검 황대장의 목숨을 취할 수만 있다면… 그야말로 남는 장사가 아닌가!"

사왕진이 덥석 진심장을 움켜잡았다. 진심장이 박힌 왼쪽 손이었다. 고통의 원천인 진심장을 뽑아내는가 싶었는데, 오판이었다. 외려 자신 쪽으로 온 힘을 주어 끌어당기는 것이 아닌가!

우드두둑.

사왕진의 눈이 커질 대로 커지면서 뼈가 으스러지는 소리가 울려 퍼졌다. 자신의 뼈를 주어 상대의 목숨을 취하겠다는 의도였다. 황조령은 재빨리 진심장을 거둬들이려 했지만 꼼짝도 하지 않았다.

사왕진의 의도는 적중한 듯했다. 그러나 부러진 검날만큼 거리가 부족했다. 이를 극복하기 위해서는 진짜 뼈가 으스러지는 고통을 감내해야 했다.

"내 몸이 산산이 부서진다 해도… 반드시 주군의 원수를 갚으리라!"

우두둑.

진정한 무림인의 투혼이 느껴졌다. 그러나 이는 매우 잔혹한 장면이기도 했다.

우둑, 우두둑…….

생살이 찢기고 뼈가 드러나는 것을 감당하지 못하고 외면하는 이들이 속출했다.

쓰러질 듯 말 듯 극심한 고통 속에서도 사왕진은 걸음을 멈추지 않았다. 그리고 마침내…….

쩌어억~!

핏물에 얼룩진 진심장이 사왕진의 어깨를 완전히 꿰뚫었다.

"크아악! 황 대장……!"

부러진 혈검을 치켜든 사왕진이 안간힘을 쓰며 황조령과의 거리를 좁혀왔다. 제대로 내려치기만 한다면 충분히 닿을 수 있는 거리였다.

목숨이 경각에 달린 상황에서도 황조령은 앉은 자리를 고수했다. 진심장을 놓고 두어 걸음만 물러서도 기력을 다한 사왕진은 제풀에 쓰러질 법도 했다.

　그러나 황조령은 진심장을 쥔 손을 놓지 않았다. 무표정에 가까운 얼굴로 부들부들 힘겹게 혈검을 치켜든 사왕진을 바라볼 뿐이었다.

　"황 대장… 수많은 진양교도들의 죽음이 새겨진 네놈의 그 몸뚱이! 아무도 닿지 못했던 네놈의 심장 깊숙이 나의 존재를 새겨주마!"

　사왕진은 지체없이 혈검을 내려쳤다. 무수히 많은 상흔 속에서 그나마 멀쩡했던 황조령의 심장 부근이었다.

　푸욱.

　부러진 혈검이 황조령의 몸에 닿는 순간, 군중들의 아찔한 탄성이 튀어나왔다. 즉사(卽死)를 면치 못할 것이란 반응이었지만 아직은 섣부른 판단이었다.

　힘이 모자랐다.

　부러진 혈검은 가슴뼈를 뚫지 못했고, 박힌 자리에서 약간의 핏물이 흐르는 정도였다. 극심한 고통을 참아내며 거리를 좁히느라 기력을 너무 소비한 탓이었다.

　"황 대장… 기필코 네놈을 죽이리라!"

　사왕진은 황조령의 가슴에 박힌 혈검을 밀어 넣으려 안간힘을 썼다.

　"크아아악~!"

　처절한 비명은 사왕진의 입에서 터져 나왔다. 비명을 질러야 할 황조령은 여전히 입을 꾹 다물고 있었다.

"그 어떤 고통이 주군을 잃은 아픔보다 크겠는가! 지금 네놈을 죽이지 못하면 천추의 한으로 남으리라!"

사왕진은 혼신의 힘을 다해 혈검을 밀어 넣었다. 그의 투혼에 보답이라도 하듯 꼼짝도 않던 혈검이 움직이면서 진한 핏줄기가 흘러내렸다.

이에도 황조령은 눈 하나 깜짝하지 않았다.

그 유명한 황가장의 고집이 발동된 것인가?

사왕진이 어깨를 관통하는 고통을 참아내는 것과 비슷한 상황이었다. 그러나 이를 참고 견뎌내는 대가가 달랐다. 사왕진의 경우 한쪽 팔을 못 쓰게 되는 것이지만, 심장을 꿰뚫리면 생명을 잃게 되는 것이다.

"크아아악~ 황 대장! 오늘 이 자리… 둘 중에 하나는 죽는 것이다!"

사왕진은 극심한 고통에 몸부림치면서도 환희에 찬 표정을 지었다. 황조령의 몸을 파고드는 혈검에 탄력이 붙었다. 이대로 조금만 더 버텨내면 황조령의 심장에 닿을 수 있다고 판단한 그때였다.

"커억……"

희망에 넘치던 사왕진의 표정이 급격히 굳어졌다.

곧이어.

"쿨럭~!"

시뻘건 선혈을 토해낸 사왕진이 멍한 눈빛으로 아래쪽을 내려다보았다.

"역시나… 보통 지팡이가 아니었군……."

날렵하게 생긴 검이 그의 배를 관통하고 있었다. 진심장 속에 감춰진 것이었다.

더 이상 싸울 수 있는 상태가 아니었다.

툭.

혈검을 떨어뜨린 사왕진이 허탈한 웃음을 터뜨렸다.

"큭, 큭, 큭… 늘 이런 식이었어. 조금만 더 몰아치면 이길 수 있을 것 같았는데, 언제나 자네의 결정적인 한 방에 고배를 마셔야 했지……. 생사를 건 마지막 대결 또한 마찬가지 결과로군. 내 목숨을 다했어도, 결국 자네를 이길 수 없었어."

"사왕진. 자네답지 않게 약한 소리를 하는군. 우리의 승부는 아직 끝난 것이 아니야. 진심장의 검은 중요 장기를 빗겨갔네. 회복하는 데 많은 시간이 걸리겠지만, 생명에는 지장이 없을 것이야. 물론 무작정 살려주겠다는 뜻은 아니네. 더 이상 치졸한 산적질은 그만두게나. 천하를 질시했던 자네의 꼴이 뭔가? 선량한 사람들을 괴롭히지 않겠다고 약조한다면 나 또한 약속을 지킬 것이네."

"크크크… 또, 또, 또 성인군자 같은 잔소리를 늘어놓는군. 이보게, 그렇게 살면 피곤하지 않은가?"

"집안 내력이라 하지 않았나. 어서 대답하게. 시간을 지체할수록 자네에게 불리할 뿐이네."

"미안하지만… 사양하겠네."

"……!"

순간, 황조령의 이마에 주름이 갔다. 꽤나 노여워하는 반응이었지만, 곧바로 검을 움직이지 않고 다시 한 번 물었다.

"정녕 거절하는 것인가?"

"그럴 수밖에 없을 것 같네."

"이유가 무엇인가? 옛날 적의 호의는 받아들이지 않겠다는 것인가, 아니면 산적질을 그만두고 싶지 않다는 겐가?"

"둘 다 아닐세. 상인들을 상대로 노략질을 일삼는 것도 수치스럽고, 기회만 된다면 자네와 다시 결전을 벌이고 싶은 마음 또한 간절했다네. 그때는 이번처럼 호락호락 당하지 않을 자신도 있는데 말이야."

"하면, 그리하면 되지 않는가? 자네의 뜻을 거역할 사람이 누가 있단 말인가?"

"내 몸이 거역한다네."

"……?"

"아쉽게도… 나는 이미 죽은 목숨일세."

황조령은 더더욱 모르겠다는 표정으로 반문했다.

"대체 무슨 소리를 하는 겐가? 나는 분명 치명적인 부분을 피해 찔렀네. 내 칼솜씨를 의심하는 것인가? 놀라울 정도로 강건한 신체를 지닌 자네라면 이삼 년 안에 원래의 상태를 회복할 것이네."

"예전이라면 그랬겠지. 미련하게도 나는 변방으로 좌천되자마자 술과 여색에 빠져 나 스스로를 망치고 말았네. 방탕한 생활을 하다 보니 몸은 점점 더 망가지고 몹쓸 병까지 얻고 말았지. 간신히 목숨은 부지하게 되었지만, 단전이 파괴되어 더 이상 내공을 쓸 수 없는 신세가 되었다네."

"……."

황조령은 너무도 기가 막혀 말문이 막혔다. 내공을 쓸 수 없다니? 수많은 진양교 고수들과 사투를 벌였던 자신이다. 사왕진의 내력은 모용관 다음으로 강맹했었다.

"전혀 믿지 않는 눈치로군. 곧 죽을 사람이 설마 거짓말을 하겠는가?"

"자네의 말이 사실이라면 파괴되었던 단전이 다시 회복되었다는 것인가?"

사왕진은 크게 고개를 끄덕였다. 이에 황조령은 주체할 수 없는 호기심을 느꼈다.

"그게 어찌 가능하단 말인가?"

"미안하지만 그 방법은 말해줄 수 없네. 돌아가신 주군의 이름을 걸고 약속한 사안이라서 말이야."

약속?

그렇다면 누군가의 도움을 받았다는 뜻이다.

"한 가지 말해줄 수 있는 것은, 이 세상에 공짜는 없다는 따분한 진리라네. 회복한 내공이 고갈되는 순간, 내 생명력도 끝장나는 것이지."

"……!"

사왕진이 스스로를 이미 죽은 목숨이라 했던 이유가 밝혀졌다. 황조령을 이기기 위해 자신의 생명력과 맞바꾼 내공을 모두 쏟아부은 것이다.

"나에게 주군의 원수는 자네가 아니라 바로 나 자신이었네. 주군께서 어찌 됐는지도 모르고, 주색잡기에 빠졌던 나를 도저히 용서할 수 없었지. 이렇듯 자네와 원없이 싸워보니… 이제야 홀가분한 기분이 드는군. 이제 가야 할 시간인 것 같군. 잘 있게…… 황 대장……."

황조령은 눈시울을 붉히며 대답했다.

"잘 가시게, 나의 적이며 뜻이 맞았던 무림의 벗이여."

"자네는… 벽에 똥칠할 때까지…… 오래… 아주 오래… 살게나……."

사왕진의 음성은 생명의 불씨처럼 점점 잦아들었다. 그러나 힘없이 고개를 떨어뜨리며 생명의 끈을 놓는 순간에도 숙적이라 할 수 있는 황조령 앞에서 결코 쓰러지지 않았다. 그는 양발을 굳건히 땅에 버티고 선 상태에서 파란만장한 생을 마감했다.

"주군~!"

진양교도들은 일제히 부복하며 흐느꼈다. 사왕진의 장엄한 최후에 포로로 잡혀왔던 상인들 또한 숙연해졌고, 황조령은 지그시 눈을 감고 그의 명복을 빌었다.

그때,

"저, 저것이 무슨 조화인가!"

군중 사이에서 웅성거림이 번졌다. 방금 비장한 최후를 맞이한 고인 앞에서 이 무슨 추태란 말인가!

불편한 기색이 역력한 황조령이 지그시 감았던 눈을 떴다. 웅성거리는 군중들을 향해 호통을 치려 했지만 그러지 못했다. 주검이 된 사왕진의 몸에 기묘한 변화가 생긴 것이다.

"이것은 대체……."

핏기를 잃은 사왕진의 몸통과 머리가 터질 듯 부풀어 올랐다. 화장(火葬)을 하는 것도 아니고, 자연적인 상태에서는 절대 발생할 수 없는 일이었다.

황조령이 의아함을 감추지 못하는 그때, 수검의 다급한 외침이 들렸다.

"천하지존문주 때와 거의 똑같습니다!"

"……!"

황조령의 눈이 부릅떠졌다. 그렇다면 이것은 폭발한다는 징조가 아니던가!

역시나 예상은 적중했다.

퍼퍼퍼펑~!

팽창할 대로 팽창한 사왕진의 주검이 마침내 폭발을 일으키고 말았다.

폭발의 순간, 군중들은 비명을 지르고 화들짝 놀라 엎드리는 등 난리를 피웠다.

그러나 사왕진과 가장 가까이 있던 황조령은 그 잔인한 장면을 눈 한 번 깜박이지 않고 똑똑히 지켜보았다. 참을 수 없는 분노 때문이었다.

형체도 남지 않은, 아니, 그토록 쓰러지지 않으려 안간힘을 쓰던 양발만 남은 사왕진의 모습을 본 황조령이 대노하며 소리쳤다.

"이게 대체 어찌 된 일인가! 폭룡검 사왕진이 어찌 주검조차 수습하지 못할 정도로 폭발을 일으켰는가 말이다!"

"……."

아무도 대답을 못했다. 사왕진의 주검이 폭발하는 모습은 진양교도들에게도 극히 충격적인 일이었던 것이다.

분노에 찬 시선으로 그들을 노려보던 황조령은 한 사람을 주목하여 물었다. 사왕진의 책사 역할을 했던 노역비였다.

"사왕진을 가장 가까이서 보필한 그대는 알고 있을 것이다. 말하라! 폭룡검 사왕진이 왜 이리 험한 꼴을 당해야만 하는가!"

"헛소리 집어치워라! 주군의 주검이 어찌 되었든 무엇이 중요하더냐? 모진 역경을 이겨내신 주군을 죽음에 이르게 한 장본인이 바로 네놈 아니더냐!"

이어 노역비는 충격에서 헤어 나오지 못하는 진양교의 제자들에게 소리쳤다.

"뭣들 하는 것이냐? 주군의 원수가 여기 있지 않느냐! 어서 황 대장과 그의 무리를 공격하란 말이다!"

진양교의 제자들은 혼란스런 반응을 보일 뿐이었다. 주군의 복수는 당연한 일이지만, 이번 대결은 사왕진도 인정한 정당한 비무였다. 황조령과 포로로 끌려온 사람들을 해하면 사왕진의 유언이 된 마지막 명을 어기는 것이나 진배없었다.

더구나 황조령은 끝까지 사왕진의 목숨을 보전하려는 노력을 보였다. 이런 전후사정을 알고 있는 그들이 어찌 칼을 빼들 수 있단 말인가?

"뭘 망설이는 것이냐? 교주님을 시해한 것도, 본 교가 패망의 길을 걷게 된 것도, 주군께서 돌아가신 것도 모두 다 저놈 때문이란 말이다! 어서 저 씹어 먹어도 시원치 않을 황 대장과 그 무리를 처단하란 말이다!"

노역비의 회한에 찬 외침 속에 진양교 제자들의 혼란스러움만 가중되는 그때였다.

뚜벅뚜벅.

작심한 듯 노역비를 향해 다가오는 인물이 있었다. 사왕진의 오른팔이며 전장의 살인귀라 불렸던 백낙천이었다.

"오~ 백 호법, 그대라면 내 진심이 통할 줄 알았소. 지금이 절호의 기회요. 황 대장이 기력을 회복하기 전에 요절을······."

반가움을 금치 못했던 노역비는 말을 다 잇지 못했다.

푸악!

백낙천의 주먹이 노역비의 안면을 강타했다. 그대로 나가떨어진 노역비는 어처구니없다는 표정으로 백낙천을 바라보았다.

"배, 백 호법······."

"마음 같아서는 그 몹쓸 주둥이를 검으로 찢어놓고 싶지만 참는 것이다. 진양의 힘을 믿는 동지끼리 상잔하는 것을 주군께서 원치 않으리라 생각하기 때문이다. 죽고 싶지 않거든 그 입 다물고 있는 게 좋을 것이다."

"……."

노역비는 감히 저항할 엄두를 내지 못했다. 평상시에는 멍한 눈빛에 만사가 귀찮은 듯 행동하지만, 검을 뽑아 든 순간 악귀로 돌변하는 인물이 바로 그였기 때문이다.

완전히 기가 꺾인 노역비를 뒤로하고 백낙천은 황조령에게 다가갔다. 그리고는 정중히 예의를 갖추어 인사를 했다.

"몰라 뵈어 죄송했습니다. 전장에서 그렇게 많이 보았는데 말입니다."

황조령은 개의치 말라는 듯 고개를 끄덕였다.

"주군께서 한 약속은 제가 대신 지켜 드리겠습니다. 우리는 주군의 옥체를 수습하는 즉시 이곳을 떠나겠습니다. 황 대장님과 다른 인질들에 대해서는 어떠한 위해도 없을 것입니다."

"고맙군."

백낙천은 황조령의 대답에 반응치 않고 수하들에게 명했다.

"서둘러 주군의 옥체를 수습하라!"

"존명!"

진양교의 제자들은 일사불란하게 움직였다. 그러나 폭발의 파장으로 산산조각 난 사왕진의 살점 하나하나를 모두 회수하느라 꽤나 시간이 걸렸다.

조용히 의자에 앉아 있던 황조령이 눈이 마주친 백낙천에게 물었다.

"한 가지 묻고 싶은 게 있네만."

백낙천은 침묵으로 승낙했다.

"맹호(猛虎)는 아무리 굶주려도 결코 풀은 먹지 않는다고 했다. 무림인으로서 자긍심이 강한 그대의 주군이 어찌 산적질을 했단 말인가?"

"상황이 그렇게 만든 겁니다. 주군께서는 무림맹의 끈질긴 추격에 쫓기는 우리에게 자그만 거처라도 마련해 주고 싶어하셨습니다. 황 대장님이 천소산 산채를 점령했던 것처럼 말입니다. 똑같은 방법을 택했는데, 우리 주군께서는 운이 좋지 못했습니다."

"운이라……."

황조령은 이해한다는 듯 고개를 끄덕였다. 모용관의 사망 이후 종적을 감췄던 사왕진과 스스로 강호를 떠났던 황조령의 만남은 운명의 장난이라고 봐도 무방했던 것이다.

"백 호법님, 분부하신 명을 무사히 마쳤습니다."

"알겠다."

고개를 끄덕인 백낙천이 황조령에게 말했다.

"다음번에 뵐 땐 절대 못 알아볼 일은 없을 겁니다."

예의 바르게 말했지만 좋은 뜻만은 아니었다.

"교주님과 주군의 복수는 반드시 제 손으로 하겠습니다. 그때까지 무고하시길 바랍니다."

"기대하겠네."

깍듯이 인사를 마친 백낙천이 뒤돌아섰다.

"모두 철수한다."

"존명!"

진양교도들은 미련없이 천봉채를 떠났다. 길길이 날뛰던 노역비 또한 축 처진 어깨를 하고 그 무리를 따랐는데, 꿈쩍도 않는 인물이 있었다. 전장의 광인이라 불리던 서도곤이었다.

"자네는 남을 셈인가?"

서도곤의 옆을 지나치던 백낙천이 잠시 발길을 멈추고 물었다. 이에 그는 특유의 비릿한 미소를 지으며 대답했다.

"그럴 리 있나. 나 역시 비리비리한 상인들을 상대로 한 산적질은 체질에 맞지 않아."

"하면?"

"잊었나? 주군의 명은 또 있지 않았나?"

서도곤은 노역비에게 빼앗은 수호검을 눈짓하며 말했다. 사왕진은 수많은 진양교도들의 목숨을 빼앗고, 모용관의 피까지 서려 있는 수호검을 아무에게나 줄 수 없다고 선언한 바 있었다. 서도곤이 직접 그 자격을 시험하고 싶다는 것이었다.

"맘대로 하게나."

백낙천은 가볍게 고개를 저으며 그를 지나쳤다. 말릴 수 없다는 걸 잘 알기 때문이다. 그러나 주군의 명을 이행하겠다는 것은 표면적인 이유에 불과했다. 당하고는 참지 못하는 서도곤의 성격이 발동한 것이다.

꿩 대신 닭이라고, 황 대장을 어찌하지 못한다면 그의 수하의 목숨이라도 빼앗고 싶었던 것이다.

"이게 뭘까?"

곧이어 서도곤은 수검을 향해 수호검을 흔들어 보였다. 실력이 되면 가져가 보라는 도발이었다. 이에 가만있을 수검이 아니었다.

"황 대장님!"

허락을 구하는 수검은 거의 미칠 것 같은 표정이었다. 이를 말렸다가는 화병으로 쓰러질지도 모를 일이었다.

"갔다 오너라."

"감사합니다!"

황조령의 허락이 떨어지기가 무섭게 수검은 서도곤은 향해 다가갔다. 그 당당한 모습은 무림 초출이라고는 도저히 믿기지 않았다.

적당한 거리에서 멈춰 선 수검은 오른손을 내뻗으며 말했다.

"내놔."

서도곤은 비릿한 미소를 보이며 대꾸했다.

"미련하긴… 달란다고 순순히 내줄 것 같나?"

섬뜩하기 이를 데 없는 미소였다. 전장의 광인, 잔혹무도하게 상대를 절단했던 광기가 고스란히 드러났다.

군중들은 그 미소만 보고도 식겁해 했지만 수검은 달랐다. 그의 배포는 무적신검 황 대장이 인정한 것이었다.

"미련하긴… 좋은 말로 달라고 할 때 주면 험한 꼴 당할 리 없잖아."

우두둑.

수검은 곰처럼 두꺼운 목 근육을 풀면서 다가갔다. 벅찬 상대와 맞붙는다는 긴장감은 조금도 느낄 수 없었다. 그 대책없이 자신감 넘치는 모습은 서도곤의 걱정을 살 정도였다.

"맨손으로 날 상대할 생각인가?"

"이가 없으면 잇몸, 칼이 없으면 당연히 주먹이지!"

피식…….

어이없다는 웃음을 지어 보인 서도곤은 자신의 검을 수검에게 던졌다.

"내 검을 써라. 그래야 조금은 공평해지겠지."

"실수하는 거다."

말은 그렇게 했지만 수검은 서도곤의 호의를 거부하지 않았다.

처억!

날아오는 검을 잡은 수검은 곧장 검을 뽑아 들었다.

스룽~!

"괜찮은 물건이군. 뭐, 내 것만은 못하지만……."

"귀검(鬼劍)이라 불리는 것이다. 천하의 명검은 아니지만 예리함 면에서는 꽤나 알아주는 물건이지. 네놈에게는 그것조차 과분하지 않을까?"

"귀신 씻나락 까먹는 소리 하고 자빠졌네!"

수검이 먼저 공격하면서 그들의 대결이 시작되었다.

차앙~!

"호오……."

파괴력 면에서는 수검이 앞섰다. 수검의 공세를 정면으로 막아낸 서도곤은 제법이라는 탄성을 발했다.

"놀라기는 아직 이르지!"

기선을 제압했다 판단한 수검은 곧바로 맹공을 퍼부었다. 힘은 물론 검을 다루는 솜씨와 패기, 어느 것 하나 서도곤에 뒤질 것이 없었다.

승패를 예측할 수 없는 막상막하의 대결인 듯 보였지만, 그 둘에게는 결정적인 차이가 있었다. 바로 강한 상대와의 실전 경험이었다.

연신 몰아붙이던 수검의 허벅지에서 피가 튀었다.

"자신이 쓰던 검에 당한 기분이 어떤가?"

"이런… 시브럴!"

욕을 터뜨린 수검은 더욱 파상적으로 검을 휘둘렀다. 사력을 다해 벽까지 몰아붙였지만 헛수고였다.

서걱!

"크윽…… 염병!"

서도곤은 옆구리에 상처를 남기고 유유히 빠져나갔다.

"요, 쥐새끼 같은 놈!"

머리끝까지 화가 오른 수검은 미친 듯이 서도곤을 몰아쳤다. 그 기세는 대단했지만 결과는 마찬가지였다. 소득은 없고 상처만 늘어날 뿐이었다.

서걱!

"크악! 돌아가시겠네~!"

수검은 몸은 금세 피범벅이 되었다. 사왕진이 손해를 보면서 황조령을 몰아붙였던 상황과 비슷했다. 그렇다면 승패의 결과 또한 정해진 게 아닌가?

군중들은 황조령을 바라보았다.

고전을 면치 못하는 수검에게 어떤 조언이라도 해야 하지 않겠는가. 그러나 황조령은 묵묵히 둘의 대결을 지켜볼 뿐이었다. 수검의 어깨에서 피분수가 튀는 순간에도 그의 표정은 변하지 않았다.

"그 어깨로 제대로 검이나 쥘 수 있을까? 이쯤에서 포기하는 게 좋을 텐데?"

웬일로 서도곤이 상대를 위하는 말을 했다.

물론 그 잔인한 성격이 변한 것은 아니다. 고양이가 쥐를 가지고 놀 듯 철저히 괴롭히다 죽여주겠다는 의미였다. 이에 수검은 검을 바꿔 잡으며 대꾸했다.

"이가 없으면 잇몸… 오른손이 안 되면 왼손으로 상대해 주지!"

불끈 왼손에 검을 쥔 수검이 기세 좋게 덤벼들었다. 그러나 군중들은 우려스럽기만 했다. 잇몸이 이보다 단단할 리 있겠는가? 검법 또한 마찬가지다. 늘 사용하던 손이 아니면 제대로 된 실력을 발휘할 수 없는데…….

차아앙~!

"……!"

격검의 순간, 서도곤의 얼굴빛이 변했다.

손을 타고 전해지는 짜릿함은 오른손 못지않은, 아니, 그 이상이라 할 수 있었다. 엇갈린 칼날 너머로 보이는 서도곤을 향해 수검이 씨익 웃었다.

"뭔가 잘못되었다는 생각이 들지?"

수검은 원래 왼손잡이였다. 그러나 그의 고향에서는 왼손잡이에 대한 편견이 강했다. 때문에 수검은 억지로 오른손잡이가 되어야 했던 것이다.

"네놈이 들고 있는 그 검의 주인이 누군지 똑똑히 보여주마!"

창, 창, 창, 창~!

수검의 공세가 한층 날카로워졌다. 그도 그럴 것이, 황조령은 왼손잡이의 이점을 살린 검법을 전수했다. 수검이 온전한 실력을 발휘할 때는 이처럼 왼손으로 검을 쥘 때였다.

"왜 그리 똥 씹은 표정이실까? 어여 그 재수없는 웃음을 지어보라니까!"

서도곤의 비릿한 미소는 사라진 지 오래였다. 조금이라도 방심했다가는 수검의 검에 자신이 절단날 판이었다. 집중하고 또 집중하여 반격을 시도했다.

사악!

"더 이상 똑같은 수법에 당하지 않는다니까!"

톡톡히 재미를 보았던 역습도 이젠 통하지 않았다. 처음부터 전력을 다했으면 좋았을 것을 수검은 왜 스스로 부상을 자초했단 말인가?

이는 수검의 쓸데없는 망상(?) 때문이었다.

강호 초출인 수검은 강한 적수를 만나 고전하다가 비장의 무기를 사용하여 단번에 역전시키는, 그런 긴장감 넘치는 상황을 꿈꿔왔던 것이다.

스팟!

"크하하하! 쥐새끼의 피도 빨간색이었군!"

서도곤의 몸에도 상처가 생겼다. 수검의 공세가 먹히기 시작한 것이다.

"네놈이 전장의 광인이라고? 지랄하고 자빠졌네! 그런 놈이 왜 도망만 다니지? 전장의 광인이 쫄았구나, 쫄았어!"

수검의 외침만 들으면 일방적으로 몰아붙이는 상황으로 느껴졌다. 그러나 둘의 대결은 박빙이었다. 수검은 목숨 줄이 왔다 갔다 하는 절박한 상황에서도 정신없이 입을 놀려댔던 것이다.

"그 입 좀 다물라!"

산전수전 다 겪은 서도곤에게도 이리 말 많은 적수는 처음이었다. 최대한 신경 쓰지 않으려 했지만 뜻대로 되지 않았다.

"실력이 되면 다물게 해보란 말이다!"

둘의 대결은 더욱 치열해졌다. 혼신의 힘 그 이상, 자신의 모든 것을 불태우는 명승부임이 분명했다.

다만 한 가지 아쉬운 점이 있다면, 세기의 대결이라 할 수 있는 황조령과 사왕진의 혈투 다음에 이어졌다는 것이다.

군중들의 긴장감은 확실히 떨어졌다.

아니 할 말로, 수검이 어찌 된다고 해서 그들에게 피해가 갈 일은 없었다. 상대적으로 관심이 덜한 분위기 속에서 수검은 정말 필사적으로 싸웠다.

다른 사람 다 필요없이, 황조령이 지켜보고 있기 때문이었다. 그 앞에서 수호검을 빼앗긴다는 것은 정말 있을 수 없는 일이었다.

"미련한 쥐새끼 자식… 넘볼 걸 넘봐야지."

"그 입… 다물라 했다……."

수검과 서도곤은 숨이 턱밑까지 찰 정도로 지쳤다. 이제는 자신과의 싸움이나 다름없었다. 먼저 포기하는 사람이 지는 것이다.

"진작 달라고 할 때 줬으면 좋았을 걸 왜 사서 생고생이냐고!"

"……."

서도곤은 대꾸할 힘조차 없었다. 그 또한 독종으로 소문났지만 수검처럼 끈질긴 놈은 처음이었다. 치명적인 상처를 몇 번이나 입혔는데 왜 쓰러지지 않는 것인가!

그보다 이 힘든 상황에서 어찌 그리 계속 나불거릴 수 있는지 신기할 정도였다.

"왜 이리 얌전해진 것일까? 쥐새끼라면 찍소리라도 내야 할 것 아닌가 말이다!"

"……".

서도곤은 이를 악물고 힘을 비축했다. 수검의 엄청난 체력과 정신력은 그의 예상을 훨씬 뛰어넘었다. 시간을 끌수록 불리하다 판단이 선 그는 모험을 결심했다. 아직 체력이 남아 있을 때 승부를 결정지을 요량이었다.

"이번에야말로 진짜 독 안에 든 쥐로구나!"

연신 뒷걸음치던 서도곤의 등이 벽에 닿았다. 결정적인 기회라 생각한 수검이 검을 치켜들었다. 그러나 뜻밖의 기회를 잡게 되면 자신도 모르게 흥분하여 동작이 커지게 마련이다. 실전 경험이 미천한 자일수록 더욱 그러했다. 서도곤은 바로 그 점을 노렸다.

"역시나 확실한 초출이었군!"

파팟!

"……!"

비릿한 미소를 머금은 서도곤이 기다렸다는 듯 뛰어들었다. 수검도 황급히 검을 내려쳤지만, 서도곤이 간발의 차이로 빨랐다.

푸욱!

예리한 칼날이 수검의 몸통 깊숙이 파고들었다. 순간적으로 몸이 굳어진 수검은 검까지 놓치고 말았다.

툭…….

땅바닥에 떨어진 귀검을 보며 서도곤은 이 힘겨운 대결이 끝났음을 예상했다.

"횡재했군. 이 수호검은 내가 잘 쓰지."

서도곤이 수검의 몸을 관통한 검을 빼려는 찰나였다.

"쥐새끼가 개소리를 하고 자빠졌네."

"……!"

크게 놀란 서도곤이 고개를 치켜드는 순간, 수검의 돌덩이 같은 주먹이 그의 얼굴을 향했다.

푸악~!

체중에 공력까지 실은 주먹이 작렬했다. 그 파괴력은 황소도 때려잡을 만큼 강력했다.

이빨 몇 개가 튕겨 나가며 완전히 고개가 돌아간 서도곤은 찍소리도 못하고 그대로 뻗었다. 다시 일어나서 싸운다는 것은 상상도 못할 일이었다.

곧이어 자신의 몸을 관통한 수호검을 내려다보는 수검의 얼굴에 웃음이 번졌다. 얼마나 깊은 상처를 입었는지는 중요치 않았다. 어떤 형식이든 황조령에게 물려받은 수호검을 되찾았다는 것이 중요했다.

비틀비틀…….

수검은 검이 박힌 그 상태 그대로 황조령에게 다가갔다. 함부로 검을 뽑았다가는 사망에 이르게 될 수도 있기 때문이었다.

황조령 앞에 멈춰 선 수검이 힘겹게 입을 열었다.

"다녀왔습니다, 황 대장님……."

"그래, 수고 많았다. 너는 수호검의 주인이 될 자격이 충분하다."
 풀썩~!
 황조령의 격려의 말을 듣는 순간, 수검은 그대로 의식을 잃고 쓰러졌다.

第二章
진가장

구름 한 점 없는 하늘에서 쏟아지는 맑은 햇살.
 그 따사로움에 땅 위에 있는 모든 생명체가 나른함에 빠져든 것 같은 늦봄의 어유로운 풍경.
 달그락달그락……
 흐드러지게 피어난 봄꽃들이 즐비한 산길을 마차 한 대가 지났다. 혼사행을 떠난 황조령의 마차였다. 한데, 마차 안에는 배에 붕대를 감은 수검이 잠들어 있었고, 정작 다리가 불편한 황조령은 말고삐를 쥔 채 걷고 있었다.
 털컹.
 뾰족 솟은 돌부리를 넘은 충격에 수검이 깨어났다.
 "어, 얼레? 여기가 어디지?"

정신을 차린 수검은 어리둥절한 표정으로 주위를 두리번거렸다. 그의 기억은 서도곤을 때려눕히고 황조령에게 다가가 무사 귀환(?)을 보고하는 것에서 멈춰 있었다.

그런데 갑자기 흐드러지게 핀 꽃길이 웬 말이란 말인가? 도통 상황 파악이 되지 않는 수검을 향해 황조령이 물었다.

"괜찮은 것이냐?"

"이 배의 상처 말입니까? 당연히 괜찮… 허걱! 말고삐를 어찌 황 대장님이… 크윽!"

깜짝 놀라 마차에서 내리려던 수검이 배를 잡고 쓰러졌다. 바람구멍이 생긴 상처가 괜찮을 리 만무했다. 용하다는 의원의 치료를 받고 며칠 만에 의식이 돌아온 것이었다.

"무리하지 마라. 내 누누이 말해왔지 않느냐? 사력을 다해 싸우는 것 못지않게 이후 몸 관리도 중요하다고 말이다. 자신의 상처를 제대로 돌보지 않은 만큼 무림인의 생명은 짧아지는 것이다."

이는 황조령의 경험담이기도 했다. 전투가 벌어질 때마다 크고 작은 상처를 입고 돌아오는 그를 치료해 주고, 온전히 회복할 때까지 자중케 했던 이가 바로 송 노공이었다. 그의 정성 어린 치료 덕분에 황조령이 무림지존의 위치에 올랐다 해도 과언이 아니었던 것이다.

"아무리 그래도 말이지요, 황 대님이 말고삐를 쥐게 하는 건 정말 말도 안 되는 일입니다."

"그러게 왜 쓸데없는 객기를 부렸더냐? 처음부터 제대로 싸왔다면 이런 꼴은 안 당했을 것이다."

"유구무언입니다요."

"네 몸에 새겨진 상처의 교훈을 잊지 말도록 해라. 피비린내 나는 무림의 세계에서 만만한 상대는 없느니라."

"예, 명심 또 명심…… 참~!"

황조령의 충고를 듣고 있던 수검이 비명에 가까운 소리를 질렀다. 뭔가 중요한 일을 잊고 있었다는 반응이다.

"창천표국 사람들은 어디 갔습니까?"

"길이 다르지 않느냐. 사활곡을 넘고 얼마 지나지 않아 헤어졌다."

"헤, 헤어졌다굽쇼?"

하늘이 무너지는 기분이었다. 창천표국의 유소연과 황조령을 엮어주기 위해 수검이 얼마나 공을 들였단 말인가! 경악을 금치 못하는 수검에 비해 황조령의 반응은 극히 무덤덤했다.

"뭘 그리 놀라느냐. 사활곡을 넘기로 했던 잠시의 인연 아니었더냐?"

"아니지요, 아니지요. 그게 아니지요."

"뭐가 그리 아니더냐?"

"아, 그러니까……!"

전후 사정을 설명하려 했던 수검은 이내 입을 다물었다. 쓸데없는 짓을 했다고 꾸중만 들을 것이 분명했기 때문이다. 흥분을 가라앉힌 수검이 넌지시 물었다.

"정말로 그냥 헤어지신 겁니까요?"

"무슨 소린지 모르겠구나. 헤어지는 데도 그냥이 있고, 저냥이 있더란 말이냐?"

"그러니까 말입니다, 창천표국의 구일 표두가 순순히 황 대장님을 보내주었습니까?"

수검은 당최 이해할 수 없었다. 둘이서 유소연과 황조령을 맺어주자고 의기투합하지 않았던가? 그런 사람이 어찌 황조령을 곱게 보내주었단 말인가!

"그러고 보니 이상한 말을 하긴 했지."

"뭐라고요?"

"소연 낭자가 만든 만두가 맛있지 않았냐고 말이다. 맛있다고 했는데도 또 물어보고 또 물어보고. 헤어지는 순간까지도 계속 그 말만 반복하는데, 도통 이유를 모르겠더구나."

"그, 그뿐이었습니까?"

"그뿐이지?"

"크아악~!"

수검은 처절한 비명을 질러댔다. 그 소리에 놀라 나른함에 빠져 있던 산새들이 푸드득 무리 지어 날아갈 정도였다.

"많이 아픈 것이냐?"

속 모르는 황조령은 또 딴소리다. 서도곤에게 당한 상처 때문에 수검이 비명을 질렀다 생각한 것이다. 그 답답함에 수검의 속은 더욱 쓰렸다.

"아프지요, 아프지요. 미치고 팔짝 뛸 정도로 아프지요. 그런데 몸이 아니라 마음이 아픕니다, 마음이~!"

"무슨 뜻인지 모르겠다만, 소리 좀 그만 질러라. 이 산에 있는 짐승들을 모두 내쫓을 작정이더냐?"

"죄송하지만 소리라도 질러야 답답한 속이 풀릴 것 같습니다. 그러지 않으면 터져 버릴지도 모릅니다!"

"맘대로 하려무나."

달그락달그락…….

황조령은 포기한 듯 마차를 몰았고, 수검의 발광(?)은 한참이나 계속되었다.

하남의 중심부.

완만한 경사를 가진 산자락, 저 멀리 유유히 흐르는 강이 보이는, 풍광(風光) 좋은 곳에 위치한 객점.

태화루(太和樓).

분위기 좋기로 소문난 곳이라 항시 손님들로 북적였고, 특히나 젊은 연인들이 즐겨 찾는 장소였다. 사람들의 눈을 의식하지 않고 사랑의 밀담을 나누는 것을 이곳에서는 흔히 볼 수 있었다.

"낭자!"

"도, 도련님……."

기생오라비처럼 곱상하게 생긴 남자가 젊은 처자의 손을 덥석 잡았다. 처자의 얼굴은 금세 붉어졌지만 그리 싫지는 않은 반응이다.

"나를 믿으시오. 진정으로 행복하게 해주겠소."

"하오나……."

"부모님의 반대는 이미 예상했던 것 아니오. 우리의 마음이 변치 않는다면 부모님을 설득할 수 있을 것이오. 낭자, 진심으로 사랑하오."

애틋한 사랑 고백의 순간, 절묘하게 초를 치는 소리가 울려퍼졌다.

"푸하하하~!"

태화루 중앙, 푹 고개를 숙인 채 혼자 술을 마시던 사내가 비관적인(?) 웃음을 터뜨린 것이다. 고의는 아니더라도 분위기는 깨졌다.

많은 시간을 소비하며 다시 감정을 잡은 남자가 입을 열었다.

"낭자를 생각할 때마다 내 마음은 아련해지오. 하늘이 무너진다 해도 낭자만을 진심으로 사랑……."

"푸하하하!"

"사랑……."

"푸하하하!"

고의성이 다분했다. 인상을 구긴 남자가 벌떡 자리에서 일어섰다. 그리고는 사랑이란 말을 할 때마다 비웃음을 터뜨리는 사내에게 다가갔다.

"지금 뭐 하는 짓이오?"

"미안, 미안. 나는 사랑이라는 낯간지러운 소리를 들으면 웃음을 참을 수 없거든."

홀짝 술을 들이켠 사내는 사랑 고백을 방해받은 남자는 돌아보지도 않고 대꾸했다. 무시까지 당한 남자는 화가 머리끝까지 치솟았다.
"지금 장난하는 것이오!"
"풉! 장난은 그쪽이 하고 있지. 아주 위험한 불장난. 정말 저 여자를 사랑해? 어떻게든 오늘 밤 자빠뜨리고 싶은 것 아닌가?"
"뭐, 뭐시라!"
얼굴이 시뻘게진 남자는 여전히 뒤도 돌아보지 않는 사내의 등을 주먹으로 내려쳤다.
퍼억!
"크악!"
비명은 주먹을 휘두른 남자의 입에서 터졌다. 고통에 몸부림치는 얼굴은 맨주먹으로 바위를 내려친 듯했다.
"그만해라. 너만 다친다."
사내가 진중한 음성으로 충고했지만 남자는 순순히 물러서지 않았다. 사랑하는(?) 여자가 보고 있기 때문이었다.
"너 오늘 잘못 걸렸다!"
발끈한 남자가 의자를 들어 내려쳤다.
와지끈!
의자가 박살 났지만 사내는 꿈쩍도 하지 않았다. 더욱더 화가 난 남자는 양손과 발을 사용해 사내의 등을 난타했다.
퍽퍽퍽퍽퍽!

소리는 요란했지만 사내는 모기가 무냐는 듯 시큰둥한 반응으로 일관했다.

"이 새끼가!"

분기탱천한 남자의 주먹이 사내의 얼굴로 향하는 순간이었다.

턱!

가볍게 손바닥으로 막은 사내가 말했다.

"얼굴은 안 되지. 상처라도 나면 큰일이거든."

하나 그리 잘난 얼굴은 아니었다. 까무잡잡하고 거친 피부, 작은 눈에 납작한 코, 뻐드렁니의 크고 두툼한 입은 굉장한 추남 쪽에 가까웠다.

"아무리 여자 앞이라도 사람은 보고 덤벼야지."

준엄한 음성으로 경고를 마친 사내가 주먹을 잡은 손으로 남자를 툭 밀었다.

우당탕탕!

형편없이 밀려난 남자는 여러 사람이 식사를 하던 자리에 쓰러지고 말았다.

"도, 도련님!"

화들짝 놀란 여인이 달려왔다.

"괘, 괜찮으신 건지요?"

"……."

남자는 아무런 대답도 하지 못했다. 꼴사납게 당한 것이 창피했기 때문이다. 이럴 때는 기절하는 것으로 가장하는 것이

속 편한 방법이었다.

"크윽…… 나, 낭자……."

힘겹게 입을 연 남자의 고개가 돌아가는 순간, 여인은 대경실색(大驚失色)했다. 자신의 정인(情人)이 잘못되었다고 오판한 것이다.

"도, 도련님, 도련님! 도련님~!"

아무리 애타게 부르고 흔들어도 소용없었다. 하염없이 눈물을 흘리던 여인이 갑자기 독기를 품었다.

"도, 도와주세요! 저 불한당 같은 놈이 우리 도련님을… 제발 도와주세요!"

태화루 안에는 수검과 황조령도 있었다. 젊은 여인의 애절한 목소리에 전투적으로 식사를 하던 수검의 몸이 절로 반응했다.

상당히 아리따운 처자였지만 이내 수검은 외면했다. 젊은 처자라면 무조건 구하는 그였지만 예외는 있다. 임자가 있는 경우가 대표적인 예였다.

불의를 보면 참지 못하는 황조령 또한 마찬가지였다.

젊은 여인이 뭐라 소리치든 식사에만 열중했다. 그녀의 정인이 기절한 척하고 있음을 알고 있었다. 엄살이 아니라 해도 돕고 싶은 마음은 추호도 없었다.

그들의 과감한 애정행각이 황조령의 심기를 불편하게 만들었다. 군자 중의 군자라는 평판을 듣는 그였지만 그도 사람이다. 노총각 중의 노총각인 황조령에게 그들의 닭살 행각이 좋게 비춰질 리 만무했던 것이다.

　사람들의 무관심 속에 여인의 외침은 점점 잦아들었다. 이를 기다렸다는 듯 못생긴 사내가 입을 열었다.

　"사랑? 그거 믿지 마라. 때로는 칼날보다 더 예리한 것이 사랑이라는 것이다. 크게 다칠 수도 있다."

　곧바로 뒤돌아선 사내가 태화루를 빠져나갔다. 사랑에 배신당한 남자처럼 반항적인 멋을 느낄 수도 있는 장면이었다. 그러나 추한 외모 때문인지 불쌍한 느낌이 더욱 강하게 들었다.

　태화루에서 도심(都心)으로 이어지는 길.

　대로(大路) 양편으로 병풍처럼 펼쳐진 기암괴석(奇巖怪石)들의 향연, 만상지로(萬狀之路)라 하여 관광객들의 발길이 잦은 곳이었다.

　가족 또는 일행이나 연인, 무리지어 구경하는 사람들 사이로 홀로 그 길을 거니는 사내가 있었다.

　"모든 만물은 이렇듯 특이하게 생겨야 인기가 있는 법인데, 어째서 인간만이 예외인 것인가."

　부실한(?) 외모 때문에 무엇을 하든 분위기가 나지 않는 사내였다. 혼자서 여행하는 여유로움보다는 처량함이 강하게 느껴졌다.

　"뭐… 인간만사가 공수래공수거, 천상천하 유아독존 아니던가. 흠…… 제법 희한하게 생긴 돌덩이들이군. 떼거지로 와서 구경할 만은 하네."

마음을 비우고 병풍처럼 펼쳐진 천해의 자연 경관을 살피며 걷고 있는 그때였다.

"뭐, 뭐야 ,이건!"

그러지 않아도 추한 얼굴이 단박에 일그러졌다.

염무진과 강소희, 둘의 사랑 영원히 변치 말자는 낙서를 발견한 것이다.

"대체 이놈의 연놈들의 머릿속엔 무엇이 든 거야? 후손들에게 물려줄 자연 경관에 이 짓거리까지 해야 직성이 풀린단 말인가. 제발 자연 좀 보호하잔 말이다!"

쿠앙~!

원앙처럼 생긴 기암괴석이 박살 났다. 그 소리에 놀란 많은 구경꾼들이 돌아봤지만 아무도 뭐라 하는 사람은 없었다. 그는 커다란 바위를 맨손으로 박살 내는 실력자였던 것이다.

달그락달그락……

때마침 그 앞을 황조령이 탄 마차가 지나고 있었다.

물끄러미 마차 위에 앉아 있는 황조령을 바라보던 사내가 입을 열었다.

"어이, 형씨?"

수검이 마차를 세우자 황조령이 그를 바라보았다.

"나 말이오?"

"그렇소. 어차피 목적지도 같으니 무료하지 않게 동행하는 게 어떻겠소?"

저리 괴상한 인물과 동행하다니, 절대 안 될 말이다. 대번에

퇴짜를 놓으려는 수검을 만류하며 황조령이 나섰다.
"어찌 그대와 나의 목적지가 같다고 단언하는 것이오?"
"그야 뻔하지 않소."
다 알고 있는데 뭘 빼느냐는 반응이었다. 이에 황조령은 답답한 표정을 지으며 반문했다.
"뭐가 뻔한지 정말 모르겠소만⋯⋯."
"아, 아, 형씨 입으로 말하기 그렇다면, 내가 세 가지 질문을 하리다. 세 가지 모두 부합하면 목적지가 같은 것이오."
황조령은 사내의 의도가 무엇인지 도통 감을 잡지 못했다. 이를 밝히려면 사내의 말에 따르는 것이 상책이었다.
"물어보시오."
"첫째, 꽤 나이가 있는 것 같은데, 아직도 혼자인 몸 아니오?"
"⋯⋯."
부정할 수가 없다.
황조령은 조용히 고개를 끄덕였다.
"둘째, 제발 장가 좀 들라는 주변의 성화 때문에 엄청난 압박에 시달리고 있지 않소?"
"⋯⋯."
두 번째 질문은 첫 번째의 연장선 아니던가? 장가를 들지 못하니 압박을 받는 건 당연했다. 그래도 자신이 처한 사항에 해당하는지라 황조령은 다시 고개를 끄덕였다.
이에 더욱 자신감을 얻은 사내가 세 번째 질문을 던졌다.

"마지막으로, 일신상의 무공은 대단하여 어디에 내놓아도 빠지는 실력은 아닌 것 같은데…… 맞소?"

묘한 웃음을 지으며 황조령은 바라보는 사내의 눈엔 확신이 차 있었다.

"맞소이다. 한데 그 세 가지 질문과 우리의 목적지가 무슨 상관이란 말이오?"

"허허, 아직도……."

사내는 설레설레 고개를 저으며 황조령에게 다가왔다. 그리고는 무슨 비밀 이야기를 하듯 작은 소리로 속삭였다.

'나에게는 솔직해도 괜찮소.'

"그러니까, 뭘 말이오?"

"까놓고 말해, 우리 같은 사람에게 이런 절호의 기회가 어디 또 있겠소이까?"

황조령은 심히 불편한 표정을 지었다.

우리 같은 사람…….

은근히 자신을 동급 취급하는 사내의 태도가 못마땅했던 것이다. 이는 수검 또한 마찬가지였다.

"황 대인, 더 이상 말을 섞을 필요가 없습니다. 곧바로 출발하겠습니다."

"그러자꾸나."

수검이 마차를 움직이는 순간, 사내의 진중한 음성이 들려왔다.

"형씨도 진가장(瑨家牆)으로 가는 길 아니오?"

"아니오."

황조령은 뒤도 돌아보지 않고 대답했다. 이름난 사파에 속하는 진가장은 정주(鄭州)에 있었다. 사천으로 향하는 황조령과는 방향이 달랐던 것이다. 이에도 사내는 포기하지 않고 쪼르르 달려와 재차 물었다.

"정말 진가장으로 가는 길 아니오?"

"분명 아니라 했소."

"나에게도 솔직해도 괜찮다 하지 않았소. 어차피 대결장에서 다시 만날 것이 뻔한데, 정령 진가장에서 펼쳐지는 무림대회에 참가하는 게 아닌 거요? 우승자에게는 진가장의 무남독녀와 혼인할 수 있는 기회를 주는……."

순간, 마차가 멈췄다.

말고삐를 쥐고 앞서가던 수검이 지대한 관심을 보인 것이다.

"이보시오? 무림대회 우승자와 혼인하는 진가장의 무남독녀… 예쁩니까?"

"당연한 것 아니겠나! 월하선녀(月下仙女) 같은 그녀의 빼어난 자태는 하남의 최고미녀라는 칭찬이 자자하다네!"

"오호!"

"뿐만 아니라 시와 그림에도 능하며, 무공에 대한 지식도 해박할뿐더러, 진가장 무남독녀의 사위가 되면 엄청난 진가장의 땅과 재물도 함께 물려받게 되는 것이지!"

"대박~!"

"그러니까 강호의 모든 노총각들이 난리 났지. 문파나 나이, 외모에 대한 특별한 제약도 없어. 무조건 싸워서 이기면 하남 최고의 미녀를 아내로 맞게 되는 것이지. 어때, 솔깃하지?"

끄덕끄덕!

수검은 머리카락이 휘날릴 정도로 고개를 끄덕였다.

"그리고 자네의 주인 또한 진가장으로 향하던 것이 맞지?"

수검의 고개가 멈췄다.

하남 최고의 미녀를 아내로 맞이할 수 있다지 않는가? 정말 미치도록 그러고 싶었다.

"황 대인……."

수검의 애절한 바람에도 불구하고 황조령은 고개를 저었다. 혼사를 위해 사천으로 향하는 것도 그렇고, 여인이 무슨 우승 상품도 아닐진대, 그런 식으로 아내를 맞이하지는 않겠다는 의지가 확고해 보였다.

낙담하는 수검과 달리 못생긴 사내는 더욱 도발적으로 변했다.

"오호~ 정말 여자에 관심이 없는 것이오, 아니면… 나와 붙어야 한다는 사실이 부담스러워 빼는 것이오?"

부담이라니? 말도 안 되는 소리였다. 그러나 발끈하는 것이 못생긴 사내가 의도하는 바임을 알고 있었다.

"맘대로 생각하게나."

"사실 나 또한 여자에겐 별 관심 없소."

전혀 진심으로 느껴지지 않았다. 동시에 어처구니없다는 표정을 짓는 수검과 황조령의 반응을 무시하며 사내가 계속 말을 이었다.

"무림대회에 참가하면 수많은 고수들과 붙어볼 기회가 생기지 않소? 특히나 이번 대회의 강력한 우승 후보로 꼽히는 양철수(梁撤洙)와의 대결! 정말 흡성대법이 존재하는 것인지 내 눈으로 직접 확인하고 싶은 것이오."

"흡성대법!"

황조령의 눈이 커졌다. 그도 그럴 것이, 흡성대법은 무림의 호사가들이 지어낸, 절대로 존재할 수 없는 무공이기 때문이었다.

곧바로 수검의 유혹이 시작되었다.

"뭔가 수상합니다. 상대의 내력을 흡수하는 무공이 가당키나 합니까?"

황조령은 쓸데없는 소리 말라고 수검을 물리지 못했다. 무공에 대한 호기심이 누구보다도 강한 그였다.

"사기성이 농후하지 않습니까? 그런 놈들은 무림 정의를 위해 반드시 엄단을 해야 합니다."

불의를 보면 참지 못하는 집안 내력을 자극했지만 약했다. 양철수란 자가 사기꾼인지, 소문대로 흡성대법을 대성했는지 확실하지 않다.

수검은 작전을 바꿨다.

"혹시라도 정말 그런 무공이 존재한다면 더더욱 문제 아닙니까? 강호가 발칵 뒤집혀질 일이지요. 상대의 내공을 빼앗아

쓰는 놈이 있는데, 누가 힘들게 내공을 쌓으려 하겠습니까. 서로 내공을 빼앗으려 난리를 칠 것 아닙니까."

침까지 튀는 수검의 열변이 황조령에겐 들리지 않았다. 그의 머릿속은 흡성대법이 정말 가능한지에 대한 생각으로 가득했다.

예전 같으면 말도 안 된다고 일축했을 것이다.

그러나 자신 또한 남의 내공에 의지하는 처지 아니던가? 중대한 차이점이 있다면, 흡성대법처럼 강제로 빼앗지 않고 빌린다는 것이다. 더 심하게 표현하면 구걸한다고 볼 수도 있었다.

'번뜩 스치는 생각인데요, 천하지존문주나 사왕진 사건과 연관된 일은 아닐까요? 그렇지 않고서야 어찌 그런 내공심법이 존재할 수 있겠습니까?'

"......!"

수검의 귓속말에 황조령의 눈이 번뜩 뜨였다. 강호로 다시 출도한 이후, 기괴한 내공에 얽힌 사건을 여러 번 겪었고, 이 역시 그와 관련 되었을 가능성이 높았다.

정주 진가장으로 향하는 길.

황조령은 무림 최고의 수다꾼이 수검인 줄 알았다. 평상시는 물론 목숨 줄이 왔다 갔다 하는 대결 중에도 쉴 새 없이 떠들어댔기 때문이다.

한데 그 생각이 바뀌었다.

"그러니까 황 형, 사랑이라는 것이 참으로 우스운 것 아닙니까?"

새로이 동행하게 된 사내는 자신을 하북이 고향인 장일염이라 소개했다. 그리고 네 살 위인 황조령을 편히 형이라 칭했다.

"특히나 여자들은 지들 편할 대로 붙여 씁니다. 사랑하니까 만나고, 사랑하니까 헤어지고, 이게 뭡니까? 사랑이 여자들만 사용할 수 있는 전천후 무공입니까?"

황조령이 탄 마차와 똑같은 속도로 걸으면서 한시도 입을 쉬지 않았다. 그나마 수검의 수다에 단련된 상태인지라 견딜 수 있었다.

"여인네들은 정말 어느 장단에 춤을 춰야 할지 모르겠다니까요? 아무리 진심으로 잘해주면 뭐 하겠수? 하루에도 열두 번씩 변덕이 죽 끓듯 한데? 비슷한 처지의 황 형이니까 말하는 것인데… 이런저런 말도 안 되는 이유로 여자한테 차인 게 벌써 열 번이 넘는다우."

공자 앞에서 문자 쓰고, 번데기 앞에서 주름 잡는 격이다. 황조령은 자그마치 백 번이다.

"황 형은 그 비참한 심정 이해합니까?"

"뭐, 대충……."

"역시 뭔가 통할 줄 알았다니까!"

장일염은 극도로 반색했다. 자신의 처지를 이해줄 수 있는 사람이 있다는 것만으로도 행복했다.

"하지만 나는 아직도 모르겠습니다. 내가 그래도 한 무공 하지요. 괴롭힘을 당하는 처자를 구한 것도 백 명이 넘고, 남정네들 사이에선 우상이나 다름없지요. 내 무공 솜씨에 반한 여인들도 많았는데, 절대 오래가지를 못합니다. 도대체 왜? 왜, 차이는 걸까 말입니다!"

정말 모르는 것인가?

말고삐를 쥐고 마차를 이끄는 수검이 속으로 외쳤다.

'거울을 보란 말이다, 거울을!'

답답함을 참지 못하는 수검과 달리 황조령은 맞장구까지 쳐주었다.

"너무 신경 쓰지 말게나. 인연이 아닌 게지. 짚신도 짝이 있다고, 언젠가 마음에 차는 좋은 배필을 만날 수 있을 것이야."

"황 형이 그리 말해주니 왠지 위안이 되는데요?"

동병상련의 아픔을 겪기에 잘해주는 것인가? 아니다, 그에게 묻고 싶은 게 따로 있기 때문이었다.

"그런데 양철수라는 인물, 전설로만 내려오는 괴이한 무공을 쓴다는 것이 확실한가?"

"내 눈을 직접 본 건 아니지만……."

"소문일 뿐인가?"

"소문일 뿐이지만 확실하다 봐도 무방하지요. 그 소문의 진원지가 바로 진가장이우."

"……?"

진가장에서 펼쳐지는 무림대회와 양철수 사이에 뭔가 연관이 있는 모양이었다. 황조령이 의아하다는 표정을 짓자, 장일염은 기다렸다는 듯 자신이 알고 있는 내용을 말했다.

"양철수 그자는 원래 무림가 출신이 아닙니다. 밀무역으로 떼돈을 번 역관(譯官)의 아들이었는데, 절세미모를 지닌 진가장의 무남독녀 진약란 소저를 보고는 한눈에 뿅 갔지요. 돈 많은 아버지를 졸라 청혼을 넣기는 했는데, 진가장주의 성격에 그런 놈이 무남독녀의 사위로 눈에 차겠습니까? 그 당시 양철수는 아비의 돈만 믿고 설치는 난봉꾼으로 유명했습니다. 당연히 거절당했지요."

황조령의 고개가 절로 끄덕여졌다.

진가장주 진태황(陣太皇)과 안면이 있는 것은 아니다. 무림대전 당시 진가장은 무림맹과 진양교 어느 쪽에도 속하지 않는 중립 노선을 표방했다.

자신만은 피해를 보지 않겠다는 속 좁은 결정이 아니다.

누구를 위한 전쟁이란 말인가? 이놈이나 저놈이나 다 똑같은 족속이다. 욕심 때문에 무림에 골육상잔(骨肉相殘)이 벌어졌다는 외골수적인 생각 때문이었다. 그런 진가장주에게 난봉꾼 사위는 말도 안 되는 일이었다.

"진가장주의 확고부동한 태도에도 불구하고 양철수는 계속 진약란 소저에게 찝쩍거렸습니다. 참다못한 진가장주가 최후통첩을 했지요. 내일부터 눈에 띄는 순간, 집안 전체를 풍비박산 내겠다고 말입니다."

"그래서?"

이야기는 흥미진진했다. 지대한 관심을 보이는 황조령에게 장일염은 뻔하지 않느냐는 투로 대답했다.

"난봉꾼 아들 때문에 패가망신할 일 있습니까? 양철수의 집안은 그날로 허겁지겁 정주를 떠났습니다. 이것이 벌써 오 년 전 일인데, 한 달 전인가? 갑자기 다시 나타나서는 진가장에 도전장을 냈다고 합니다. 자신이 이기면 무남독녀를 달라는 것이었지요."

"딸이 무슨 물건도 아니고, 일언지하에 거절했으면 된 것 아닌가?"

그랬다면 무림대회도 개최되지 않았을 것이다.

"진가장주가 자기 무덤 판 격이지요. 진가장주도 예전에 그런 식으로 부인을 맞이했던 겁니다. 지금의 진약란 소저의 어머니를 말입니다. 양철수는 그런 전력을 들먹였고, 진가장주는 발끈하여 승낙했지 뭡니까. 버르장머리없는 양철수를 박살낼 요량으로 말이지요. 그런데 전혀 예상치 못한 결과가 벌어졌지요. 하남 최고의 사파라는 진가장이 참패를 당하고 말았습니다."

"흡성대법 때문에 말인가?"

장일염이 신중히 고개를 끄덕이는 순간, 수검이 불쑥 끼어들었다. 진가장과 양철수의 대결과는 거리가 먼 것이었다.

"진약란 아가씨는 그동안 뭐 하고 시집을 안 갔답니까? 그랬다면 이런 사단도 없었을 것이고… 혹시 시집가기 곤란한 문제라도 있는 거 아닙니까?"

"문제는? 그게 다 그녀의 효심 때문이지. 몇 년 전부터 심각해진 진가장주의 병을 수발드느라 그랬지. 내 사견(私見)이지만, 멀쩡한 진가장주가 나섰다면 그처럼 망신은 당하지 않았을 거라고. 그를 대신해서 수제자 몇 명이 나섰지만 내공만 쪽쪽 빨리고 말았지."

"하면 무림대회는 왜 하는 겁니까? 약속대로 둘이 혼인했으면 끝 아니었습니까?"

"진약란 소저가 죽어도 싫다고 난리를 쳤다지. 만약 그 혼인을 강행하면 자결을 하겠다고 말이야."

"양철수란 놈이 식겁했겠네요?"

"그렇지! 그녀 역시 진가장주를 닮아 한다면 하는 성격이거든. 그러나 그렇게 되면 아버지의 명예를 실추시키는 일이라 또 문제였거든."

"그래서 갑자기 무림대회를……."

장일염은 고개를 끄덕이며 대답했다.

"진약란 소저는 무림대회를 개최한다고 선포한 이후 양철수를 찾아가 말했지. 자신과 혼인하고 싶으면 이번 무림대회에서 우승하라고 말이야."

"당연히 양철수는 이를 받아들였고요?"

"별수있나? 꿈에 그리던 진약란 소저와 무사히 혼인하려면 말이야. 그만큼 자신의 무공 실력에 자신이 있다는 거지."

"이야~ 진가장의 무남독녀 정말 대단하네요. 양철수가 흡성대법을 쓴다고 소문을 낸 것도 그녀일 가능성이 농후하지 않습니까? 그래야 내로라하는 무림 고수들이 모여들 테니 말입니다."

"그야 모르지……."

장일염은 한 발 빼는 반응을 보였지만, 사실이라면 효과는 컸다. 무림지존의 위치까지 올랐던 황조령까지 낚인 셈이었다.

"그만큼 양철수란 놈과 혼인하기 싫다는 의미가 될 수도 있겠고, 이것 또한 인연이라면 진약란 소저와 내가……."

"헤헤, 설마요? 우리 황 대인께서 계시는데……."

황조령은 제쳐 두고, 수검과 장일염이 팽팽한 신경전을 벌이며 걷고 있는 그때였다.

"까아악~!"

어디선가 젊은 여인의 비명 소리가 들렸다.

"도, 도와주세요!"

다급한 음성으로 보아 큰 위기에 처한 것이 분명했다. 이를 놓칠 수검이 아니다. 만사를 제쳐 두고 달려가려는 찰나, 번개처럼 앞서가는 인물이 있었다.

"젊은 낭자! 내가 도와주겠소!"

장일염이었다. 과할 정도로 넘치는 미소로 보아 이를 계기로 좋은 인연을 맺어보겠다는 의미가 확실했다.

이에 질쏘냐! 황조령에게 말고삐를 넘긴 수검이 질풍처럼 내달리기 시작했다. 이를 악물고 달린 덕분에 먼저 출발한 장일염을 따라잡을 수 있었다.

"너는 뭐냐? 주인님 곁을 지켜야지?"

"헤헤, 위기에 처한 여인부터 구하는 게 순서지요. 그러는 장 공자는요? 무림대회에 참가하려면 쉬셔야 할 것 아닙니까?"

"그건 그거고… 이건 이거고!"

경쟁이 붙었다. 수검과 장일염은 어깨싸움까지 벌이며 비명이 들려온 쪽으로 달려갔다.

한편, 젊은 여인이 위기에 처한 장소.

한 무리의 왈패들이 젊은 처자를 위협하고 있었다.

"왜 소리는 지르고 지랄이야? 그냥 손에 있는 보따리만 놓고 가라고!"

"그러면 섭하지 않아? 우리도 재미 좀 봐야지?"

"그럴까?"

보따리를 꽉 움켜쥔 여인은 완전히 사색이 되었다.

"도, 도와주세요! 제발 도와주세요!"

"거, 되게 시끄럽네. 여기는 너무 외진 곳이라 아무도 안 와. 설령 온다고 해도 우리를 보면 깜짝 놀라서 오줌 지리기 일쑤라고."

"누구 없어요?! 제발 도와주세요!"

"거, 되게 말귀를 못 알아듣네? 이곳은 우리가 왕인 땅이라니까!"

한 놈이 젊은 처자를 강제로 끌고 가려는 순간이었다.

"누가 감히 예쁜 처자에게 손을 대는 것이냐!"
"내 말이~!"
부우웅~!
 젊은 처자가 등을 진 수풀에서 건장하기 그지없는 두 사내가 튀어나왔다. 웬만한 장정의 키를 훌쩍 넘는 수풀을 뛰어넘어 온 것이다.
 수검과 장일염이었다.
 갑작스런 그들의 등장에 젊은 여인은 왈패들을 만났을 때보다 더 놀란 표정이었다. 그녀의 반응과는 상관없이 거의 동시에 땅에 내려앉은 수검과 장일염은 젊은 여인을 향해 앞 다투어 말했다.
 "낭자, 걱정 마시오. 사내 중의 사내, 황 대인의 명을 받은 내가 도와주겠소."
 "아니오. 내가 도와주겠소. 내가 먼저 낭자의 비명을 듣고 달려왔단 말이오."
 "낭자, 잘 생각 보시오. 이왕에 도움을 받을 거라면 잘생긴 남자의 도움을 받는 게 낫지 않소?"
 "비겁하게……. 여기서 외모가 무슨 상관이더냐!"
 장일염이 버럭 화를 냈지만 수검은 신경 쓰지 않았다.
 "낭자, 저놈들이오?"
 이럴 때는 먼저 구해주는 게 장땡 아니던가. 당황스러움에 정신없는 여인의 고개가 움직이자마자 수검이 왈패들을 향해 뛰어들었다.

"황 대인의 이름으로 용서치 않으리라!"

늦으면 지는 것이다.

"내 주먹도 받아라!"

장일염 역시 곧바로 합세했다.

장대한 체격에 왈패들조차 식겁할 정도의 인상을 가진 그들이다.

푸악!

푸악~!

실력 차이는 훨씬 컸다. 그들이 휘두르는 주먹에 왈패들은 피떡이 되어 날아갔다. 도통 상대가 되지 않았다. 기가 질린 왈패들 중엔 서서 오줌을 지리는 놈들도 속출했다.

예상대로 왈패들은 금세 정리되었지만 그것으로 끝이 아니었다.

"낭자, 황 대인의 명을 받은 내가 낭자를 구했소!"

"아니오. 내가 저놈보다 왈패 한 놈을 더 때려눕혔소!"

"왈패들을 물리쳤다는 게 중요하지 숫자가 무슨 상관이오? 안 그렇소, 낭자?"

수검과 장일염은 서로 먼저 젊은 여인을 구했다며 또 다툼을 벌였다.

곧이어,

달그락달그락…….

직접 마차를 몰고 온 황조령은 이를 바라보며 설레설레 고개를 저었다. 그 둘과 함께해야 하는 앞으로의 여정이 어찌 될지 훤했기 때문이다.

　정주 끝단부에 위치한 진가장.
　무림대회의 열기는 정주 초입에 들어서자마자 느껴졌다. 각지에서 몰려든 무인들이 줄을 지어 이동하고 있었다. 진양교가 도발했던 무림대전 이후, 무림인들의 이러한 대대적인 움직임은 처음이었다.
　구름처럼 밀려드는 인파에 상인들 또한 즐거운 비명을 질렀다. 음식점, 객점, 길가의 노점상 모두 뜻밖의 대목을 맞이했지만, 대부분의 주민들은 이를 별로 달가워하지 않았다.
　"팔 병신, 다리병신, 천하의 추남. 장가 못 가서 안달 난 별거지 같은 놈들이 다 몰려왔구만."
　괜한 불평이 아니었다. 무림대회에 참가하는 사람 중 멀쩡해 보이는 인물은 가뭄에 콩 나듯 드물었다. 확연히 문제가 있어 장가를 못 간 사내들에, 실제 개방의 인물도 있었다.
　이에는 황조령 일행도 포함되었다. 곱지 않은 주민들의 반응을 아는지 모르는지 수검이 감탄사를 터뜨렸다.
　"히야~ 이거 경쟁률이 만만치 않은데요?"
　힘들겠다는 의미가 아니다. 수검의 음성은 자신감에 넘쳐 있었다.
　"하면 뭐 합니까? 우리 황 대인이 참가하시는데, 우승은 따놓은 당상이나 진배없지 않겠습니까?"
　"과연 그럴까?"

은근히 도발을 거는 장일염을 향해 수검이 대꾸했다.
"우승을 못하면 내 열 손가락에 장을 지지겠습니다."
"그리 함부로 장담하면 쓰나? 밥숟가락은 떠야 하니 두어 개 정도는 남겨놓지?"
"장 공자야말로 괜한 헛물켜지 마시고 일찌감치 다른 처자를 알아보심이……"
"이놈이!"
팽팽한 신경전을 벌이는 상황에서 황조령이 물었다.
"지금 어디로 가는 길이냐?"
"당연히 진가장으로 향하고 있지요."
인상을 구겼던 수검이 실실 웃는 얼굴로 대답했다.
"그럴 필요가 있겠느냐? 양철수란 자가 있는 곳으로 가자꾸나."
"호곡!"
양철수부터 직접 만나 그의 내공이 어떠한지 살펴보겠다는 의도였다. 그렇게 되면 무림대회 참가가 무산될 수도 있었다. 당황해 마지않는 수검 대신 장일염이 대답했다.
"그놈 또한 진가장에 머물고 있지요. 진약란 소저가 도망치지나 않을지 걱정인가 봅니다. 멍청하긴… 진짜로 걱정할 일은 따로 있는데……."
자신감 넘치는 장일염의 모습이 수검은 그리 밉지 않았다. 어쨌거나 장일염 덕분에 황조령을 진가장까지 데려올 수 있었던 것이다.

무림대회에 참가하는 것 또한 마찬가지였다.

외모나 문파, 나이 같은 제약은 없었지만, 한 가지는 확실해야 했다. 그녀를 정실로 받아들일 수 있는 신분이어야 한다는 것이다.

혼사를 위해 사천으로 향하는 황조령은 상당히 껄끄러워했다.

그러나 양철수와 직접 대면하기 위해선 어쩔 수 없다. 우승자가 반드시 진약란과 혼인해야 한다는 강제 규정은 없다. 그녀가 마음에 들지 않으면 혼인을 포기하면 되지 않느냐?

수검이 열심히 부추기고, 장일염이 적절히 바람을 잡아준 덕분에 참가 신청까지 끝마쳤다.

황조령은 진짜 신분을 밝히지 않았다. 용아촌의 황 아무개라는 매우 부정확한 신상명세를 기록했는데, 주최 측인 진가장은 이를 별로 신경 쓰지 않았다. 만약 정실로 받아들일 수 없는 신분임이 밝혀질 경우, 우승자로서의 자격을 박탈당한다는 서약서만 받고 그냥 넘어갔다.

"대회가 끝날 동안 조용히 기다리고 있어라."

"물론이지요, 황 대인."

진가장 안에는 무림대회 참가자만이 들어갈 수 있었다. 때문에 황조령과 수검은 잠시 이별을 해야 했다.

"좋은 소식 기다리고 있겠습니다."

"쓸데없는 소리 말고 어서 가거라."

"예, 황 대인. 너무 무리하실 필요도 없습니다. 평소 실력대로만 하면 됩니다. 그러면 하남 최고의 미녀를……."

"쓰읍!"

황조령이 인상을 구기자 그제야 수검은 황급히 뒤돌아서 사라졌다.

"들어가시지요, 황 형."

"그러지."

황조령은 장일염과 함께 진가장 안으로 들어섰다. 황가장과는 비교할 수 없을 정도로 큰 규모였다. 그러기에 각지에서 인생 역전을 꿈꾸는 무림인들이 몰려왔을 것이다.

나이 든 진가장의 식솔이 숙소로 안내했다.

"예서 무림대회가 시작될 때까지 머무시면 됩니다. 불편한 점이 있으면 언제라도 말씀하십시오."

귀빈이 아닌, 하룻밤 잠시 신세 지기를 청하는 손님들을 위해 마련된 유객(留客)으로 짐작되는 곳이었다.

"수고했네."

황조령은 가벼운 인사를 하고 숙소 안으로 들어섰다.

끼이익…….

붉은색 대문 안으로 들어서는 순간, 따가운 눈총이 느껴졌다. 먼저 와 있던 참가자들의 견제 섞인 시선을 받았지만, 그리 오래는 아니었다.

절룩거리며 걷는 황조령, 분위기가 전혀 살지 않는 장일염의 얼굴을 보고는 이내 줄줄이 외면했다. 확실한 견제의 대상이 누구인지는 안도하는 참가자들의 수군거림을 통해 알 수 있었다.

"역시나 흡성마인(吸星魔人) 양철수를 빼고 가장 경계해야 할 인물은 파사문(破死門)의 천광(天光)이겠지? 무패의 전적을 자랑하는 무시무시한 놈이니……."

"개방의 소걸(召傑)도 무시 못하지. 산전수전 다 겪은 백전노장에 개방이라는 큰물에서 놀았잖아."

황조령은 호기심을 느꼈다.

홍, 홍~!

장대한 체구에 거친 수염, 육중한 쇠 봉을 휘두르고 있는 인물이 보였다. 무패의 전적을 자랑하는 파사문의 천광이라는 자가 분명했다.

볕이 잘 드는 마루 위에는 매우 지저분한 거지가 누워 있었다. 놀랍게도 발가락으로 머리를 긁적이고 있었다. 개방의 소걸이라는 인물일 것이다.

참가자들의 집중 견제를 받는 그들이었지만, 장일염은 콧방귀도 뀌지 않았다.

"별 시답지도 않는 것들이……."

자신의 진면목이 밝혀지면 놀라 자빠질 것이라는 은근한 자만심이 배어 있었다.

그러나 강호에 떨쳐진 위명으로 본다면 황조령이 단연 으뜸이었다.

무림지존의 위치까지 올랐던 영웅 중의 영웅 무적신검 황대장이 참가했다는 사실이 알려지면 그대로 보따리 싸서 고향으로 내려갈 무인들이 속출할 것이다.

"황 형, 바둑 둘 줄 아시우?"

"조금."

"무료한 시간, 바둑이나 두면서 보냅시다."

"그러지."

황조령과 장일염은 바둑을 두면서 무림대회가 시작되기를 기다렸다.

시간은 흘러 무림대회 전날.

진가장주가 주최하는 참가자들을 위한 연회가 베풀어졌다.

드넓은 진가장 앞마당을 꽉 메운 연회석이 얼마나 많은 사람들이 무림대회에 참가하는지 한눈에 가늠케 했다. 유객에 머물던 사람들은 그 일부에 지나지 않았던 것이다.

"어중이떠중이 다 모아서 어쩌자는 것인지……."

산해진미가 가득한 음식 앞에서 장일염이 불만을 터뜨렸다.

"후딱 싸우고 진약란 소저와 빨리 혼인하고 싶은데, 이 많은 사람들이 비무를 펼치려면 몇 날 며칠이 걸려도 모자랄 것 아닙니까?"

많아도 너무 많았다. 이에 황조령은 차분히 음식을 들면서 대꾸했다.

"걱정 말게나. 진가장주 또한 무슨 생각이 있겠지."

"예?"

황조령은 더 이상 알려주지 않고 화제를 돌렸다.

"한데 양철수란 자는 어디 있는 건가?"

"없을 겁니다."

"어찌 그리 단언하는가?"

장일염은 연무장 주변을 대충 훑어보고 대답했던 것이다.

"진약란 소저가 없지 않습니까?"

"……?"

"고놈, 완전히 미쳤습니다. 눈을 떠서 잠자리에 들 때까지 진약란 소저만 줄기차게 쫓아다닌다고 하우."

"대단한 집념이군."

"집념이 아니라 미친 거라니까요? 진약란 소저 입장에서 생각해 보시오. 진짜로 꼴 보기 싫은 놈이 항시 쫓아다니니 얼마나 고생스럽겠습니까? 그 미친놈은 신경 쓰지 말고 술이나 듭시다."

"그러지."

진가장에서 마련한 음식을 안주 삼아 술잔을 주고받고 있는 그때였다.

"장주님 드십니다!"

참가자들은 모든 행동을 중지하고 예를 차렸다. 하남 일대를 쥐락펴락했던 무림인으로서의 명성을 떠나, 장인어른이 될 수도 있는 사람이었다.

제자들의 부축을 받으며 모습을 드러낸 진태황은 예전의 그가 아니었다. 의자에 앉아 군중들을 향해 말하는 것조차 힘겨워 보였다.

"이렇듯… 본가에서 열리는 무림대회에 많은 분들이 참가해 주어 고맙소이다."

'완전 이빨 빠진 호랑이군요. 한때는 하남 일대를 벌벌 떨게 했던 호인이었는데 말입니다.'

장일염이 안됐다는 표정으로 소곤거렸다. 동조하듯 황조령도 천천히 고개를 끄덕였다. 세월의 무상함이라고나 할까, 진양교나 무림맹 어느 쪽에도 굴하지 않던 대쪽 같은 호기로움은 찾아볼 수 없었다.

"차린 것은 없지만… 즐거이 드시기 바라오."

진가장주는 이내 자리를 떴다. 한자리에 오래 있을 수 있는 몸이 아닌 것이다.

진가장주가 떠난 이후, 연회장의 분위기는 더욱 좋아졌다. 호랑이처럼 무서운 장인보다 병약한 장인이 더 낫다고 판단한 것이다.

"저, 저 여인은?"

연회장 입구 쪽에서부터 큰 술렁거림이 일어났다. 진가장의 무남독녀가 직접 연회장을 찾은 것이다. 월하선녀 같은 아름다운 자태로 한눈에 그녀임을 알 수 있었다.

엷은 미소를 띤 진약란은 연회장을 돌아다니며 무림대회에 참가해 준 고마움을 표했다. 그녀의 움직임에 따라 참가자들의 시선이 몰려다녔지만 황조령은 예외였다.

그의 관심은 다른 곳에 있었다. 진약란을 지긋지긋하게 쫓아다닌다는 인물, 바로 흡성마인 양철수였다.

"저놈인가?"

굳은 얼굴로 그녀의 뒤를 따르는 사내가 눈에 띄었다. 그녀의 출현으로 열광적으로 변한 참가자들의 반응이 몹시 못마땅하다는 표정이었다. 값비싼 의복으로 보아 진가장의 제자는 확실히 아니었다.

"이보게, 저자가 양철수란 인물인가?"

"……."

장일염에게 확인을 구했지만 소용없었다. 그는 진약란의 아름다움에 넋이 나가 있었다. 어찌할 상황이 아니다. 미소를 짓고 다가오는 그녀가 지나가야 정신을 차릴 수 있을 것이다.

"감사합니다."

황조령과 장일염 앞에 도착한 그녀는 가벼운 눈인사를 하고 지나쳤다. 황조령은 그녀의 화사한 미소보다 날카로운 양철수의 눈빛이 더욱 신경 쓰였다. 말로는 할 수 없는, 그만이 알 수 있는 이질적인 기운을 느낀 것이다.

느낌보다는 확증이 필요했다.

"이보게."

그가 과연 양철수가 맞는지 장일염에게 물어보는 순간이었다.

"크윽!"

갑자기 장일염이 가슴을 부여잡고 휘청거리는 것이 아닌가! 깜짝 놀란 황조령이 물었다.

"왜 그러나?"

진가장

"수, 수, 수… 숨 막힐 정도로 아름답지 않습니까!"

"……."

진짜로 숨을 못 쉬고 있었던 것이다. 할 말을 잃은 황조령은 고개를 설레설레 저을 뿐이었다. 단단히 콩깍지가 씌인 것이 분명했다. 그러나 장일염과 같은 반응을 보이는 이는 한둘이 아니었다. 그녀의 아름다움에 반한 참가자들의 숫자는 기하급수적으로 늘어났다.

"소녀는 이만 물러가겠습니다. 저를 위해 힘든 걸음을 해주신 영웅호걸 분들의 건투를 빌겠습니다."

"우와아아~!"

진약란은 참가자들의 열화와 같은 환호를 받으며 퇴장했다. 소문을 틀리지 않아, 그녀의 아름다움에 반한 참가자들의 사기가 최고조에 달한 그때였다.

쿠앙!

그녀가 사라졌던 문이 거칠게 열리면서 무장을 한 진가장의 제자들이 들이닥쳤다.

"뭐, 뭐 하는 짓인가?"

"연회는 끝났습니다."

당황하여 묻는 참가자를 향해 무리를 이끌고 온 진가장의 제자가 말했다. 척 봐도 보통 실력이 아닌 듯한 외모와 분위기. 진가장의 호위대장 이건(李健)이었다.

"이제부터 무림대회에 참가할 수 있는 자격을 가진 분들을 추려내겠습니다. 쳐라!"

"우아아아~!"

이건의 명령이 떨어지기가 무섭게 진가장의 제자들이 참가자들을 행해 달려들었다.

이런 사태를 예상치 못했던 참가자들은 크게 당황했다.

"나, 나는 무기도 놓고 왔는데!"

그런 건 중요치 않았다.

푸악!

진가장의 제자들은 사정 봐주지 않고 닥치는 대로 참가자들을 공격했다. 사방에서 비명이 터지면서 환호성이 넘치던 연회장은 금세 아수라장이 되었다.

"이게 뭐여!"

발끈하여 덤벼드는 자도 있었다. 그러나 실력의 차이는 분명했다. 조직적인 진가장의 공세를 당해내재 못하고 이내 나가떨어지고 말았다.

쓰러지면 끝이었다.

그대로 밖으로 내쳐지는 것은 물론, 무림대회의 참가 자격까지 박탈당했다.

"크악! 이런 법이 어디 있나!"

절규하는 참가자들로 난리법석인 그 순간, 장일염은 황조령의 얼굴만 바라보고 있었다.

황조령은 이런 사태를 예상하고 있던 게 틀림없었다.

'진가장주 또한 무슨 생각이 있겠지'라며 말을 흐렸던 것을 기억했던 것이다.

"내 얼굴에 뭐라도 묻었는가?"

황조령은 부담스러울 정도로 빤히 쳐다보는 장일염에게 물었다. 이에 장일염은 황급히 시선을 거둬들이며 대답했다.

"아니우. 스무 판 내리 바둑을 졌을 때 벌써 알아봤수다."

"……?"

곧바로 장일염은 연회 탁자 위의 술병을 들어 올렸다.

"아직 남았는데, 더 드실라우?"

"좋지."

황조령은 흔쾌히 술잔을 내밀었다. 위기의 순간에서 고수와 하수의 차이점은 극명하게 드러났다.

참가자들의 집중 견제를 받았던 파사문의 천광 역시 여유로움을 잃지 않았다. 혼자서 조용히 술을 들이켜고 있다가 진가장의 제자들이 몰려드는 순간, 전광석화처럼 뛰어들었다.

파파파곽!

그는 신기에 가까운 몸놀림과 가공할 만한 힘으로 진가장의 제자들을 연이어 쓰러뜨렸다. 추풍낙엽처럼 쓰러지는 수하들을 보고 호위대장 이건이 재빨리 끼어들었다.

"그만! 이분은 정중히 모시어라!"

천광은 진가장 제자들의 깍듯한 예를 받으며 연회장을 벗어났다. 무림대회에 참가할 수 있는 실력을 인정받은 것이다.

게걸스럽게 음식만 탐하던 개방의 소걸도 마찬가지였다. 그가 본 실력을 드러내자 이건이 그를 제지했다.

아비규환의 난리 속에 무림대회의 참가자는 빠르게 걸러졌고, 이제는 황조령과 장일염 차례였다.

"막잔입니다."

팅.

황급히 건배를 한 장일염이 홀짝 마지막 잔을 비우고 몸을 일으켰다. 그리고는 가볍게 몸을 풀면서 사납게 몰려드는 진가장의 제자들을 바라보았다.

"어떻게 해야 멋지게 싸웠다는 소리가 진약란 소저의 귀에까지 들어갈까……."

무림대회의 참가 자격을 인정받는 그 이상을 노리고 있었다. 그러기 위해선 인상적인 무언가가 필요했다.

"조금 이른 감은 있지만, 내가 누구인지 확실히 보여주지!"

불끈 쥔 장일염의 주먹에 무형의 기운이 일렁거렸다. 상당한 실력의 내가고수라는 증거였다.

"이것들아, 깜짝 놀랄 준비나 하거라!"

번쩍 주먹을 치켜든 장일염이 뭔가 보여주려는 그때,

"멈춰라!"

장일염이 실력 발휘를 하기도 전에 호위대장 이건이 끼어들었다.

"왜에?"

장일염이 어이없는 표정으로 반문했다. 이에 이건은 깍듯이 인사를 하며 대답했다.

"공자께서는 굳이 싸우실 필요가 없습니다. 이분을 정중히 모시어라."

"왜에~?"

주먹 한 번 쓰지 않고 실력을 인정받았다는 게 마냥 좋지만은 않았다. 뭔가를 보여주려던 그의 계획에 차질이 생겼기 때문이다.

"지팡이를 들고 계신 대협도 마찬가지입니다."

"나 말인가?"

황조령은 확인하듯 반문했다.

"그렇습니다. 옆에 계신 공자님과 함께 영빈관으로 가시지요. 제 수하들이 정중히 안내해 드릴 것입니다."

"그러지."

황조령은 진심장을 의지하며 불편한 몸을 일으켰다. 그리고는 예를 갖추어 행동하는 진가장 제자들의 안내를 따르기 직전, 이건을 돌아보며 물었다.

"내 궁금한 것이 있는데, 왜 우리만 실력을 직접 확인하지 않는 것인가?"

이건은 극히 건조한 음성으로 대답했다.

"저는 명령을 따를 뿐입니다. 두 분은 절대로 시험하지 말라는 지엄하신 분부가 계셨습니다."

"진가장주님의 명인가?"

"아닙니다. 약란 아가씨의 명령이었습니다."

"……!"

황조령은 그녀를 다시 보게 되었다. 이 많은 인파 속에서 진면목을 숨기고 있는 고수를 찾는 것은 결코 쉬운 일이 아니었다.
 "따르시지요. 이제 곧 날이 어두워집니다."
 "그러지."
 늦은 시간까지 비명 소리가 난무했던 그날 밤.
 대회에 참가하는 모든 인원이 간추려졌고, 강호를 떠들썩하게 했던 진가장 무림대회의 날이 마침내 밝았다.

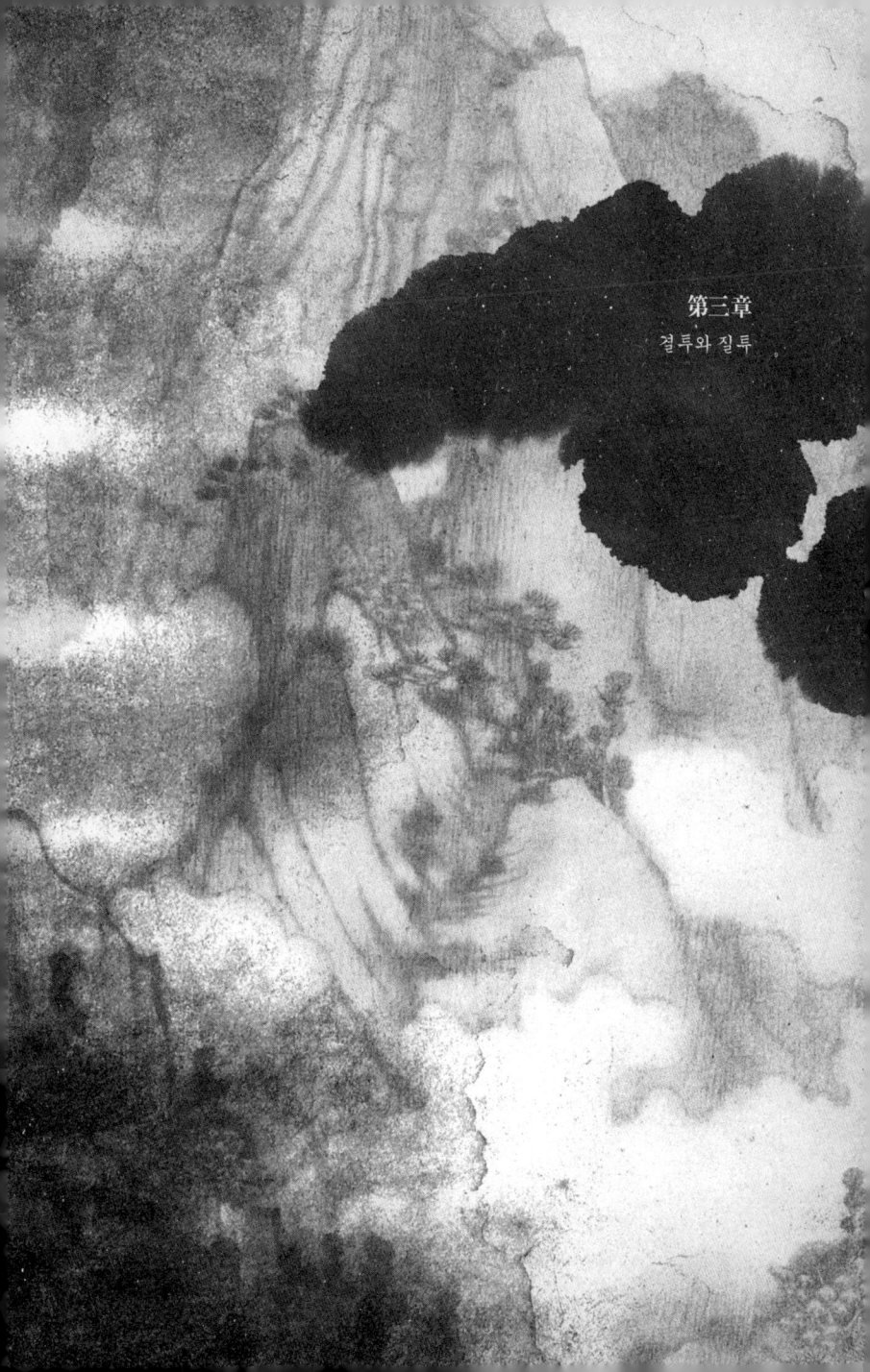

第三章
결투와 질투

화창한 날씨.

진가장 주변을 빼곡히 메운 군중.

승리를 향한 참가자들의 집념과 격전의 순간마다 터지는 열광적인 함성.

황조령은 이런 분위기에 익숙하다 할 수 있었다. 출전을 코앞에 둔 상황에서도 긴장한 모습은 느껴지지 않았다. 편안한 자세로 앉아 먼저 치러지는 장일염의 대결을 지켜보고 있었다.

"크아악~!"

장일염은 처절한 비명을 토했다.

상대에게 당한 것인가? 아니다. 그 반대다. 장일염이 제대로 몸을 풀기도 전에 승패는 이미 결정 났다.
"왜 이리 약한 거야?"
두어 번 주먹을 내지른 것뿐인데, 대결 상대가 너무 약해서 불만이었다. 어제부터 계속 뭔가를 보여주려 했지만 그럴 기회가 없었다. 오늘은 진약란이 지켜보고 있기에 더더욱 속이 탔다.
"어이! 비틀거리지 말고, 한 번만 덤벼보라고!"
무리한 부탁이다.
기습을 감행했다가 되레 연이은 정타를 얻어맞고 흐느적거리던 상대는 그대로 픽 쓰러지고 말았다.
"우와아아~!"
"미치네."
장일염은 승리를 축하해 주는 군중들의 환호가 그리 달갑지 않았다. 마음 같아서는 한 번 더 싸워보고 싶지만, 무림대회의 규칙을 따라야 했다.
축 처진 어깨로 대결장에서 내려오는 모습은 패자나 진배없을 정도였다.
"축하하네."
"아, 예. 황 형도 잘 싸우시오. 나보다 더 멋지게 이기지는 말고요."
황조령은 피식 쓴웃음을 지었다. 불편한 다리 때문에 행동의 제약이 많았기 때문이다.
절룩절룩······.

황조령은 의자를 들고 대결장에 올랐다. 군중들은 설마 의자에 앉아서 싸우나 했는데, 그 설마가 맞았다.
 척.
 대결장 중앙에 의자를 놓고 앉은 황조령은 대결할 상대를 향해 말했다.
 "덤비게나."
 상대는 어이없다는 반응이었다. 난감한 듯 머리를 긁적이며 바라보는 눈빛에는 정말 그 상태로 싸우겠냐는 의미가 포함되어 있었다.
 끄덕.
 황조령의 고개가 움직이는 순간, 상대의 태도가 돌변했다.
 파파팟!
 번개처럼 뛰어들며 의자에 앉아 있는 황조령을 향해 서슬 퍼런 검을 내뻗었다.
 퍽!
 황조령과 상대의 신형이 겹치면서 의자가 크게 흔들렸다. 그리고 시간이 정지한 듯 두 사람은 아무런 움직임도 없었다.
 승부가 난 것은 분명했다.
 누가 이겼을까?
 번쩍!
 황조령의 등 뒤로 예리한 칼날이 번뜩였다. 그러나 기습 공격이 성공했다는 것은 섣부른 판단이었다. 핏물이 묻어 있지 않았다.

결투와 질투

"꺼억……."

곧이어 기습을 감행했던 상대의 눈이 뒤집혀지며 앞으로 고꾸라졌다. 황조령이 겨드랑이 사이로 상대의 검을 흘려보내며 명치를 강타했던 것이다.

풀썩.

가공할 만한 파괴력이나 현란한 기술로 상대를 완벽히 박살 낸 것은 아니었다. 그러나 여태껏 치러진 대결 중 가장 깔끔하고 빠르게 상대를 제압했다. 때문에 군중들은 환호성을 터뜨릴 기회마저 놓치고 말았다.

어색한 침묵 속에 황조령이 의자를 질질 끌고 대결장을 내려오는 그때였다.

짝, 짝, 짝, 짝……!

자리에서 일어서 홀로 박수를 치는 이가 있었다. 다른 사람들의 시선은 전혀 신경 쓰지 않는 용감한 처자는 바로 진약란이었다. 처음부터 자리를 지키고 있던 그녀지만, 아무런 표정 변화 없이 구경만 하고 있었을 뿐 이러한 반응은 처음이었다.

"우와아아아~!"

곧이어 군중들의 우레와 같은 함성과 박수가 쏟아졌다.

그러나 황조령은 이러한 열광적인 반응이 썩 내키지는 않았다. 그를 보는 참가자들이 눈빛이 달라진 것이다.

특히나 진약란이라면 죽고 못사는 양철수. 벌떡 자리에서 일어난 그가 살벌한 눈빛으로 노려보며 대놓고 적의를 드러냈다.

"좋겠수……."

장일염은 부러움에 기가 팍 죽었다. 황조령은 개의치 말라는 듯 그의 어깨를 두드려 주며 옆자리에 앉았다. 그리고 그 또한 최대한 주위의 시선에 신경 쓰지 않고 곧이어 벌어지는 대결에 집중했다.

큰 이변은 없었다.

파사문의 천광이나 개방의 소걸, 이길 사람은 이기고 실력이 되지 않는 참가자들은 패배의 쓴맛을 봐야 했다.

그리고 무림대회 첫날의 마지막 대결, 마침내 흡성마인 양철수가 대결장 위로 올라섰다. 이상한 무공을 쓴다는 소문이 자자했던 그인지라 군중들의 관심 또한 컸다.

"정말 사람의 기를 쪽쪽 빨아먹는 무공이 존재할까?"

"그딴 무공이 있는지는 모르겠지만, 눈빛 하나는 엄청나게 살벌하네."

진약란이 황조령에게 특별한 관심을 보였을 때부터 심기가 불편한 상태였다. 짜증나서 미칠 것 같은 심정을 달랠 기회가 된 것이다.

그의 대결 상대는 지지리 복도 없는 자신의 대진 운을 저주했다. 첫 상대로 양철수를 만난 것도 서러운데, 잡아먹을 듯 단단히 화가 난 상태였다.

복없게 생긴 사내는 양철수와 감히 눈도 마주치지 못했다. 가능만 하다면 포기하고 싶은 그때였다.

"죽을 준비는 되었나?"

"……!"

목소리 또한 살벌하기 그지없었다.

"돈 없고, 연없고, 무공도 변변치 않은 것들이 분수를 알아야지. 그 나이 처먹도록 장가도 못 간 네까짓 놈들이 감히 누구를 넘봐? 그 욕심의 대가가 무엇인지 똑똑히 보여주마."

복없게 생긴 사내는 이미 전의를 상실했다.

펄펄 살기(殺氣)를 풍기며 다가오는 양철수의 위세에 눌려 주춤주춤 뒷걸음쳤다. 그러나 그리 넓지 않은 대결장 안에서 어디로 도망간단 말인가.

곧이어 복없게 생긴 사내는 원형(原形)으로 만들어진 대결장 끝단에 서게 되었다. 한 발 더 물러서면 포기하는 것으로 간주된다. 싸워보지도 않고 꽁무니를 빼는 것은 무림인으로서 최고의 수치였다.

"이야야야~!"

복없게 생긴 사내는 죽기 아니면 까무러치기의 심정으로 달려들었다. 되도록이면 까무러치는 선에서 끝났으면 하는 바람이었다.

최선을 다해도 모자랄 판에, 자포자기나 다름없는 마음가짐으로 상대가 될 리 만무했다.

사악.

양철수는 뒷짐을 진 모양새로 그의 검을 여유롭게 피해냈다. 그리고는 순간적으로 중심을 잃은 상대의 엉덩이를 밀치듯 걷어찼다.

퍼억!

완전히 중심을 잃은 상대는 그대로 엎어지고 말았다.

양철수는 여전히 뒷짐을 진 자세로 꼴사납게 엎어진 상대의 주위를 비아냥거리며 돌았다.

"이 버러지 같은 새끼… 아니지. 버러지는 지 분수라도 알고 있으니 버러지만도 못한 새끼로군. 참으로 볼품없는 얼굴에 실력까지 그 모양이니 아직도 장가도 못 갔지. 이런 놈을 싸질러 놓고도 어미라는 자는 좋아라 했겠지."

양철수의 도발이 도를 넘어섰다. 부모를 욕하는 것을 듣고 가만히 있을 사내는 없었다.

"마, 말이 심하구나……."

발끈한 상대가 몸을 일으켰다. 무림가 사내의 자존심에 이만은 결코 용납할 수 없는 일이었다.

"양철수… 아무리 개망나니라도 상대에 대한 예의는 지켜줘야 하지 않더냐. 이번 대회와는 상관없이 네놈과는 끝장을 보고 말 것이다."

"역시 버러지는 밟아야 꿈틀대는군."

양철수는 개가 짖나 하는 표정이었다. 큰소리만 치지 말고 어서 덤비라는 손짓을 보냈다.

"타아앗!"

분을 참지 못한 상대가 뛰어들었다. 감히 눈도 마주치지 못할 정도로 위축되었던 처음과 달리 너 죽고 나 죽자는 이판사판의 결의가 느껴졌다.

기세가 변했다고는 하나, 실력의 차이는 현격했다.

양철수는 비웃음 가득한 얼굴로 기다리고 있다가, 이를 악물고 검을 휘두르는 상대의 손목을 잡았다.

"……!"

"놀라긴, 그따위 실력밖에 안 되면서."

우두둑.

"크아악~!"

양철수가 힘을 주는 순간, 처절한 비명이 터졌다. 기이하게 돌아간 손목을 보아 다시는 검을 잡기 힘들 듯했다. 무인의 생명이 끝장난 것이나 진배없었지만, 이에도 양철수의 분은 풀리지 않는 모양이었다.

와락.

거칠게 상대의 머리채를 잡아챈 양철수는 광기 어린 눈빛으로 노려보며 말했다.

"구역질나는 면상, 나이만 처먹고 가진 것이라고는 쥐뿔도 없는 새끼가 감히 누굴 넘보느냔 말이다!"

"크윽……."

지지리 운도 없는 사내는 아무런 대꾸도 못했다. 참을 수 없는 고통에 괴로운 신음만 발할 뿐이었다.

"꼴에 또 사내라고 장가는 가고 싶었던 모양이지. 설마 아들딸 낳고 행복하게 사는 꿈이라도 꿨던 거야? 참 욕심도 많지. 너 같은 새끼들은 그냥 혼자 살다가 죽는 게 낫단 말이지. 그 버러지 같은 종자가 어디 가겠어? 네놈하고 똑같이 비참한 인생을 살게 뻔하잖아. 선택권도 없는 애들한테 너무 잔인한 짓 아닌가?"

"크윽…… 네, 네놈처럼 싸가지없는 인간보단 낫다."

"인생이 불쌍해서 봐주려 했건만, 주제도 모르고 입을 놀린 대가를 치러야겠지."

양철수는 묘한 기운이 일렁이는 손을 상대의 얼굴로 가져갔다. 수상한 낌새를 직감한 사내는 식겁할 수밖에 없었다.

"무, 무슨 수작을……."

"후후, 무슨 수작인지 잘 알고 있을 텐데?"

"서, 설마……!"

겁에 질린 사내는 고개를 저으며 완강히 저항하려 했지만 부질없는 짓이었다. 괴이한 기운이 넘쳐나는 양철수의 손바닥이 사내의 얼굴을 덮었다.

텁!

"이제는 후회해도 소용없어."

"읍! 으읍~!"

"이 모든 게 네놈이 자초한 일이란 말이다!"

양철수의 외침과 함께 사내의 저항이 멈췄다. 빨판처럼 상대의 얼굴에 착 붙은 양철수의 손바닥, 그의 손길을 따라 축 처진 사내의 몸이 두둥실 떠올랐다.

"헛된 욕심을 품고 이 자리에 있는 놈들은 똑똑히 보아라."

양철수는 낚시로 잡아 올린 물고기마냥 상대의 몸을 흔들어 보이며 말했다.

"진약란 소저와 혼인할 수 있는 사람은 바로 나 양철수뿐이다. 이런 꼴이 되고 싶지 않으면 당장 꺼지란 말이다!"

상대의 얼굴을 움켜쥔 손이 자색(紫色)으로 변하는 순간, 괴이한 현상이 벌어졌다.

"세, 세상에 어찌 이런 일이……."

박복한 사내의 맨살이 드러난 얼굴과 손, 수련으로 단련된 그 팽팽한 피부가 아흔 줄의 노인처럼 쪼그라들었다.

"저, 저것이 바로……."

반신반의했던 소문, 상대의 내공을 흡수한다는 흡성대법이 펼쳐진 것이다. 어느새 박복한 사내의 몸은 깡마른 고목나무처럼 변했다.

"똑똑히 보았느냐? 이것이 바로 네놈들의 말로인 것이다!"

흡성대법이 진실로 밝혀진 순간, 대부분의 참가자들은 쩍 벌어진 입을 다물지 못할 정도로 충격을 받았다. 내공을 잃는다는 것은 전부를 잃는 것과 다름없기 때문이다. 그 두려움을 얼마나 드러내지 않고 감출 수 있느냐의 차이였던 것이다.

반면, 별짓 다 한다는 표정으로 호승심을 불태우는 참가자도 있었다. 천광, 소걸, 장일염 등, 양철수의 대항마로 거론되는 인물이나 자신의 무공 실력을 굳건히 믿는 부류였다.

그중에서도 양철수의 집중 견제를 받게 된 황조령. 그는 아무런 표정 변화도 없었다. 시종일관 속내를 알 수 없는 무뚝뚝한 얼굴로 양철수의 도발적인 행동을 지켜보고 있었다.

이런 황조령의 모습은 양철수의 심기를 더욱 불편하게 만들었는데, 여기에 기름을 붓는 일까지 더해졌다.

 잔잔한 미소를 머금은 진약란이 황조령을 바라보고 있는 것이 아닌가! 어떤 의미인지 모든 사람이 알 만큼 그녀의 눈빛은 노골적(?)이었다.

 쿠앙!

 질투의 화신이 된 양철수는 기력이 빨려 앙상하게 변한 상대를 집어 던졌다. 그리고는 황조령을 향해 대놓고 손가락질하며 주체할 수 없는 적의를 드러냈다.

 "네놈의 진기는 밥숟갈도 들 수 없을 정도로 철저히, 아주 철저히 빨아먹을 것이다!"

 "기대하고 있겠네."

 "크윽!"

 무심한 황조령의 대꾸에 양철수는 신음까지 발하고 말았다. 이 모습을 지켜보던 진약란은 조신함을 잃고 웃음을 터뜨리고 말았다. 속된 말로 빵 터진 것이다.

 이판사판 결판을 내려 했지만 참아야 했다. 돌아가는 분위기를 보니 자신만 추하게 느껴질 뿐이었다.

 "네 이놈…… 두고 보자!"

 흡성마인 양철수는 어쩔 수 없이 울분을 삼키며 대결장을 내려와야 했다.

 첫 번째 대결이 펼쳐진 그날 밤.

 숙소로 돌아온 장일염은 무척이나 기운이 없어 보였다. 밥도 먹는 둥 마는 둥, 방 안에 들어서자마자 황조령을 외면하며 돌아누웠다.

진약란 때문이다.

황조령에게만 관심을 보이는 그녀의 반응에 상처 받은 것이다.

괜히 미안함을 느낀 황조령이 넌지시 말을 걸었다.

"바둑이라도 한판 둘까?"

장일염은 아무런 대꾸 없이 고개만 저었다.

싫다는데 어쩔 것인가? 황조령은 더 이상 말을 붙이지 않고 자기 볼일을 보았다. 천성적으로 말이 많은 편은 아니었던 것이다. 그러나 장일염은 다르다. 삐친 척하려 했으나 입이 근질거려서 미칠 지경이었다.

"황 형의 그 상처는, 언제 생긴 것이오?"

역시나 오래 참지 못하고 말을 붙였다. 그래도 자존심은 있는지 여전히 돌아누운 상태였다.

"글쎄… 사 년은 넘고 오 년은 되지 않았지."

"반쪽 남은 얼굴을 보면 꽤나 준수한 용모인데, 그 상처가 생기기 전까지는 꽤나 여자들이 따랐겠습니다."

"뭐, 그렇지……"

황조령은 무안한 기색의 웃음을 지으며 대답했다. 지나간 과거를 떠올려 뭐 하겠냐마는, 그 당시 황조령은 모든 여인들의 선망의 대상이었다 해도 과언이 아니었다.

"좋겠다고 해야 할지 안됐다고 해야 할지… 나는 처음부터 이런 몰골이었소. 해서, 못생겼다 놀림받고 외면받는 것에는 익숙합니다."

"외모가 무슨 상관인가? 남자든 여자든 겉으로 보이는 생김새보다는 그 사람됨이 중요한 것을."

"황 형이 그리 말하니 그렇다고 칩시다. 그런데 황 형은… 진약란 소저를 어찌 생각하시오. 약란 소저는 황 형에게 엄청 관심이 있는 것 같은데……."

장일염이 묻고 싶었던 가장 핵심적인 질문이다. 이에 황조령은 조금도 뜸들이지 않고 대답했다.

"나는 정말 관심없다네."

"……!"

순간, 돌아누워 있던 장일염의 눈이 번쩍 뜨였다.

"저, 정말이우?"

벌떡 몸을 일으킨 장일염에게 황조령이 말했다.

"나는 천성적으로 허튼소리는 하지 않는다네."

"어이구, 사람도 좋으셔라. 황 형이 별 관심 없다니, 내 마음이 왕창 가벼워진 것 같습니다."

"내 뜻이 무슨 상관인가? 어차피 약란 소저는 무림대회의 우승자와 혼인을 하기로 되어 있지 않은가? 자네가 우승만 하면 되는 것을……."

"에이~ 그래도 그게 아니지요. 약란 소저가 좋아서 무림대회를 열었겠습니까? 억지로 하는 혼사인데, 나름 마음에 드는 사람과 하면 좋지요. 게다가……."

결투와 질투 113

장일염은 잠시 뜸을 들였다 말을 이었다.

"황 형도 빨리 장가를 가야 할 것 아니오. 나야 아직은 황 형보다는 젊고 몸이라도 성하니… 아무튼 과부 사정은 홀아비가 안다고, 얼굴이 그렇게 되고 꽤나 고생했을 것 아니오. 나만큼이나 여자들에게 차였을 수도 있고요."

"……."

"서, 설마! 나보다 더한 거유?"

"……."

침묵은 긍정이다. 이제는 장일염이 괜히 미안해하는 상황이 되었다.

"하하, 하하…… 이 세상 사내 중에 여자한테 한두 번 안 차인 사람이 어디 있겠습니까? 우리 같이 힘냅시다. 소문에 듣자하니 백 번 차인 놈도 있답니다."

"……."

그놈이 바로 황조령이다. 얼굴까지 붉어진 황조령은 당최 표정 관리가 되지 않았지만, 장일염은 소문의 그가 바로 눈앞에 있다고 의심치는 않았다.

"자, 자! 기운 차리시고, 밤도 무료한데 바둑이나 둘까요?"

"그, 그러지……."

황조령의 대답이 떨어지기가 무섭게 장일염은 재빨리 바둑판을 대령했다.

"황 형이 백, 내가 흑. 이번에야말로 연패의 사슬을 끊고……."

백돌이 담긴 나무 상자를 친절히 황조령 앞에까지 놓아주고 대국을 시작하려는 그때였다.

"황 대협님 계십니까?"

어린 소녀의 음성이 들렸다.

진가장의 식솔이 분명했다. 황조령은 손에 든 바둑돌을 내려놓고 방문을 열고 나섰다.

"무슨 일인가?"

진약란이 항시 데리고 다니는 하녀였다. 그녀는 잠시 주위를 살피고는 찾아온 용무를 말했다.

"저희 아가씨께서 뵙기를 청하십니다."

"약란 소저가 나를?"

"예, 실례인지 알지만 꼭 만나고 싶다고 하셨습니다."

괜찮아졌던 분위기가 또 어색해졌다. 장일염이 바둑을 두려던 상태 그대로 굳어버린 것이다.

황조령은 장일염의 눈치를 살피며 대답했다.

"밤이 늦지 않았더냐?"

"그건 개의치 마라 하셨습니다. 이렇게 뵙고도 모셔오지 못하면 제가 혼납니다. 송구스러운 부탁이지만, 제발 시간을 내주시길 바랍니다."

"아무리 그래도……."

장일염이 문제다. 이 야심한 밤에 진약란과 단둘이 만나고 온다면, 그 후유증은 상상을 초월할 것이 분명했다.

"아가씨는 먼저 약속 장소로 향하셨고, 황 대협님이 오실 때까지 계속 기다린다고 하셨습니다."
 "허허, 어찌 이런 무경우가 있는가?"
 "소녀는 아가씨의 명을 따를 뿐이옵니다. 그러니 제발……."
 "내 아무리 생각해도……."
 난처한 기색이 다분한 황조령과 목숨 걸고 매달리는 하녀의 실랑이가 계속되는 때,
 "황 형, 그냥 따라나서지요. 약란 소저가 무작정 기다린다 하지 않습니까? 여자를 기다리게 하는 것은 사내대장부가 할 짓이 아니지요. 안 그렇습니까, 황 형?"
 굳은 것이 풀린 장일염이 입을 열었다. 대단히 인내심 깊은 말이었지만 얼굴 표정은 그러지 못했다.
 웃는 건지 우는 건지, 심하게 떨리는 볼 근육으로 볼 때 엄청 마지못해 하는 말이 분명했다.
 "자네, 괜찮은가?"
 "하하하, 제가 어떻다고? 당연히 괜찮지요. 어서 가보십시오. 약란 소저가 기다리지 않습니까. 어서요."
 "……."
 장일염의 상태가 심각했다. 이럴 때는 빨리 그의 눈에서 사라져 주는 게 상책이었다.
 "최대한 빨리 갔다 오겠네."
 "그러시든지요."
 장일염은 이를 악문 음성으로 대답했다. 폭발 직전의 상태가 분명했다.

"어서 가자꾸나."

"네, 소녀를 따르시면 됩니다."

황조령은 반색하는 하녀를 독촉하며 황급히 자리를 떴다. 그리고 다행히 폭발(?)은 일어나지 않았다.

"아우~!"

쿠앙!

장일염은 바둑판을 부수는 것으로 끓어오르는 질투심을 진정시켰다.

"그래, 참자. 여기서 난리를 쳤다가는 양철수란 놈과 다를 바 없잖아? 어우~ 재수없는 놈."

비교한 것 자체로도 끔찍한지 장일염은 심하게 진저리를 쳤다. 일단 조급한 마음을 진정시키긴 했지만 불길한 생각은 머릿속에서 떠나지 않았다.

달빛 아래 만난 두 사람, 어색할 사이도 없이 서로에게 끌리는 감정을 확인하게 된다. 진약란이 먼저 첫눈에 사모하게 되었다 고백하지만, 황조령은 애써 고개를 저으며 그녀를 외면한다. 그에게는 너무도 과분한 여인이기 때문이다.

진약란은 서로 사랑하는데 무슨 상관이냐며 매달리지만 황조령은 요지부동, 너무도 힘든 사랑이 될 줄 뻔히 알기에, 이 모든 게 그녀의 행복을 위한 일이라 생각하며 참고 또 참는다. 그러나 진약란이 애처로운 눈물을 흘리는 순간, 황조령의 마음은 무너지고 만다.

그 또한 진약란을 보는 순간, 숨이 막히는 듯한 격한 감정을 느꼈다고 털어놓게 된다.

감격한 진약란은 진심으로 황조령의 우승을 기원하고, 황조령 또한 반드시 그러리라 약속한 다음, 애틋한 분위기 속에 두 사람이 손을 맞잡는다는 식의 망상이었다.

"안 되지, 안 되지!"

장일염은 세차게 고개를 흔들었다. 그리고는 심히 애절한 얼굴로 황조령이 하녀를 따라 사라진 곳을 주시했다.

"제발……"

황조령이 끝까지 그녀에게 관심이 없기를 바랄 뿐이었다.

휘영청 보름달이 뜬 밤이었다.

하녀를 따라 약속 장소에 도착한 황조령은 바싹 경계하는 모습이었다. 그녀와 싸우자는 식의 전투태세가 아니라 심리적인 것이었다.

환하게 비추는 달빛 아래, 진약란은 은은하게 달빛이 반사되는 연못 주위를 거닐고 있었다. 그녀를 한 단어로 표현할 때 쓰이는 말, 월하선녀라는 분위기에 너무도 딱 들어맞았다. 그 신비로운 자태에 얼마나 많은 사내들이 마음을 빼앗겼을지 짐작이 갔다.

이것이 전투라면 상대에게 가장 유리한 조건에서 싸우게 되는 것이다.

"소녀는 이만 물러가겠습니다."

하녀도 떠나고, 이제는 그녀와 단둘이 남게 되었다.

절룩절룩.

황조령이 진심장을 의지하며 다가갔다. 이제야 인기척을 느꼈는지 진약란은 긴 생머리를 찰랑거리며 고개를 돌렸다. 그녀의 행동 하나하나에 묘한 매력이 깃들어 있었고, 달빛을 받아 그 아름다운 얼굴이 더욱 고와 보였다. 황조령이 아니라 장일염이었다면 또다시 호흡곤란을 일으켰을 것이다.

"무례한 청을 들어주셔서 감사합니다."

"그건 됐고, 무슨 일로 보자 하셨소?"

황조령은 극히 무뚝뚝한 음성으로 물었다. 이성으로 끌리는 마음을 애써 외면하는 모습은 아니었다. 무시한다는 느낌까지 들었지만 진약란은 얼굴색 하나 변하지 않았다.

"소녀는 진가장의 여식 진약란이라 하옵니다."

그걸 누가 모른단 말인가? 그녀가 의도하는 바는 따로 있었다.

"황 대협님의 존함은 어찌 되시는지요?"

황조령은 용아촌의 황 아무개라는 부정확한 신상명세를 기록했었다. 진약란은 황조령의 진짜 신분이 궁금했던 것이다.

"별로 말하고 싶지 않소만……."

"내키지 않으면 말씀하지 않으셔도 됩니다. 그러나 한 가지만은 확인하고 싶습니다. 고향이 용아촌이라 하셨는데, 산동 재남에 있는 그 용아촌이온지요."

"……."

황조령은 상당히 껄끄러운 표정을 지었다.

사람들은 고향이 아니라 진짜 신분을 밝혀도 자신이 무적신검 황 대장임을 쉽사리 받아들이지 못했다. 절룩이는 다리와 엉망이 된 얼굴 때문에 그 명성이 자자한 무적신검 황 대장과 자연스럽게 연결시키지 못했던 것이다.

그러나 진약란은 달랐다.

누구든 그의 얼굴 상처에 먼저 관심을 두는 것과 달리, 멀쩡한 부분만을 주시했던 것이다.

"그렇소."

황조령이 짧게 답하는 순간, 그녀의 얼굴에 묘한 웃음이 번졌다. 무슨 의미인지는 알 수 없었다. 아니, 알려고 드는 순간 그녀의 의도에 말려드는 것이었다.

"이제 용무는 끝난 것이오?"

"설마 고향이나 묻자고 황 대협님을 이 늦은 시간에 뵙자고 했겠습니까?"

"하면 서둘러 말하시오. 빨리 돌아가겠다고 약속한 게 있어서……."

진약란이 피식 웃음 짓는 의미는 분명했다. 왜 그런 약속까지 했는지 잘 알고 있다는 반응이었다.

"저 때문에 많이 곤란한 모양이지요?"

황조령은 잘 알면서 왜 물어보냐는 표정을 지었다. 그녀의 원치 않는 관심 탓에 황조령은 모든 참가들의 질투 어린 시선을 받고 있었다.

"실은 그 때문에 뵙자고 청하였습니다. 황 대협님을 곤란하게 만들어 정말 죄송스런 마음뿐입니다."

그런 생각을 가지고 있으면서 이런 야심한 밤에 불렀단 말인가? 이 때문에 더욱 난처한 상황에 놓이게 된 황조령이었다.

"소녀가 굳이 변명을 드리자면 양철수의 대책없는 질투심 때문입니다. 황 대협님도 느끼셨겠지만 저를 얻기 위해서라면 무슨 짓을 할지 모르는 인간입니다. 황 대협님이라면 이를 충분히 감당할 것이라 믿습니다."

다른 참가자들의 안전을 위한 조치였다는 설명이다. 그러나 썩 신뢰가 가지는 않았다. 그녀는 실력이 부족한 참가자들을 상당히 거친 방식으로 걸러낸 전력이 있기 때문이다.

조용히 그녀의 말을 듣고 있던 황조령이 확인하듯 물었다.

"그런 이유 때문에 나에게 관심이 있는 척했소이까?"

"누가 척이라 했습니까?"

"……!"

"혼인은 일류지대사입니다. 평생을 섬길 지아비를 찾는 일인데 어찌 소홀할 수가 있겠습니까? 진가장을 가득 메운 사내들 중에서 소녀의 마음을 설레게 했던 분이 바로……."

"그, 그만하시오!"

황조령은 황급히 그녀의 말을 끊었다. 식은땀까지 흘리는 것으로 보아 심하게 당황한 것이 분명했다.

"여자의 고백에 약하십니까? 아니면, 먼저 고백을 하는 여인이 경망스럽다고 생각하시는 겁니까?"

"그, 그런 게 아니라… 진 소저에게는 이 펄펄 끓는 살기가 느껴지지 않소?"

"……!"

어떤 상황인지 단번에 알아차린 듯 절로 눈살을 찌푸린 진약란이 혼잣말하듯 중얼거렸다.

"이 거머리 같은 인간이 또……."

그녀는 황조령 앞이라 내숭 떨지 않고 강한 적대감을 그대로 드러냈다.

"양 공자님, 쥐새끼마냥 숨어 계시지 말고 당당히 모습을 드러내시지요."

기다렸다는 듯 몸을 숨기고 있던 양철수가 튀어나왔다.

"낭자, 이 야심한 밤에 외간남자를 만나다니요? 아무 일도 없는 것이오? 저 얼굴 병신이 수상한 짓거리는 하지 않았난 말이오."

양철수는 진약란이 무슨 해코지나 당했을까 안절부절못했다. 부모나 할 법한 과도한 염려가 진약란은 달갑지 않은지 차디찬 표정과 음성으로 대꾸했다.

"저를 미행하셨다면 잘 알 것 아닙니까? 여기 계신 황 대협님은 그런 분이 절대 아닙니다."

"지금 제정신이오, 낭자? 세상에 모든 남자들은 늑대란 말이오. 이리 답답하니 내가 한시도 눈을 뗄 수 없는 것 아니오?"

"쓸데없는 걱정 말고 그만 돌아가시지요."

"그리는 못하겠소. 저놈을 어찌 믿고 떠나란 말이오? 낭자를 지켜줄 수 있는 사람은 이 세상에 나밖에 없소이다."

"그런 공자님의 행동이 저를 숨 막히게 하는 걸 모른단 말입니까?"

"이게 다 낭자를 위한 것이오. 지금이야 귀찮게 느껴지겠지만, 나중에는 분명 나에게 고마워할 것이오."

"제발 그 말도 안 되는 변명 좀 그만하세요."

서로가 답답한 대화가 오갔고, 가만히 기회를 엿보고 있던 황조령이 끼어들었다.

"자네에게 하고 싶은 말이 있는데?"

"나?"

양철수는 심히 못마땅한 얼굴로 대꾸했다. 황조령이 고개를 끄덕이자 도전적인 표정으로 변했다.

"나는 그쪽과 하고 싶은 말이 전혀 없는데?"

"자네에게 충고할 것이 있어서 말이네."

"충고? 네놈 따위가?"

어이없다는 반응을 보인 양철수는 이내 고개를 끄덕였다. 무슨 충고인지 들어나 보자는 심산이었다.

"강호의 선배로서 한마디 하자면, 자네의 무공은 너무도 위험하네."

"너무도 당연한 말을 충고라고 하시나? 내 흡성대법은 가장 위험하고 적수를 찾아볼 수 없는 천하무적의 무공이지."

"내 말뜻을 오해한 모양이군."

황조령은 의미 전달이 잘못된 듯하자 겸연쩍게 머리를 긁적이며 말을 이었다.

"내가 위험하다고 한 말인즉, 다른 이들의 반감을 살 수 있는 무공이라는 것이네. 무림인들이 목숨보다 더 소중히 여기는 내공을 빼앗는다면 누가 좋아하겠나? 위기의 상황에서 어쩔 수 없이 쓰는 것은 몰라도, 오늘처럼 자신의 위세를 과시하기 위해 사용한다면 많은 이를 적으로 만들게 될 거네."

"푸하하하! 별 걱정을 다 하는군. 내가 그런 놈들을 겁낼 것 같나? 주제도 모르고 덤비는 족족 내공을 빼앗으면 그만이잖아? 흡성대법이 무적인 이유가 바로 이거야. 적이 많으면 많을수록 나에겐 이득이란 말이지."

"정말 그리 생각하나?"

"무, 무슨 뜻이지?"

자신감에 넘치던 양철수가 뜨끔한 반응을 보였다. 그만큼 황조령의 눈빛이 그의 속내를 보듯 날카로웠던 것이다.

"내 추측컨대 자네의 흡성대법은 완벽하지 않아. 자세한 것은 대결장에서 만나면 알려주지."

"그러시던가. 그때는 밥숟갈도 못 들게 만들어주지."

"아, 그리고⋯ 말을 꺼낸 김에 한 가지 더. 과도한 관심엔 부작용이 따른다네. 진 소저가 그리 싫다는데도 계속 집착하는 이유가 뭔가?"

"그걸 몰라서 물어? 당연히 사랑하니까!"

양철수가 떳떳하게 사랑이라 밝히는 순간이었다.

"푸하하하하!"

어디선가 비관적인 웃음이 터져 나왔다. 숨어서 지켜보는 사람이 또 있는 모양이었다. 그가 누군지는 요상한 버릇으로 충분히 짐작할 수 있었다.

"어떤 놈이 또 사랑 타령이야?"

사랑 소리만 들으면 웃음을 참지 못하는 장일염이었다. 당당하게 모습을 드러내기는 했지만 몰래 엿듣고 있었다는 의심을 면키 어려웠다. 변명거리가 필요했다.

"황 형이 늦으니까 내가 이리 마중 나오지 않았습니까? 최대한 빨리 온다고 해놓고선……."

정말 그럴까? 하녀는 어디서 만나는지 말을 한 적이 없는데 어찌 알고 찾아왔단 말인가? 황조령은 장일염이 무안당하지 않게 거들어주었다.

"미안하네. 오늘만 좀 봐주게. 다음에는 이런 일이 없을 것이네."

급히 사과를 한 황조령은 진약란을 향해 시선을 돌렸다.

"한창 바둑을 두던 중이라서……."

"아, 그러셨군요. 소녀 때문에 중요한 대국을 망치고 말았군요. 정말 죄송합니다, 장 공자님."

"자, 자, 자, 장 공자님!"

장일염은 또 숨이 멎는 반응을 보였다. 진약란이 자신의 성을 기억해 주는 것만으로도 감격에 겨운 모습이었다.

그러나 황조령은 이러한 상황이 무척이나 난감했다. 갈등이 먹이사슬처럼 서로 얽히고설킨 관계였기에 십중팔구 분란이 발생할 것이 분명했다.

　이럴 때는 빨리 찢어놓는 것이 상책이었다.

　"진 소저, 나는 이만 가보겠소."

　황조령이 서둘러 떠나려는 순간이었다.

　턱!

　장일염이 번개처럼 황조령의 팔을 잡아챘다.

　"뭐가 그리 급합니까? 바둑이야 언제라도 둘 수 있는 것이고… 달빛도 심하게 아름답고 이리 함께 만나기도 힘든데 즐거운 대화라도 나누는 것이……."

　황조령의 팔을 잡은 장일염의 아귀힘이 점점 강해졌다. 반드시 그렇게 하고 싶다는 강력한 의지의 표현이었다. 즐거운 대화가 될 턱이 있겠느냐만 어쩌겠는가.

　"그, 그럴까?"

　"황 형, 정말 감사……."

　장일염의 기쁨은 오래가지 않았다.

　"아닙니다, 황 대협님. 무례한 청을 들어주신 것도 감지덕지한데 어찌 더 이상 귀한 시간을 뺏을 수 있겠습니까. 소녀는 이만 돌아가겠습니다."

　죄송스러운 듯 말했지만 명백한 거절이었다. 그녀 또한 방해꾼들 때문에 하고 싶은 말을 못하는 상황이었다.

　이에 양철수는 그럼 그렇지 하는 표정으로 콧방귀를 뀌었다. 어떠한 사내든 진약란 곁에 있다는 것 자체가 싫었다.

　"내가 바래다 주겠소."

"됐습니다."

양철수는 단호히 거절을 당했다. 이에 다시 장일염이 용기를 내어 말했다.

"그렇다면 제가……."

"말도 안 되는 소리!"

당연히 양철수가 발끈했다. 그러나 예쁜 여자라면 몰라도, 자신보다 나이 어린 사내에게 순순히 당할 장일염이 아니었다.

"어이? 너는 되고 나는 왜 안 되는데?"

상당히 도전적인 말투였다. 그렇지 않아도 진약란이 싫다는데도 계속 그녀를 쫓아다니는 양철수를 상당히 못마땅하게 여기고 있는 상태였다.

"그럴 몰라서 묻나?"

"모르겠는데?"

장일염은 양철수의 정면으로 바싹 다가서며 대꾸했다. 한판 붙어도 상관없다는 태도였다. 이에 양철수는 무척이나 같잖다는 웃음을 지어 보인 다음 대답했다.

"마침 달도 밝은데 연못 위에 네놈 얼굴 좀 비춰보시지?"

"내 얼굴이 왜~!"

그렇지 않아도 안쓰러운 얼굴이 붉으락푸르락 변했다. 씩씩거리며 바싹 들이댄 모습은 이마가 서로 닿을 정도였다.

"가까이서 보니 더욱 난해한 얼굴이군. 이런 얼굴을 닮은 아들… 아니, 딸을 생각해 보라고. 생각만 해도 끔찍하지 않아?"

결투와 질투 127

"끔찍한 건 바로 네놈이지. 여자가 싫다면 일찌감치 포기해야지. 약란 소저가 진저리를 쳐도 계속 쫓아다니냐, 이 미친놈아."

"미, 미, 미친놈!"

이젠 양철수의 얼굴이 붉으락푸르락 변했다.

"그래, 미쳐도 아주 단단히 미친놈이지. 아침에 눈 뜨자마자 약란 소저만 쫓아다닌다면서? 약란 소저가 일곱 살 꼬마, 여든의 할배와 이야기를 하는 것만 봐도 뭐 마려운 강아지마냥 안절부절못한다며?"

"그게 사랑이다!"

"푸하하하! 이 자식도 걸핏하면 사랑으로 면피를 하려 드네. 사랑이라는 게 작년 겨울에 다 얼어 죽었냐? 좋아하는 만큼 배려도 할 줄 알아야지. 네놈은 정신적으로 문제가 있는 거야. 그것도 아주 단단히."

"감히 내 사랑을 모독하다니, 정녕 죽고 싶은 것이냐!"

"푸하하하! 할 수 있으면 해보시든지!"

"두 분 다 그만하세요."

보다 못한 진약란이 끼어들었다. 어린아이들 말싸움도 아니고, 더 이상 유치해서 못 들어주겠다는 표정이었다.

"이리 티격태격하는 것은 소녀도 싫습니다. 두 분은 그냥 돌아가세요. 죄송스럽지만, 황 대협님께 다시 청을 드리겠습니다."

방해꾼들을 떼어낼 수 있는 기회였다. 장일염은 불만이 없었지만 양철수가 문제였다.

"절대 안 되오. 저놈만은 절대로 안 되오!"

그는 게거품을 물고 반대했다. 진약란이 관심을 보이는 황조령이 가장 큰 연적(戀敵)이라 판단했던 것이다.

"좋습니다. 그렇다면 소녀는 혼자 돌아가겠습니다."

"그렇게도 못하겠소. 이 늦은 밤에 어찌 혼자 돌아가겠다는 것이오?"

"올 때도 혼자 왔습니다."

"그때는 그때고, 지금은 더 야심한 밤 아니오?"

"맞습니다, 약란 소저. 시간도 시간이고, 이곳은 약란 소저를 마음에 품고 있는 사내들이 득실거리는 곳입니다."

잡아먹을 듯 으르렁거렸던 양철수와 장일염이 이번에는 또 죽이 맞았다.

"하면 어쩌자고요?"

계속 이리 있을 수는 없는 노릇이다. 난감한 표정이 역력한 진약란이 답답함을 토로하는 그때, 황조령의 음성이 들렸다.

"그럼 모두 함께 돌아가세나."

"……!"

"……!"

괜찮은 방법이다?

누구는 누가 싫고, 누구는 누가 절대 안 되고, 서로가 서로를 견제하는 상황이니 최선의 방법이라 할 수 있었다.

"소녀는 황 대협님의 제안을 따르겠습니다."

"나도 황 형의 의견에 따르겠습니다. 이러니 내가 바둑을 이길 수 있나."

양철수 또한 침묵으로 이를 수긍했다. 이보다 더 나은 방법을 찾을 수 없기 때문이었다.

"가시지요, 황 대협님."

"그러지요."

진약란과 황조령이 앞서 걸었다. 그녀는 불편한 다리의 황조령과 보조를 맞추며 걸었다. 이로써 유치한 분쟁은 일단락되었는가 싶었는데, 아니었다.

장일염과 양철수는 조금이라도 더 진약란 가까이 붙으려 치열한 신경전과 몸싸움을 벌였다. 그 유치하기 그지없는 다툼 속에서 진약란은 나직이 한숨을 토했다.

이 둘 때문에 정작 중요한 말을 하지 못했다. 그러나 아무런 성과도 없는 것은 아니었다. 이번 무림대회의 우승자는 이 세 남자 중에서 나올 것이라는 확신을 얻었다.

세인들의 지대한 관심 속에서 시작된 진가장의 무림대회가 막바지로 접어들었다. 치열한 경쟁에서 떨어질 사람은 다 떨어지고, 대회 우승자의 향방은 흡성마인 양철수, 파사문의 천광, 무적철권이란 별칭을 얻는 장일염, 앉아서 펼치는 지팡이술로 관심을 모은 황조령, 이 네 명으로 압축되었다.

특별한 이변이 없었던 이번 대회에서 가장 뜻밖의 결과로 여겨지는 것은 우승 후보로 손꼽히던 개방의 소걸과 황조령의 대결이었다.

대부분은 큰물에서 놀았던 소걸의 승리를 예상했다.

그러나 막상 뚜껑을 열었을 때, 결과는 정반대였다. 기민한 움직임과 현란한 봉법(棒法)으로 군중들의 탄성을 자아내게 했던 그는, 변변한 공격도 못해보고 황조령의 진심장법에 무릎을 꿇고 말았다.

운이 나빠 진 것이 아닌 완벽한 패배였다.

죽기 살기로 덤비다 실신하여 대결장에서 실려 내려온 소걸은 도저히 방법이 없었다는 듯 설레설레 고개를 저으며 쓸쓸히 진가장을 떠났다.

반대급부로 황조령의 인지도는 급속도로 상승했다. 단번에 양철수를 꺾을 것으로 기대되는 강력한 대항마로 떠오른 것이다.

진가장을 가득 메운 군중들은 이 둘의 대결을 보기 위해 엄청난 장사진을 펼쳤다. 결승이나 다름없는 대결이었다. 그러나 둘의 대결은 또 다른 준결승, 파사문의 천광과 무적철권 장일염 다음에 치러질 예정이었다.

군중들의 기대에 찬 시선 속에 천광과 장일염이 대결장 위로 올랐다. 가벼운 눈인사로 상대에 대한 예를 표하고 곧장 대결 태세로 접어들었다.

척~!

묵직한 철봉을 겨누며 천광이 말했다.

"그쪽의 운도 이제 다했군."

결투와 질투 131

지지리도 박복한 누구와 달리 장일염의 대진 운은 지독히도 좋았다. 실력이 변변치 않은 상대를 만나거나, 괜찮은 실력자라도 그전 대결에서 당한 부상 때문에 제 기량을 펼치지 못하기 일쑤였다.

"이제야 운이 트인 것이지. 드디어 내 실력을 발휘할 수 있는 기회를 얻었으니까."

장일염은 기쁨의 미소를 지어 보였다. 그 말이 사실임을 황조령은 잘 알고 있었다. 피식 웃음을 지어 보인 황조령이 둘의 대결을 지켜보던 때,

"상당히 재미있는 대결이 될 것 같습니다."

"너는 웬일이냐?"

수검이었다. 그는 황조령의 의아한 눈빛에 환한 미소로 화답하며 바로 옆자리에 앉았다.

"웬일은 웬일입니까? 오늘은 흡성 뭐시긴가 하는 놈과 중요한 대결이 있지 않습니까요."

"그러니까, 어떻게 여기까지 들어온 것이냔 말이다."

군중들은 대결장과 일정 거리 떨어진 곳에서 구경을 해야 했다. 대결장 주변은 참가자와 진가장의 식솔들이 아니면 철저히 출입을 통제했던 것이다.

"헤헤, 인맥 좀 썼지요."

"인맥?"

강호 초출이 무슨 인맥이 있단 말인가? 이에 수검은 능글맞은 웃음을 지으며 대답했다.

"진가장의 아가씨께 부탁 좀 했습니다."
"진 소저 말이더냐?"
"예! 제가 황 대인을 수행하는 신분인데 오늘은 가까이서 뵙고 싶다고 했지요."
역시나 황조령을 인맥으로 쓴 것이다.
"흔쾌히 응해주더냐?"
"당연하지요. 그러니까 제가 여기 있지 않습니까? 흔쾌히 승낙해 주는 건 물론, 여기까지 아주아주 친절하게 데려다 주셨습니다. 마음 씀씀이도 괜찮고, 그 아름다운 얼굴과 자태는 진짜 월하선녀가 따로 없지 않습니까? 처음 보는 순간, 숨이 멎는 기분까지 들었습니다."
장일염과 비슷한 반응을 보이는 이가 또 있었다.
수검은 진약란의 칭찬에 열을 올렸지만 황조령의 생각은 달랐다.
왜 그녀가 직접 수검을 안내해 줬을까?
그녀의 모든 행동엔 이유가 있었을 것이다.
"혹시 너에게 묻는 것이 있었더냐?"
"진가장 입구에서 여기까지 오는 동안 이런저런 잡담을 좀 나눴습니다. 그런 천하의 미녀를 만났는데 말도 못 붙이면 손해 아닙니까?"
"대체 무슨 말을 한 것이냐?"
황조령의 추궁에 수검은 일단 선부터 그었다.
"염려 마십시오. 황 대협님의 정체가 밝혀질 그 어떠한 말도 하지 않았습니다. 우리 황 대인의 성품이나 행동이 인간적으로나 사내로서 얼마나 괜찮은지 집중적으로 설명해 드렸습니다."

"정말 그뿐이더냐?"

"그렇습니다."

"나에 대해 특별히 궁금해하던 부분은 없고?"

"글쎄요. 집안이나 문파에 대해선 별 관심 없는 듯했는데… 얼굴 상처에 대해 묻기는 했습니다. 황 대인이 지아비가 될 수도 있으니 당연히 궁금하겠지요."

"해서, 뭐라고 했더냐?"

목청이 커진 황조령과 달리 수검은 착 목소리를 깔고 귀엣말로 속삭였다.

'설마 진양교주 모용관과 사투를 벌이다 입은 상처라고 했겠습니까? 그냥 무지하게 나쁜 놈과 싸우다가 재수없게 당한 상처라고 둘러댔습니다.'

"그게 끝이더냐?"

'언젯적 일이냐고 묻기에, 오 년이 약간 안 되었다고 솔직하게 대답해 줬습니다. 황 대인의 부인이 될지도 모르는데, 그 정도는 알려줘도 괜찮지 않습니까?'

"……"

절대 안 괜찮다. 황조령도 장일염에게 언제 당한 상처인지 사실대로 말한 적이 있지만 이와는 상황이 달랐다.

일인전승 문파의 칠대독자이며, 한때는 무림맹에서도 알아주는 위치에 있었고, 동지까지 해하는 무림맹에 환멸을 느끼고 낙향했다는 식의 결정적인 말을 해준다 한들, 장일염은 황조령이 무적신검 황 대장임을 절대 눈치채지 못할 것이다.

그러나 진약란이라면 이야기가 달라진다.

그녀는 황조령의 정체를 의심하기 시작한 게 분명했다. 수검은 별로 중요하다 생각지 않았던 말이 그녀에게는 결정적인 단서가 될 수도 있었던 것이다.

"무슨 문제라도 있습니까?"

황조령이 고심하는 빛을 보이자 수검이 물었다.

"아니다. 내 생각이 과했던 모양이다. 장 아우의 대결이나 보자꾸나."

"알겠습니다."

황조령과 수검의 시선이 대결장 위로 향했다. 그들이 대화를 나누는 동안 꽤나 시간이 흘렀지만 아직도 본격적인 대결은 이루어지지 않았다.

"장 공자는 싸울 생각은 하지 않고 무슨 사설이 저리도 길답니까?"

말이 많기론 장일염도 수검에 뒤지지 않았다. 상대와 주고받는 대화가 아니라 일방적으로 떠들어대는 수다였다. 파사문의 천광은 운이 끝났다며 처음 말을 붙인 것을 철저히 후회했다.

말 많은 것의 지존인 수검 또한 남의 수다는 지겨운지 이내 황조령을 바라보았다.

"이번에는 장 공자도 고전을 하겠지요?"

"왜 그리 생각하느냐?"

"당연하지 않습니까?"

기다렸다는 듯 수검이 대답했다. 그러지 않아도 입이 근질근질했던 차다.

"장 공자는 권법(拳法)을 사용하는데 허접한 상대라면 몰라도 육중한 쇠 봉을 휘두르는 천광을 어찌 주먹으로 당해내겠습니까?"

"맞는 말이다. 고수의 반열에 오른 천광을 맨손으로 이기기는 힘들겠지. 그래서인지 장 아우도 오늘은 검을 쓴다고 하였다."

"에이~ 그러면 더더욱 힘들지요. 무인에겐 자신의 주특기가 있지 않습니까? 주먹을 쓰던 사람이 갑자기 검을 드는 것은 자살 행위나 다름없지요."

"왜 그리 생각하느냐? 주먹만으로도 상대를 찾을 수 없는 실력이다. 그런 장 아우가 검을 들었으니 얼마나 대단할지 기대가 되는구나."

"호~ 그런가요?"

수검은 미심쩍은 표정으로 대결장 위의 장일염을 바라보았다. 때마침 기나긴 그의 수다가 끝나고 본격적인 진검 승부가 펼쳐지기 직전이었다.

"한데, 검이 없는데요?"

장일염은 여전히 맨손이었다.

"혹시 깜박 잊고 안 가져온 게 아닐까요?"

전장에 나가면서 무기를 깜박하는 사람이 있을까? 장일염은 충분히 그러고도 남을 것이라 수검은 생각했다.

"겉만 보고 사람을 평가하는 버릇은 반드시 고쳐야 한다. 특히나 산전수전 다 겪은 무림인은 더욱더 그렇다. 언제 어디서 무슨 일이 벌어지지 모르기에 항시 몸속에 비수를 감추고 있느니라."

"진심장 속의 검처럼 말입니까?"

"그렇다고 볼 수도 있겠지."

"한데, 아무리 봐도 어디에 검을 숨겼는지……."

"우와~!"

수검이 갸웃하는 순간, 군중들의 탄성이 튀어나왔다. 장일염이 감추고 있던 검을 꺼내 든 것이다.

후왕왕왕~!

기묘한 울림과 함께 장일염의 허리띠가 검이 되었다. 허리춤에 자연스럽게 감길 정도로 유연한 검이었다. 상대를 향한 검끝이 꼿꼿하지 못하고 힘없이 팔랑팔랑거렸지만, 그 누구도 이를 얕잡아 보지 못했다.

"저, 저것은 연검(軟劍)!"

"굉장히 다루기 힘든 검이라 들었는데, 생긴 것답지 않게 섬세한 모양이네?"

강호에는 무수히 많은 무기가 있지만 그중에서 가장 다루기 까다롭다고 정평 난 것이 바로 연검이었다.

쉽게 휘어지는 특성 때문에 자신이 다치는 경우가 허다했고, 힘으로 밀어붙이는 공격을 막기가 어려웠다. 이를 극복하려면 섬세한 기술과 중후한 내공의 소유자라야 가능했다.

"역시나 보통내기가 아니었군."

천광은 이런 일을 예견한 듯한 말투였다. 강한 호기심을 느꼈을 뿐 놀라거나 위축된 모습은 없었다.

"결승 때까지 나의 애검(愛劍)을 못 쓰나 했는데, 자네를 만나서 정말 다행이야."

"연검의 사나움은 익히 들어 알고 있지. 그러나 그리 허약한 검으로 나의 벽력봉(霹靂棒) 막아낼 수 있을까?"

"부드러움이 강함을 제압하는 법이거든."

"그건 어설픈 놈들을 상대로 할 때의 이야기지. 나의 강함은 상상을 초월한단 말이다!"

후아앙~!

육중한 벽력봉을 휘두르며 천광이 먼저 공격을 시도했다. 살벌한 파공음에서 알 수 있듯 가공할 만한 위력이 담겨 있었다. 정면으로 대항했다가 대결장 밖으로 나가떨어진 이가 수두룩했다.

소나기는 잠시 피해가라고, 이번 공세를 피하고 반격을 노리면 좋으련만 장일염의 성격에 그런 꼼수는 없었다.

"화끈하게 받아주지!"

호기롭게 외친 장일염이 찰랑거리는 연검을 휘둘렀다. 천광과 맞붙었던 다른 이들과 똑같은 우를 범하나 했는데…….

쩌엉~!

"마, 막았어~!"

격돌의 순간, 군중들의 탄성이 터졌다.

연약해 보이는 검이 육중한 벽력봉을 막아낸 것이다.

내공의 힘이다.

장일염의 정순한 내공이 주입되자 팔랑거리던 연검은 그 어떠한 검보다 단단해졌다.

창창창창창……!

곧바로 수십 합의 공수 교환이 이루어졌다.

"주먹만 잘 쓰는 줄 알았더니 검도 제법일세?"

장일염은 힘과 기술에서 결코 천광에 뒤지지 않았다. 사납게 몰아치는 검으로, 힘에만 의존하는 천광의 우위를 점하는 상황이었다.

군중들은 엄청난 이변이 일어날 것이란 기대를 가졌다. 그러나 이를 지켜보는 수검의 반응은 시큰둥했다.

"저게 뭐 하는 짓입니까? 연검이면 연검답게 써야지, 그냥 보통 검을 쓰는 것과 무엇이 다릅니까?"

휘어져 감기는 연검의 특성이 전혀 보이지 않았다. 장일염은 그냥 보통의 검처럼 연검을 사용했다. 이래서는 연검을 가져온 의미가 전혀 없었다. 차라리 보통 검을 가져왔다면 내공의 낭비 없이 더욱 쉽게 천광을 몰아붙였을 터다. 순전히 멋으로 연검을 사용하는 것이 분명했다.

황당해 마지않는 수검을 보며 황조령이 웃음 띤 얼굴로 반문했다.

"누구랑 똑같지 않느냐?"

"……."

그 누가 바로 수검이었다. 그 또한 전장의 광인이라는 서도곤에 맞서 우수(右手)로 먼저 싸웠던 전력이 있었다.

"이번 대결을 잘 봐두어라. 상당한 고수들의 대결이니 좋은 경험이 될 것이다."

"명심하겠습니다."

수검은 잡생각을 접고 대결에 집중했다. 황조령이 말했다면 분명 그 이유가 있을 것이다. 집중을 하고 보니 상당히 흥미가 있었다.

천광의 싸움 방식이 수검과 비슷했던 것이다.

힘을 위주로 상대를 몰아치는데 번번이 장일염의 기세에 밀렸다.

"이런……."

수검은 괜히 기분이 나빴다. 물론 그라면 좀 더 강하고 빠르게 몰아쳤을 테지만, 견고한 장일염의 방어를 뚫는다는 보장이 없었다.

천광은 불리한 형세를 역전시키려 했지만 역부족이었다. 시간이 지날수록 뒷걸음치는 횟수가 많아졌다.

"저런 끈기없는……!"

수검은 분통을 터뜨렸지만 대세는 이미 기울었다. 체력적으로도 장일염이 우위에 있었다.

천광이 이길 수 있는 방법은 장일염이 결정적인 실수를 하거나 수세에 몰려 마구 휘두른 공격이 운이 좋아 먹히는 수밖에 없었다.

그런 행운은 일어나지 않았다.

푸악!

복부에 발차기를 허용한 천광은 그대로 주저앉았다. 장일염은 곧바로 끝장내지 않고 뒤로 물러섰다. 다시 일어나 싸울 수 있는 기회를 베푼 것이다. 그래야 자신이 군중들의 시선을 좀 더 받을 수 있었다.

장일염의 기대에 부흥하듯 천광이 몸을 일으켰다.

승리에 대한 집념은 대단했지만 몸이 따라주지 않으니 문제였다. 충격이 누적된 상태에서 제대로 한 방 허용한 발차기의 위력은 컸다.

파팟!

천광은 곧바로 뛰어든 장일염의 공세를 막아내지 못했다.

퍽퍽퍽퍽!

더 이상 검은 필요없었다. 장일염은 지금껏 상대를 제압했던 권법으로 천광의 몸을 난타했다.

연이어 정타를 허용한 천광은 장일염이 마무리를 짓듯 크게 회전하며 휘두른 발차기 공격을 맞고 대결장 밖으로 날아갔다.

우당탕탕.

"우와아아아~!"

의식을 잃은 천광의 몸이 관중석에 떨어지는 순간, 우레와 같은 환호성이 쏟아졌다.

장일염은 번쩍 양손을 치켜들었다.

멋지게 승리를 거둔 자신을 향한 환호라고 생각했지만 엄청난 착각이었다. 끊임없이 이어지는 열렬한 환호는 다음에 치러질 대결인 양철수와 황조령을 위한 것이었다.

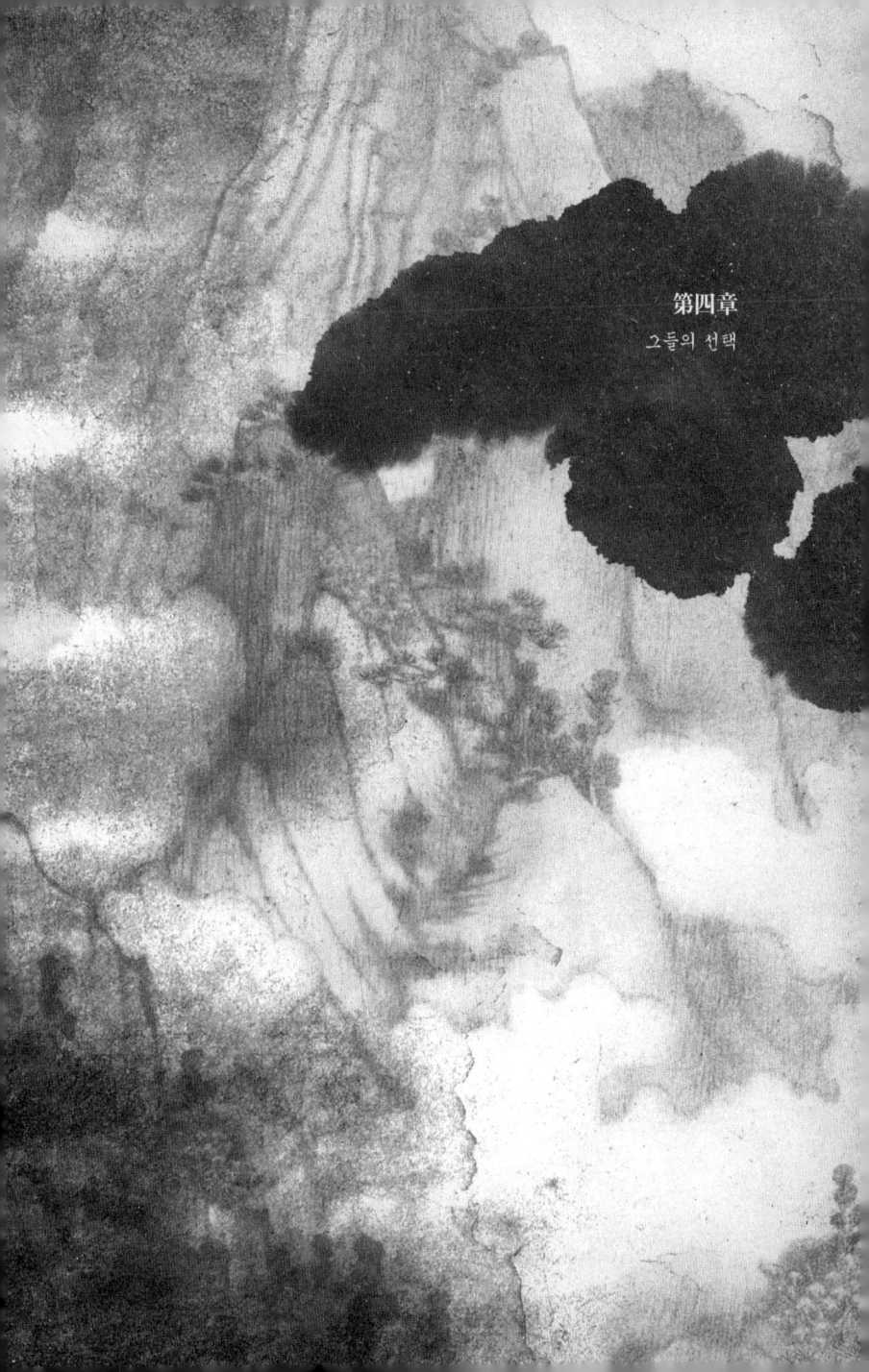

第四章

그들의 선택

끊임없이 이어지는 환호 속에 황조령이 자리에서 일어났다.
"갔다 오마."
"예, 내일 대결도 있으니 후딱 끝내시기 바랍니다."
수검은 황조령의 승리를 기정사실처럼 받아들였다. 그도 그럴 것이, 흉성마인 양철수가 아무리 기괴한 무공을 쓴다고 해도 폭룡검 사왕진과 비교하면 턱도 안 될 정도로 무게감이 떨어지는 상대였다.
고개를 끄덕인 황조령은 의자를 끌고 대결장으로 향했다. 불편한 다리 때문에 움직임이 둔했다.
양팔을 번쩍 치켜들며 대결장에서 내려오던 장일염이 황조령을 지나치며 말했다.

"결승에서 봅시다."

엷은 웃음으로 화답한 황조령이 대결장 위로 올랐다.

"우와아아아~!"

진가장이 떠나갈 듯한 환호성이 울려 퍼졌다. 결승이나 다름없는 뜨거운 열기였다.

먼저 대결장에 올라와 있는 양철수의 얼굴엔 초조함이 느껴졌다. 빨리 대결이 시작되기를 누구보다도 간절히 바라는 표정이었다.

황조령은 언제나 그랬듯 의자를 끌고 대결장 중앙으로 향했다. 그리고는 진심장에 의지하여 힘겹게 의자에 앉은 다음 양철수를 바라보며 말했다.

"후회없는 비무가 되기를 바라겠네."

"시끄럽다!"

파팟!

예의 같은 건 필요없었다.

양철수는 대결이 시작되자마자 곧바로 뛰어들었다. 황조령이 만만치 않은 상대임을 알고 있기에 그 또한 검을 들고 나왔다.

예사롭지 않은 기운을 발하는 멋들어진 보검이었다.

흡성대법이란 기괴한 무공으로 상대의 기력을 빼앗으며 잔인하리만큼 완벽한 승리를 거뒀던 그다.

그런 양철수가 검을 잡았으니 얼마나 대단하고 기이한 검법을 펼쳐 보일지 잔뜩 기대하는 분위기였는데…….

툭, 툭!

"크윽……."

털썩.

군중들은 어떤 상황이 벌어졌는지 제대로 알아채지 못했다.

격돌의 순간, 가벼운 타격음이 나는가 싶더니, 양철수는 황조령 앞에 무릎을 꿇고 말았다.

"대체 어찌 된 일이야?"

"그, 글쎄… 자기 발에 걸려 넘어진 것은 아닐 것이고."

환호성 대신 웅성거림이 일었다. 양철수가 벌써 당했다고는 상상도 할 수 없었던 것이다.

군중들도 이런 반응을 보이는데, 정작 본인의 심정은 어떻겠는가.

"이런 말도 안 되는……."

양철수는 이를 악물고 몸을 일으켰다.

휘청.

충격이 남아 있었다. 그나마 다행인 것은 황조령은 의자에 앉아 움직이지 않는다는 것이었다.

비틀거리며 물러선 양철수는 서둘러 헝클어진 머리부터 매만졌다. 진약란이 보고 있기 때문이었다. 비웃는 그녀의 모습을 생각하면 쥐구멍에라도 숨고 싶은 마음이었다.

그러나 이미 벌어진 일을 어찌할 수 있겠는가. 이 수모를 만회하려면 단숨에 황조령을 제압하는 수밖에 없었다.

"타아앗!"

충격에서 벗어나자마자 양철수는 다시 뛰어들었다. 바싹 기합이 들어간 외침으로도 알 수 있듯, 더 이상 황조령의 실력을 얕잡아 보는 마음은 없었다.

정신을 차리고 덤벼들면 충분히 승산이 있다고 믿어 의심치 않았지만, 오산이었다.

푹.

"컥!"

황조령이 내뻗은 진심장에 명치가 찔린 양철수는 또다시 주저앉고 말았다. 무척이나 괴로운지 크게 입을 벌린 상태에서 침까지 흘려대고 있었다.

"뭐, 뭐야? 상대도 안 되는 거야?"

"그, 그러게… 이건 완전히 가지고 노는 경우잖아."

구경꾼들의 수군거림은 양철수의 귀에까지 들렸다. 이는 그 자신도 이해할 수 없는 일이었다.

"왜, 왜지? 천하제일의 무공을 손에 넣었는데……."

양철수의 중얼거림을 듣고 황조령이 대답했다.

"자네가 어떤 무공을 손에 넣었는지 모르겠지만 이 세상에 천하제일이라 할 수 있는 완벽한 무공은 없다네. 꾸준히 수련하여 진정한 자기 것으로 만들고 발전을 시켜야 한다네."

"누가 그 뻔한 충고를 듣고 싶다더냐."

"이는 무림인의 기본적인 마음이네. 기본을 무시하면 자네 같은 꼴을 면키 어렵지. 천하제일의 무공을 손에 넣으면 뭐 하나? 기본이 부족하니 허점투성이가 아닌가."

"그따위 고리타분한 충고는 사양한다 했다. 네놈이 잘났으면 얼마나 잘났단 말이더냐!"

양철수는 이를 악무는 음성으로 대꾸했다. 황조령의 충고에 진저리를 치는 것으로 끝나는 게 아니었다.

몰래 흡성대법을 펼칠 요량인지 슬금슬금 왼쪽 손을 황조령의 발목을 향해 가져가고 있었다.

그러나 이를 눈치채지 못할 황조령이던가.

"미안하지만 꼼수는 통하지 않는다네."

퍽.

황조령은 슬금슬금 다가오는 양철수의 손등을 진심장 끝으로 내리찍었다.

"크아악~!"

처절한 비명이 튀어나왔다. 엄청난 고통을 느끼는지 다른 쪽 손으로 진심장을 들어 올리려 안간힘을 썼다.

"소용없는 짓이야. 자네가 발버둥 치면 칠수록 고통만 더욱 심해질 것이네."

황조령은 경고의 의미로 진심장을 쥔 손에 힘을 실었다.

우두둑.

"크아아악~!"

거북한 소리와 함께 더욱더 처절한 비명이 터졌다. 호된 경고를 당한 양철수는 이내 섣부른 발버둥을 중단했다.

"내 자네에게 몇 가지 물어볼 것이 있네. 성의껏 대답해 준다면 진심장을 거둬들이도록 하지."

"……."

양철수에게는 어쩔 도리가 없었다. 우선은 이 난감한 상황에서 벗어나는 게 시급했다. 자존심이 무척 상하기는 했지만, 몸만 자유롭게 되면 똑같이 복수해 주리라 다짐했다.

"무엇이 그토록 궁금한 것이더냐?"

황조령은 양철수만 들을 수 있는 음성으로 물었다.

"자네가 배운 무공의 출처가 궁금하네."

"……!"

"자네가 그 무공을 창안했을 리는 없지 않은가? 명문 정파의 사부에게 전수받았다든지 절벽 밑으로 떨어졌는데 그곳에 이상한 동굴이 있었고, 이 동굴을 찾는 이에게 천하제일의 무공을 남겨놓았다는 은거기인의 기연을 얻었다든지 했을 것 아닌가?"

"내 무공은……."

잠시 고민하던 양철수가 입을 여는 순간이었다.

"진실만을 말하기 바라겠네. 허튼소리로 날 기만하는 대가는 매우 가혹할 것이네."

양철수는 머뭇거렸다. 말을 할까 말까 여러 번 망설이다가 이내 체념한 듯 입을 열었다.

"샀다."

"……?"

"돈을 주고 샀단 말이다."

"천하제일의 무공을 돈을 받고 파는 사람도 있다더냐?"

황조령은 당최 이해할 수 없었다. 무림인에게 무공비급은 목숨보다 더 소중한 것이었다. 때문에 무공비급을 손에 넣으려 추잡한 참극을 벌이는 경우도 종종 있었다.

 "요즘은 돈이면 못하는 것이 없는 세상이다. 네놈은 상상도 못하는 거금을 주고 손에 넣었단 말이다. 그러니 약속대로 이 염병할 막대기를 치우란 말이다."

 양철수는 당당히 진심장을 치우라 요구했다. 그러나 무공비급을 돈 주고 샀다는 것은 떳떳치 않은 모양인지 그의 대답 소리는 황조령만 들을 수 있을 정도로 작았다.

 "한 가지만 더 묻지."

 "염병······."

 "자네에게 무공비급을 판 인물은 누구인가?"

 "······."

 발끈하려던 양철수가 입을 꽉 다물었다.

 "나는 상상도 못할 거금을 줬다고 하지 않았나? 무공비급의 진위 여부도 모른 채 그런 거금을 선뜻 내줬단 말인가?"

 "내가 그리 어리석을 것 같더냐? 흡성대법의 진가(眞價)를 확인한 다음 돈을 주었다."

 "하면 누군지 잘 알 것 아닌가? 누군지 발설을 하면 죽이겠다는 협박이라도 받았는가?"

 "나는 돈 주고 위험을 사는 짓은 하지 않는다. 그런 조건이 붙었다면 거래도 하지 않았을 것이다."

 "그렇다면 말을 하라. 자네에게 무공비급을 판 이가 어떤 단체의 누구인가?"

"모, 모른다."

"모른다고?"

"검은 면사로 얼굴을 가린 젊은 여인이 찾아왔었다. 특별한 방식으로 접근해 오는 기생인가 했는데, 나로서는 상상도 못하는 경지의 고수였다. 무공비급의 거래에 대해서만 이야기했을 뿐이다. 그 외에 대해서는 나도 알고 싶지도 않았다. 아는 만큼 위험해진다는 것을 본능적으로 느꼈기 때문이다."

황조령은 천천히 고개를 끄덕였다. 양철수의 말과 행동에서 거짓을 찾을 수 없었다. 정말 모르니까 모른다고는 말하는 것뿐이다.

괴이한 무공을 퍼뜨리는 단체에 대해 충분치는 않지만 존재의 유무는 확인할 수 있었다. 상당한 고수일 것으로 추정되는 젊은 여인, 그녀가 비밀스런 단체의 우두머리인지 아니면 단순한 하수인에 불과한지 확인할 수는 없지만, 그녀를 찾게 되면 더 큰 정보를 얻을 수 있을 것이다.

"고개 좀 그만 끄덕이고 어서 이 지팡이를 치우란 말이다!"

황조령은 화를 내는 양철수에게 다시 물었다.

"그 여인에 대해 기억나는 특징은 없는가? 말투로 고향이 어디인지 짐작할 수 있었을 것이며, 키가 크다든지 작다든지, 마르거나 뚱뚱하거나 하는 신체적인 특징이 있었을 것 아닌가?"

"진짜 사람 미치게 만드네. 목소리는 짜증날 정도로 무미건

조했으며, 키는 크지도 작지도 않았고, 마르거나 뚱뚱하지도 않았다."

"너무 성의없는 대답 같은데?"

황조령은 진심장에 힘을 싣는 시늉을 했다.

"젠장! 저, 정말 모른단 말이다. 내가 확신할 수 있는 특징은 상당한 미인이라는 것뿐이다."

"그녀는 검은 면사를 하고 있었다고 하지 않았나?"

"나 정도 내공이 되면 면사 너머의 얼굴 형태만 봐도 미인인지 아닌지 알 수 있단 말이다."

어떤 내공인지 짐작이 갔다. 거짓이 아님은 분명했지만 너무도 추상적인 단서였다.

"잘 기억해 보게나. 다른 신체적 특징은 없었나? 면사 너머의 얼굴은 그리 잘 알면서 밖으로 드러난 특징 하나 발견하지 못했겠는가?"

"아, 글쎄, 없다니까!"

"기억을 잘 떠올려 보래도?"

"진짜 더 이상은 없다!"

"나는 말이네, 사람의 얼굴 표정만 보고도 그가 진실을 말하는지 뭔가 숨기고 있는지 대번에 알 수 있다네."

"허풍 떨지 마라. 세상에 그런 능력을 갖고 있는 사람이 어디 있다는 것이냐?"

"자네 말을 빌리자면… 나 정도로 사람에 대한 내공이 쌓이면 충분히 알 수 있다네."

그들의 선택

거짓이 아니다. 특히나 일 년 가까이 산송장인 상태에서 주변 사람들을 보며 관찰했던 황조령이다. 그 덕분인지 사람 얼굴에서 드러나는 진실과 거짓을 누구보다 정확히 구별할 수 있었다.

"정말 기억이 없는가?"

"그렇다니까!"

"그렇다면 어쩔 수 없지. 기억나게 해주는 수밖에."

황조령은 진심장에 힘을 실었다. 이번에는 척이 아니라 진짜였다.

우둑…….

"크악! 소, 소, 손톱~!"

손톱이 아프다는 것은 아닐 것이다. 황조령은 힘주는 것을 멈추고 물었다.

"손톱이 어떻다는 것이냐?"

"그 여인은 손톱에 붉은 칠을 하였다. 핏빛보다도 더 진한 붉은색이었다."

"……!"

황조령의 눈이 크게 떠졌다.

매우 중요한 단서를 얻었다는 의미이다.

많은 여인네들이 멋을 위해 손톱에 봉숭아물을 들이거나 색을 칠하곤 했다. 그러나 그녀가 무림인이라면 이야기가 달라진다. 그들이 익힌 무공에 따라 손톱 색이 변하기도 하는데, 특히나 독공을 익힌 경우가 그랬다. 이를 감추려 붉은색을 칠했을 가능성이 농후했던 것이다.

"고맙네."

약속대로 황조령은 진심장을 거둬들였다.

그 순간 양철수는 손을 빼냄과 동시에 멀찌감치 거리를 벌렸다.

"젠장……."

그의 왼손에는 진심장에 찍힌 자국이 선명하게 남아 있었다. 얼얼한 느낌도 가시지 않았지만, 검은 오른손으로 쓰니 크게 문제될 것은 없었다.

"감히 내 몸에 상처를 내다니, 네놈의 멀쩡한 다리는 베어 개 먹이로 주고 온전한 반쪽 얼굴 또한 난도질하여 세상의 모든 여자들이 토악질할 정도로 끔찍한 몰골로 만들어주마."

양철수는 저주를 퍼부으며 힘을 모았다.

여태껏 당한 것은 실수이며, 다시 한 번 정신 차리고 덤비면 이길 수 있다는 자신감은 여전했다. 그러나 그의 저주를 현실로 이루려면 진양교주 모용관 이상의 실력자라야 가능했다.

"타아앗!"

이를 알 리 없는 양철수는 용감하게 뛰어들었다. 그러나 역시나 결과는 똑같았다.

팍!

"크윽!"

양철수는 황조령의 한 수를 당해내지 못하고 그대로 주저앉았다. 분하지만 다음 공격을 기약하며 황조령이 앉아 있는 자리에서 멀리 도망치려는 그때였다.

"어딜?"

"컥!"

진심장의 손잡이가 양철수의 목을 잡아챘다.

"이제는 끝장을 볼 시간이라네."

후악!

황조령은 힘주어 진심장을 잡아당겼다. 그와 동시에 양철수의 몸이 뒤로 벌러덩 넘어갔다.

쿠웅~!

뒤통수의 강한 충격도 느낄 사이도 없이 준엄한 눈으로 노려보는 황조령의 얼굴이 보였다.

"강호는 말일세, 돈이나 재물로 어찌할 정도로 호락호락한 곳이 아니라네. 그 치열함을 모르기에 그런 막말도 할 수 있는 것이겠지."

황조령은 강호라는 세계가 결코 만만치 않음을 양철수가 직접 몸으로 느낄 수 있게 만들어주었다.

콱콱콱콱콱!

황조령은 인정사정없이 진심장을 휘둘렀다. 사람이 아닌 미친개를 잡는 것으로 비춰질 정도였다.

"크악…… 그, 그만……."

팔이 부러지고 머리가 깨진 양철수는 이내 피범벅이 되었다. 참으로 불쌍한 몰골로 통사정했지만 황조령은 진심장을 멈추지 않았다.

"그대는 제발 멈추라고 사정하는 상대방의 간청을 들어준 적이 있던가?"

퍼퍼퍼퍼퍼퍼퍽!

외려 진심장을 휘두르는 속도와 강도는 더욱 세졌다. 안하무인의 버릇을 고쳐 주리라 단단히 마음먹은 모양이었다.

그동안 잔인할 정도로 상대를 핍박했던 양철수였지만 황조령을 만나서는 고양이 앞의 쥐에 불과했다. 그가 천하제일이라 믿었던 무공도 황조령에게는 통하지 않았던 것이다.

"제, 제, 제발… 그만… 내, 내가 졌다……."

양철수가 항복을 선언하자 그때서야 황조령은 사나운 매질을 멈췄다. 완벽이란 말이 부족할 정도로 일방적인 황조령의 승리였다.

너무도 일방적으로 끝난 대결인지라 군중들은 뭐가 어떻게 돌아가는 상황인지 제대로 파악도 못했다.

"몸조리 잘하게나. 돈 많은 부잣집 도련님이니 그런 걱정은 안 해도 되겠군."

의자에서 일어선 황조령이 뒤돌아서는 그때였다.

"크크크, 아직 끝나지 않았다."

턴.

갑자기 태도가 돌변한 양철수가 황조령의 발목을 잡았다.

"무슨 짓인가?"

황조령은 인상을 찌푸리며 물었다. 이에 양철수는 회심의 미소를 지으며 대꾸했다.

"무슨 일이 벌어질지 잘 알고 있을 텐데?"

"이미 대결은 끝났네. 쓸데없는 짓은 그만두게나."

"그렇게는 못하지. 이번 대결의 결과와는 상관없이 나의 전부인 약란 낭자를 욕심내면 어찌 되는지 똑똑히 보여줄 것이야."

순간, 양철수의 손이 자색으로 변했다. 흡성대법을 시전한다는 전조였다. 군중들은 식겁했지만 황조령은 인상을 살짝 구기는 정도의 반응만 보였다.

"아직도 정신을 못 차렸군."

"크크크크…… 네놈의 모든 내공과 진기를 빼앗기고도 그런 모습을 보일 수 있을까?"

"뺏을 수 있으면 뺏어보게나."

황조령은 전혀 개의치 않는 모습이었다. 그도 그럴 것이, 황조령은 빼앗길 내공이 없었다. 외려 남의 내공을 빌려다 쓰는 처지였던 것이다.

"뭘 믿고 그리 당당한지 모르겠구나. 방금 내뱉은 말을 평생 후회하게 만들어주겠다!"

양철수의 외침과 동시에 군중들의 우려에 찬 탄성이 튀어나왔다. 승리를 거둔 황조령이 내공을 전부 빼앗기나 했는데 그 반대의 현상이 벌어졌다.

"크아아악~!"

처절한 비명은 양철수의 입에서 터졌다.

황조령에게 진기를 빼앗기면서 급속도로 몸의 생기를 잃어 가고 있었다.

 이는 황조령도 의외였다.

 일신에 내공이 없으니 아무 일도 벌어지지 않을 줄 알았건만, 양철수의 내력이 밀물처럼 자신에게 몰려왔다. 그러나 쌓이지는 않고 단전으로 빨려들어 순식간에 사라졌다.

 "크아아악~ 이런 말도 안 되는 일이 자꾸만~!"

 양철수는 짜증이 극에 달하는 반응을 보였다. 황조령을 만나면서부터 되는 일이 없었던 것이다.

 "그만 포기하고 손을 놓아라. 힘들게 쌓은 내공을 모두 날려버리고 싶은 것이더냐?"

 "크아악~ 나, 나도 그러고 싶지만, 이 염병할 손이 떨어지지 않는다!"

 양철수는 더욱 세게 황조령의 발목을 잡았다. 그의 의지가 아닌, 거부할 수 없는 어떤 힘에 이끌린 현상이었다.

 황조령 역시 떼어내려 했지만 소용없었다. 양철수의 손은 자신의 발목과 한 몸처럼 달라붙은 듯 꿈쩍도 하지 않았다. 그리고 시간이 지남에 따라 양철수의 몸은 그가 흡성대법을 썼던 상대처럼 피골이 상접하게 변했다.

 "대체 무슨 수작을 부린 것이냐~!"

 아무도 양철수의 외침에 귀 기울여 주지 않았다. 그동안 그가 보여줬던 행동 때문인지 인과응보, 또한 꼴 좋다 하는 냉소에 찬 반응이 지배적이었다.

그들의 선택

"이거 참……."

 황조령도 양철수의 손을 강제로 떼어내려는 노력을 포기했다. 그가 억지로 떼어내려 힘을 주면 줄수록 양철수의 내력이 더욱 빠른 속도로 황조령의 몸속으로 흘러들어 왔던 것이다.

"나를 원망 말게."

 자연스레 내공이 고갈되기를 기다리는 수밖에 없었다. 그나마 다행인 것은, 양철수의 흡성대법에 당했던 사람들 모두 진기만 빼앗겼을 뿐 생명에는 지장이 없다는 것이다.

 아무리 양철수 자신이 자초한 일이라도 괴로움에 몸부림치는 그를 빤히 쳐다보기는 그랬다. 황조령이 시선을 돌려 먼 하늘을 응시하고 있을 때였다.

"황 대인, 또 수상합니다!"

 수검의 다급한 외침이 들렸다.

"뭐가 또 수상하단 말이더냐?"

"또 터질 것 같습니다!"

"……!"

 깜짝 놀란 황조령이 양철수를 바라보았다. 그러나 진기가 고갈되어 생기를 잃어갈 뿐 폭발의 기미는 보이지 않았다.

"황 대인의 발목을 잡고 있는 저놈의 손을 보십시오!"

 등잔 밑이 어두운 경우였다. 황조령은 재빨리 고개를 숙여 자신의 발밑을 확인했다.

"……!"

정말이었다. 자신의 발목을 잡고 있는 양철수의 손이 징그럽게 꿈틀거리며 부풀어 올랐다. 폭룡검 사왕진의 경우처럼 폭발의 기미가 분명했다.

"세상에, 이게 무슨 조화란 말인가!"

생전 처음 보는 기현상에 군중들은 기겁했다. 사람의 손이 어찌 저렇듯 요동치며 부풀어 오를 수 있단 말인가!

"끄아아아악~!"

양철수의 자지러지는 비명 속에 황조령의 발목을 잡은 손에서 시작된 기현상은 팔목과 팔꿈치를 지나 점점 그의 몸을 향해 퍼져 나갔다. 몸 전체로 퍼져 폭발을 일으키는 것은 시간문제였다.

아무리 양철수가 밉상이라고 해도 비참히 죽게 내버려 둘 수는 없었다.

황조령은 결심한 듯 진심장을 두 손으로 잡았다. 그리고는 지체없이,

서걱!

발검과 동시에 양철수의 팔을 뱄다. 폭발의 전조가 퍼지기 바로 직전인 곳이었다.

푸시익~!

붉은 피가 분수처럼 솟으며 절단된 팔이 허공으로 솟아올랐다. 몸에서 분리되었어도 양철수의 팔은 계속 부풀어 올랐고, 마침내 폭발을 일으켰다.

퍼펑!

사왕진의 경우와 비교하면 폭발의 강도는 미미했다. 그러나 너무도 해괴한 현상을 목격한 군중들은 충격과 공포로 말문이 막힌 모습이었다.

아무도 섣불리 입을 열지 못하는 분위기 속에서 양철수의 비명이 울려 퍼졌다.

"크아악~ 내 팔~ 이 다리병신 새끼, 나와 무슨 억하심정이 있어 내 소중한 팔을 잘라낸 것이냐! 그러고도 네놈이 무사할 것 같더냐! 내 목숨이 다하는 날까지 네놈을 쫓아다니며 오늘의 빚을 받아낼 것이다!"

물에 빠진 사람 구해주니 보따리 내놓으라 멱살 잡힌 격이었다. 양철수는 누구 덕분에 생명을 건졌는지는 생각지 않고 팔을 잃었다는 것에만 광분했다.

원래 그런 놈이라 생각했는지 황조령은 아무런 대꾸도 하지 않고 대결장을 내려왔다.

"축하드립니다."

수검이 제일 먼저 달려와 승리를 축하해 주었다. 그런데 마냥 기쁜 눈치는 아니었다.

"한데, 저놈 괜찮겠습니까?"

수검은 아직도 저주의 말을 퍼붓는 양철수를 곁눈질하며 물었다.

"뭐가 말이더냐?"

"저런 놈들은 자기가 당한 것에 대해서는 평생을 쫓아다니며 악착같이 괴롭힙니다. 진약란 아가씨를 향한 집념을 보십시오. 후환이 있을 수도 있으니 그냥 처리하는 게 낫지 않을까 싶습니다. 결정적인 순간 황 대장님의 뒤통수를 칠 수도 있으니 말입니다."

이에 황조령은 양철수를 슬쩍 돌아보고는 대꾸했다.

"나의 뒤통수를 친다고…… 그럴 위인이나 될지 심히 의심스럽구나. 그냥 두어라."

"네, 알겠습니다."

황조령은 크게 신경 쓰는 않는 눈치였고, 수검 또한 자신의 염려가 과했음을 깨달았다.

연신 저주의 말을 퍼붓던 양철수는 붉은 핏기만 남기고 사라진 팔의 흔적을 매만지며 통곡해 마지않았다.

뜨거운 관심 속에서 진행되었던 진가장의 무림대회.

마침내 진약란과의 혼인을 걸고 최후의 한판 승부를 벌이는 결승전 상대가 정해졌다.

장일염과 황조령이 곧바로 승부를 펼쳤다.

무공 대결이 아닌 사적인 바둑 대국이었다.

흑을 쥔 장일염이 바둑판 위에 돌을 놓으며 물었다.

"황 형은 형제가 어떻게 되시우?"

툭.

황조령은 곧바로 백돌을 놓으며 대답했다.

"독자(獨子)일세."

"그러슈? 나도 그런데… 게다가 나는 삼대독자라오. 그래서 어머님의 성화가 이만저만이 아니지요. 우리 황 형은 어떠시오?"

툭.

"……."

바둑돌을 번갈아 놓으며 질문과 대답이 오가던 상황에서 황조령은 바둑을 두지도, 대답을 하지도 못하고 멈칫했다.

수가 막힌 것이 아니다. 어떤 처지인지 짐작한 장일염이 물었다.

"나보다 더한 독자시우?"

그때서야 황조령은 고개를 끄덕이며 바둑을 두었다.

"그렇다네."

툭.

"허이 참…… 정말로 난감합니다그려."

장일염은 머리가 복잡한지 잠시 바둑판에서 떨어졌다. 불리하게 돌아가는 바둑 형세도 그렇고, 아주 심각하게 마음에 걸리는 문제가 있는 모양이었다.

"어째 황 형은 나보다 더욱 불쌍한 인생이우? 얼굴하고 다리 멀쩡했을 때 뭐 했었수? 그때 쫓아다니는 여자 하나 꽉 물었으면 지금쯤 아들딸 낳고 잘살았을 것 아니오?"

황조령은 피식 웃었다. 쓸데없는 소리 말고 바둑이나 두자는 의미였다.

"어쨌거나 승부는 승부니 잘해봅시다. 승부의 세계에서 봐주는 것은 없으니 말이오. 그런데~ 어째 그리 운도 없소? 운

명을 건 결승 상대가 바로 나니 말이오?"

"어허, 바둑이나 신경 쓰게나. 까닥 실수하면 대마가 죽을 수도 있다네. 이번에야말로 연패의 사슬을 끊는다고 공언하지 않았는가?"

"내 걱정은 마시오. 결승전의 승리자도 나고 이번 바둑도 내가 이길 테니 말이오."

딱!

장일염은 바둑판이 부서져라 돌을 놓았다. 불리한 형국을 단번에 역전시킬 수 있는 묘수인지 심히 자신감이 넘치는 표정이었다.

이에 황조령은 부정적으로 고개를 저으며 혀끝을 찼다.

"쯧쯧쯧…… 결국 악수를 두었군. 딴 곳에 정신이 팔려 있으니 이런 실수를 범하지 않는가."

툭.

황조령이 가볍게 바둑돌을 놓자 장일염의 눈이 번쩍 뜨였다.

"얼레~!"

그는 바둑판을 부여잡고 대국의 형세를 뚫어지게 바라보았다. 믿을 수 없게도 대마가 죽었다. 한 수 물린다 한들 어찌해 볼 형세가 아니었다. 좀 전의 자신의 수가 정말 악수였던 것이다.

"워메~"

가학적으로 자신의 머리를 부여잡은 장일염의 몸이 그대로 벌렁 뒤로 넘어갔다. 패할 때마다 매번 보이는 버릇으로, 패배의 뜻으로 돌을 던진 것이나 다름없는 행동이었다.

"으아~ 또 졌어, 또! 도대체 내가 몇 연패를 당한 거야!"

발광을 하던 장일염이 벌떡 몸을 일으켰다. 그리고는 바싹 황조령에게 얼굴을 들이밀며 말했다.

"되게 잔인하시다?"

무슨 의미인지는 뻔했다. 대회 시작 전부터 계속 바둑을 두던 사이이다. 그렇게 이기고도 질리지 않느냐? 어떻게 한 번을 져주지 않느냐는 귀여운(?) 원망이었다.

"자네 말대로 승부는 승부 아닌가? 많이 이겼다 하여 일부러 져줄 수는 없지."

"아, 예에~"

장일염은 길게 '예' 발음을 늘였다. 어련하시겠냐는 가벼운 빈정거림이었다.

"바둑도 됐으니 나는 이만 건너갑니다."

장일염은 바둑판을 치우고 몸을 일으켰다. 원래는 둘이 같은 숙소를 썼다. 그러나 결승에서 맞붙는 둘이 한 방에서 묵을 수는 없는 노릇이었다. 하여 진가장은 장일염의 숙소를 따로 잡아주었던 것이다.

"편히 쉬시우."

"자네도."

방문을 열고 밖으로 나가려던 장일염이 잠시 멈춰 서며 말했다. 뒤는 돌아보지 않고 시선은 방문 밖을 향한 상태였다.

"내일 어떤 결과가 벌어지든 나를 원망 마시우. 나 또한 여간 급한 처지가 아니라서… 칠순의 노모는 제발 죽기 전에 손주 좀 보자. 어디 가서 다리병신인 여자라도 데려오라고 성화… 아, 미안하우."

짜증스레 푸념을 늘어놓던 장일염이 급히 사과했다. 어머니의 성화를 그대로 옮겼다지만, 하필이면 황조령이 그 상태였던 것이다.

"아닐세. 왜 우리 아들만 장가를 못 가나 노심초사하시는 부모님은 답답한 심정에 그런 말을 할 수도 있지. 그 때문에 고달픈 자네의 심정도 나는 충분히 이해한다네."

"그리 헤아려 주니 고맙소. 여하튼 인생이라는 것이 참으로 더럽지 않소? 다급한 사람끼리 외나무다리에서 만나니 말이우."

"난 그 정도로 다급하지는……."

"아, 됐소. 내일 승부가 결정 난 뒤에는 하지 못할 수도 있기에 해본 말이었소. 어떤 결과가 나오든 깨끗하게 승복하고 상대를 축하해 줍시다."

"내가 하고 싶은 말이었다네."

"어쨌든 좋은 꿈 꾸시오."

장일염은 황급히 밖으로 나갔다. 황조령이 인사할 틈도 주지 않았다.

"자네도 좋은 꿈 꾸게나."

황조령은 그가 사라진 방문 쪽으로 혼잣말로 인사하고는 일찌감치 잠자리에 들었다.

다음날 아침.
결승전이 펼쳐지는 진가장엔 꼭두새벽부터 몰려온 구경꾼들로 장사진(長蛇陣)이 펼쳐졌다. 대결장 안은 이미 초만원을 이룬 상태였으나 시간이 지날수록 그 수는 더 늘어났다.
누가 진가장의 사위가 되느냐!
운 좋게 진가장 안으로 들어온 군중들은 장일염과 황조령 중 누가 이길 것인지 갑론을박을 펼치며 한시라도 빨리 결승전이 시작되기를 기다렸다.
그런데 무슨 문제가 발생한 모양이었다.
진가장의 제자와 식솔들은 당황함이 역력한 표정으로 이리저리 뛰어다니기에 분주했다. 일치감치 자리하고 있던 진약란도 마찬가지였다.
불안한 기색으로 자리를 지키던 그녀가 마침내 의자에서 일어섰다. 그리고는 때마침 그녀 옆을 지나치던 호위대장 이건을 붙잡고 물었다.
"대체 어찌 된 영문입니까?"
"정말 면목없습니다, 아가씨."
이건은 난감한 표정으로 고개만 숙일 뿐이었다.
"제가 듣고 싶은 건 그 말이 아닙니다. 장 공자님과 황 대협님 두 분 모두 사라졌다니, 이게 말이나 된다고 보십니까?"
문제도 보통 문제가 아니었다. 결승을 치러야 할 장일염과 황조령이 동시에 사라진 것이다.

"뭐라고 말씀을 드려야 할지…… 모든 식솔들을 풀어 진가장 전체를 샅샅이 뒤졌지만 두 분의 행방은 묘연하기만 합니다."

진약란은 이마에 손을 얹으며 인상을 찌푸렸다.

당혹스럽고, 화도 나고, 골치까지 아팠지만 어찌하겠는가? 이럴 때는 냉정을 찾는 게 급선무였다.

"혹여 진가장 밖으로 나가신 게 아닙니까?"

그녀는 최대한 차분한 음성으로 물었다. 이에 이건은 단호한 어조로 대답했다.

"절대 그럴 리는 없습니다. 복수심에 불타는 양철수가 행여 해코지를 할까 밤을 새워 철통같은 경비를 하고 있었습니다."

"그건 외부의 침입을 막기 위한 경계 아닙니까? 게다가 두 분은 결승에 오를 정도로 출중한 무공의 소유자입니다. 그분들이 마음먹고 진가장을 빠져나가려 했다면 우리 경비무사들이 이를 알아차릴 수 있었을까요?"

"……."

이건은 아무런 대꾸도 없었다. 당연히 눈치채지 못할 가능성이 컸다. 결승에서 이기면 부와 명예, 하남 최고의 미녀를 아내로 맞게 되는 행운아가 되는 것이었다. 그런데 왜 그런 짓을 한단 말인가.

"장 공자님을 마지막으로 본 게 언제였습니까?"

"축시(丑時)경인가…… 뒷간을 가신다고 숙소를 나오시는 장 공자님과 인사를 나눈 경비무사가 있었습니다."

"그때 사라지신 게 아닙니까?"

"얼마 뒤에 다른 경비무사가 숙소 내부를 확인해 봤는데, 잘 주무시고 계셨다 하였습니다. 아침에 기척이 없어 확인해 보니 짚단으로 자는 모양을 꾸민 것이었고요."

"예……"

나직이 한숨을 토한 진약란이 거의 포기한 듯한 음성으로 물었다.

"황 대협님은 어찌 된 경운가요?"

"그분은 일찍 잠자리에 드셨는데, 한 번도 숙소를 나온 적이 없었습니다."

"역시나 아침에 확인하니 감쪽같이 사라지셨고요."

"예……"

"됐어요. 더 이상의 수색은 그만두세요."

"하지만 결승전을 시작할 시간이 얼마 남지 않았습니다. 두 분이 한꺼번에 사라진 것이 알려지면……"

"됐다고 했잖아요! 작정하고 도망친 사람들을 어떻게 찾겠어요? 게다가 제가 싫다고 떠난 사람들이에요. 애타게 찾고 싶은 마음은 추호도 없습니다."

진약란은 상당히 자존심이 상한 듯했다.

"아가씨의 심정은 십분 이해가 갑니다. 그러나 새벽부터 몰려온 군중들에게 이런 사실을 어찌 말하겠습니까? 감당할 수 없는 원성이 쏟아지는 것은 물론, 혼인을 시키지 않으려 무슨 수를 쓴 게 아니냐는, 말도 안 되는 의심을 받게 될 수도 있습니다."

"좋아요. 이 문제는 아버님과 상의한 다음 결정하도록 하지요."

그녀는 곧바로 진가장주 진태황이 있는 처소로 향했다.

진약란이 다가오자 진가장주의 처소를 지키던 무사들은 곧바로 길을 터주었다.

"아버님, 소녀이옵니다."

"들어오너라."

몸이 극도로 쇠약해진 진가장주는 거의 대부분의 시간을 침대에 누워 지내야 했다. 엷은 미소를 띠며 딸을 바라보는 표정은 그녀가 올 줄 이미 알고 있었다는 분위기였다.

"이번 일은 너의 예상과는 많이 빗나갔더구나. 한 놈도 아니고 두 놈씩이나 줄행랑을 놓다니 말이다."

"소녀도 상당히 당혹스럽습니다."

"차라리 잘된 일이구나. 이번 무림대회는 너를 천하의 잡놈에게 시집보내지 않으려는 고육지책이 아니었더냐. 억지로 우승자를 정하지 말고 네 마음에 차는 사내를 찾아보거라."

"그리되면 진가장의 위신이 서지 않습니다."

"그 위신 때문에 더 이상 너를 힘들게 하고 싶지 않구나. 이번에는 내 결정을 따라주려무나."

"그리는 못하겠습니다."

"……!"

단호한 딸의 대답에 진가장주는 짐짓 놀란 모습이었다. 그러나 이내 설마 하는 표정이 되어 물었다.

"도망친 두 놈 중에 마음에 드는 자가 있는 것이냐?"

"……."

침묵은 긍정이다. 하면 대체 누구란 말인가? 진가장주의 기준으로 볼 때 비교할 필요도 없었다.

"천하의 잡것을 혼쭐내 줬다는 황 대협이란 자 말이더냐. 그에 대해서는 나도 들었다. 몸은 성치 않으나 성품이 바르고 무공 실력 또한 대단하다 하더구나. 천하의 잡것을 그리도 망신을 주다니, 전성기의 나 못지않은 실력이다. 아니, 그 이상이라고 봐도 무방할 것이다. 그런 사내를 사위로 얻는다면 나도 무척이나 든든할 것이야."

진가장주는 황조령에 대한 칭찬을 아끼지 않았다. 그런데 진약란은 아무런 반응도 보이지 않았다. 그녀의 이번 침묵은 확실한 부정이었다.

"그렇다면 설마! 그 못생긴 놈 말이더냐?"

"아버님은 장 공자가 싫으신 겁니까?"

"그건 아니다. 볼품없는 외모지만 강직함과 순박함을 동시에 가지고 있는 인물이다. 무공 실력 또한 출중하지만 황 대협이란 자와 비교하면……."

"아버님."

진약란은 중간에 말을 끊었다. 효녀로 소문난 그녀에게는 상당히 이례적인 일이었다.

"황 대협에게 더 이상 미련 갖지 마세요. 애초부터 그분은 정인(情人)으로 염두에 두지 않았습니다."

"무슨 말이더냐? 듣자 하니 너 또한 그자에게 상당한 호감을 보였다고 하던데?"

"예를 들어 말하자면, 남의 떡이 더 커 보이고 못 먹는 감을 찔러나 보자는 마음이 강했습니다."

"……?"

"그분을 지아비로 삼기에는 소녀가 너무 부족합니다."

"얼마나 대단한 놈이기에 네가 그런 말을 하는 것이냐? 그리고 남의 떡이 더 커보이다니, 그에게 임자가 따로 있다는 뜻이더냐?"

진약란이 곧바로 대답하지 않고 의미를 알 수 없는 미소만 지어 보이는 그때였다.

"장주님, 밖으로 보냈던 전령이 돌아왔습니다."

"들어오라 전하라."

진약란은 이채 띤 눈빛으로 진가장주를 바라보았다. 밖으로 전령을 보냈다? 이는 황조령과 장일염이 도망칠 것이라 예상하고 있었다는 뜻도 되었다.

"다녀왔습니다, 장주님."

전령 임무를 맡고 있는 양의태는 진가장주의 심복 중의 심복이었다.

"두 놈의 행방은 찾았는가?"

"그렇습니다."

역시나 진약란의 예상이 맞았다.

"그 못생긴 놈은 무엇을 하고 있더냐?"

"정주 외곽에 있는 객점에서 폭음을 하고 있습니다. 행복하게 잘살라는 말만 하면서 술을 마셔대고 있다고 합니다."

"우리 란이를 양보한 게 무척이나 괴로웠던 모양이군. 그래, 황 대협이란 자는?"

"수검이라는 호위무사와 함께 정주를 벗어나고 있습니다."

"아무 일도 없었다는 듯이?"

"예, 그렇습니다. 외려 홀가분해진 듯한 표정이었습니다. 대신 호위무사인 수검이라는 자가 왜 양보를 했느냐며 길길이 날뛰고 있는 상황입니다."

"우리 란이를 포기하고도 아무렇지도 않다라……. 괜히 기분이 나빠지는군."

못마땅한 표정을 짓던 진가장주가 진약란을 바라보았다.

"어쩔 것이냐? 그 못생긴… 아니, 장 공자란 놈에게 따로 사람을 보낼까?"

"아닙니다. 지아비가 될 분인데 소녀가 직접 가야지요."

"란이 네가 직접 가면 그놈 술이 확 깨겠군."

술이 확 깨는 정도가 아니었다. 거의 심장마비 일으킬 뻔했다는 풍문이 떠돌았다.
 장일염과 진약란의 혼인은 최대한 빨리, 그리고 매우 성대하게 치러졌다.

第五章

해후

뭉게구름이 두둥실 떠다니는 푸른 하늘.

지루할 정도로 완만하게 이어지는 오솔길, 산새들마저 꾸벅꾸벅 조는 나른한 오후였다.

달그락달그락…….

사천까지 가야 하는 혼사행.

정해진 기간 내에 도착해야 하는 긴박감은 없었다. 때문에 황조령의 혼사행은 선비들의 유랑이나 다름없었다.

경치가 좋으면 잠시 쉬어 가고, 소문난 절경이 있으면 한동안이나 머물렀다.

황조령은 여유로웠지만 수검은 그러지 못했다.

장일염과 진약란이 혼례를 치르고도 꽤나 시간이 지났건만,

여전히 삐친 상태였다.

"아니, 세상에 그런 복을 차는 사내가 어디 있느냔 말입니다. 천하의 미녀에 엄청난 무림의 배분과 재력. 그런 복덩이를 어떻게 또다시 만나냔 말입니다."

"시끄럽다. 이제는 귀에 못이 박힐 지경이다."

"귀에 못이 박혀야지요. 그래야 다시는 이런 불상사가 없을 것 아닙니까?"

"불상사라니?"

"그리 못생긴 남자가 하남 최고의 미녀를 얻다니요? 불상사도 이런 불상사가 또 어디 있겠습니까?"

"불상사가 아니라 진가장이 진짜 보석을 찾은 것이다. 내 단언컨대, 머지않아 하남 진가장의 전성시대가 도래할 것이다. 그런 남자를 볼 줄 알다니, 약란 소저도 참으로 대단한 여인이로구나."

"그리 대단한 여자를 왜 놓쳤느냔 말입니다요! 땅을 치고 통곡을 해도 모자랄 판국에 감탄이 나오십니까? 한데, 지금 우리는 어디로 가는 중입니까?"

서럽게 통곡하고 나서 누가 죽었느냐고 물어보는 것과 다름없는 상황이었다. 말고삐는 수검이 쥐고 있었다. 대책없이 열을 내다가 정신을 차려보니 사천으로 가는 길이 아닌 전혀 엉뚱한 방향이었다.

"괜찮다. 계속 가거라."

"아닙니다. 이 근처엔 유명하다 소문난 명소도 없고요, 해

떨어지기 전에 다시 되돌아가는 게 좋겠습니다."

"그냥 가거라. 잠시 들러볼 곳이 있다."

"들르다니요? 대체 어디를……?"

"오랜만에 만나볼 사람이 있느니라."

"누굽니까요? 혹시……."

"여자는 아니다."

"하면 누굽니까?"

수검은 실망한 기색이 역력한 표정으로 물었다.

"쌍검의 달인이라고 들어봤느냐?"

"당연하지 않습니까! 무림맹 역사상 가장 현란한 기술을 구사했던 검객 아닙니까요. 한때는 황 대장님의 왼팔 격을 담당했던 인물이지요."

쌍검의 달인 조이함(曺彛咸)과 황조령의 인연은 천소산 시절부터 시작되었다. 신출귀몰하게 나타났다 사라지는 천소산 대원들의 활약상이 퍼지면서 각지에서 때를 기다리고 있던 무림맹 무사들이 모여들었다.

숫자상으로는 큰 전력이 되었다. 그러나 황조령이나 두치와 호흡을 맞출 만한 걸출한 인재가 없었다. 때문에 진양교에 크나큰 타격을 줄 수 있는 작전을 감행하기는 한계가 있었다.

그때 등장한 인물이 바로 조이함이었다.

초라한 행색에 검 두 자루를 들고 천소산을 찾아왔을 때는 아무도 그를 주목하지 않았다. 그러나 얼마 뒤에 진양교와의 혈전에서 그의 진가가 발휘되었다.

무림인 중에 쌍검을 쓰는 이는 적지 않았다. 그러나 조이함처럼 쌍검을 위력을 배가시킬 수 있는 자는 극소수였다. 독보적인 실력으로 진양교의 진영을 초토화시키는 모습은 황조령의 마음을 쏙 빼앗았다.

그 뒤부터 조이함은 두치와 함께 황조령이 마음껏 기량을 펼칠 수 있는 쌍두마차의 역할을 담당했다.

"그런데 황 대장님, 왜 갑자기 그자의 이름을 들먹이는 겁니까?"

조이함을 입에 담는 것이 수검은 못마땅한 기색이 다분했다. 그럴 만한 이유가 있었다.

"그자는 결정적인 순간에 황 대장님을 배신… 아니, 황 대장님이 가장 필요할 시점에 떠나지 않았습니까? 아니 할 말로 말입니다, 그자가 계속 있었다면 굳이 여주승에게 손을 벌리지 않아도 되었고, 그렇다면 지금의 황 대장님은……."

"그만하여라."

황조령은 인상을 쓰며 수검의 말을 끊었다. 한때는 모든 것을 주어도 아깝지 않은 수하이자 동지였다. 그런 조이함이 배신자 취급받는 것은 결코 용납할 수 없었다.

황조령의 강력한 경고에도 수검은 딴죽 걸기를 멈추지 않았다. 그도 그럴 것이, 만약 조이함이 떠나지 않았다면 황조령이 여주승을 필요치 않았을 것이라는 소문은 사실이었기 때문이다.

"황 대장은 참 마음도 좋으십니다. 어떻게 그런 자를 용서할 마음이 생기신 겁니까?"

"용서가 아니다."

"······?"

수검은 의문 섞인 표정으로 황조령을 바라보았다. 그렇다고 이제 와서 복수한다는 것은 더더욱 아닐 터였다.

"이제야 그를 이해할 수 있는 마음이 생긴 것이다. 그때는 나도 정말 그를 이해 못했다. 사랑하는 여인이 생겼다고 형제와도 같은 나를 떠났으니, 그것도 사천성 수복이라는 대업을 앞두고 말이다."

황조령은 아직도 그날의 일을 생생하게 기억하고 있었다.

"황 대장님, 정말 죄송합니다. 한 여인을 사랑하게 되었습니다. 그녀와 함께 무림맹을 떠나겠습니다."

"대체 무슨 말을 하는 것이냐? 누구를 사랑하고 말지는 내 관여할 바 아니다. 그런데 왜 떠난다는 것이냐?"

"그녀를 알고부터 세월이 짧다는 것을 느꼈습니다. 언제 죽을지 모르는 전장을 떠나 그녀와 함께 행복하게 살고 싶습니다."

"나도 네가 진심으로 행복해지기를 바란다. 그러나 지금은 때가 아니지 않느냐? 사천성 수복을 눈앞에 두고 있는 매우 중요한 상황이다. 게다가 새로운 맹주라는 인물이 의중을 알 수 없는 서찰로 나를 압박하고 있지 않더냐? 이럴 때 네가 힘이 되어줘야지. 물론 계속 내 옆에 있어달라는 것은 아니다. 사랑하는 여인과 행복하게 살고 싶다면 그렇게 해라. 다만 사천성을 되찾을 때까지만 참아주기 바란다."

"죄송합니다, 황 대장님."

조이함이 고개를 숙이는 순간, 황조령의 음성도 변했다.

"내가 아는 조이함은 죄송할 짓을 절대 하지 않는다."

"지금은 죄송하다는 말밖에 드릴 말씀이 없습니다."

"정령 나를 떠나겠다는 것이더냐? 그것도 한낱……."

황조령은 뒷말을 삼켰다. 계집 때문이라는 말이 튀어나오려 했기 때문이다.

"이해를 구하지도, 용서해 달라는 말도 하지 않겠습니다. 부디 몸 건강하시고, 선대 문주님들의 유지를 이어받은 대업, 반드시 이루시길 바랍니다."

조이함은 큰절로 하직 인사를 올렸다. 그리고는 곧장 뒤돌아서 황조령의 처소를 걸어나갔다.

"이함아, 정령 떠나는 것이냐?"

"……."

"이함아! 이함아! 조이함~!"

"……."

황조령의 애절한 부름에도 불구하고 그는 그렇게 뒤도 돌아보지 않고 매정하게 떠났다.

*   *   *

그 맑던 하늘에 먹구름이 끼는가 싶더니 이내 추적추적 비가 내리기 시작했다.
 스산한 기운이 감도는 도심의 뒷골목.
 다 쓰러질 것 같은 허름한 객점에서 외팔이사내가 술을 마시고 있었다. 왼쪽 팔은 어깨 바로 아래부터 뭉텅 떨어져 허전한 소매가 팔랑거렸고, 나머지 팔 또한 온전치는 못했다.
 심하게 뒤틀린 팔은 술잔을 잡기도 쉽지 않았다. 입을 벌려 술잔을 물고서야 간신히 술을 마실 수 있었다.
 후두두둑…….
 빗방울이 점점 굵어지자 한 무리의 사내들이 비를 피해 객간 안으로 들어섰다.
 "염병, 웬 놈의 비가 이리도 갑자기 퍼붓는 거야?"
 검정색으로 통일된 무복(武服)에 검까지 찬 사내들이었다. 술이 목적이 아니었지만 떡 본 김에 제사 지낸다고, 검정 무복의 사내들은 비 맞은 옷을 툭툭 털어대며 자리에 앉았다.
 "주인장, 여기 술 좀……."
 주문을 하려던 사내가 갑자기 인상을 찌푸렸다. 구석진 자리에서 홀로 술을 마시는 외팔이사내를 본 것이다.
 "저 새끼를……."
 "이보게!"
 발끈하려는 사내를 연장자로 보이는 이가 만류했다. 한쪽 눈을 자꾸만 깜박이는 것이 상관치 말고 술이나 마시자는 의미였다.

해후 185

발끈했던 사내는 못 이기는 척 자리에 앉았다.

험악해질 뻔한 분위기 때문인지 주인장이 알아서 술을 대령했다. 술이 무척이나 고팠는지 네 명의 사내는 거의 동시에 찰랑거리는 술을 들이켰다.

"크아~ 좋다."

"역시 비 올 때 마시는 술이 최고 아닙니까, 조장님?"

"아니지요, 아니지요. 근무 시간에 몰래 마시는 술이니까 더욱 맛있는 겁니다."

두 사내는 나이 든 조장의 비위를 맞추며 술을 들이켰다. 그래야 술자리가 더 길어질 터였다. 그런데 조장의 맞은편에 앉은 사내는 계속 인상을 구기고 있었다. 외팔이사내를 보자마자 적의를 드러냈던 자다.

"이보게, 갈건이. 아까부터 왜 그리 못마땅한 얼굴인가?"

조장의 물음에 갈건은 뒤를 흘깃 쳐다보며 대답했다.

"저 새끼 말입니다. 걸핏하면 우리 흑도문의 일을 훼방 놓는데, 가만두실 겁니까?"

"왜 또 그러나? 지금은 조용히 술을 마시고 있지 않은가? 우리도 조용히 술이나 마시자고."

"지금 술이 문젭니까? 저 새끼가 우리 문주님을 옹졸하고 파렴치한 비겁자라 욕하고 다닌다고 하지 않습니까?"

"아, 그냥 그러려니 하라니까. 저놈이 그러는 게 한두 번인 것도 아니고 말이야."

조장은 그냥 조용히 넘어가려 했지만 외팔이사내 또한 그냥 잠자코 있지만은 않았다.
"욕먹을 짓을 했기에 욕을 하는 것이다."
"뭐시라고!"
조장이 벌떡 몸을 일으킨 갈건의 소매를 붙잡았다.
"어허, 참으라니까. 제발 조용히 술 좀 마시자고, 술 좀!"
"다른 건 다 참아도 불세출의 영웅이신 우리 문주님을 욕하는 것은 도저히 못 참습니다."
"푸하하하! 왕대풍(王大風) 그놈이 불세출의 영웅이라고? 지나가는 개가 웃을 노릇이로다. 강호의 모든 영웅호걸이 집단으로 자살이라도 했다는 것이냐? 왕대풍 그놈이야말로 치졸함의 대명사이며 시정잡배보다 못한 놈이다."
"조장님, 이래도 참으라는 겁니까?"
"그래, 참아. 취했잖아? 취한 사람한테 뭘 어쩌자고?"
갈건은 어이가 없어 미칠 듯한 표정으로 조장을 바라보았다.
"아니, 대체 저 팔병신을 두둔하시는 이유가 뭐니까?"
"누가 두둔했다고 그러나? 괜히 쓸데없는 분란을 일으키지 말자는 것이지. 참으라고, 참아. 참을 인(忍) 자 세 번이면 살인도 면한다는 말도 있지 않은가."
"세상에, 어떤 문파의 제자들이 문주님을 욕하는 것을 듣고 참는답니까? 혹여 저놈이 한때 무림맹에서도 잘나가는 신분이었다는 소문 때문입니까?"
"……"

"지가 잘나갔으면 얼마나 잘나가겠습니까? 그 소문이 사실이든 아니든 저 새끼는 이제 제 앞가림도 못하는 팔병신일 뿐입니다. 저런 새끼한데 불세출의 영웅이신 우리 문주님이 모욕당하는 것은 절대 있을 수 없습니다."

곧바로 술기운 가득한 외팔이사내의 음성이 들렸다.

"제발 부탁인데… 그 영웅이란 말 좀 빼지? 현 무림에 영웅이라 불릴 인물이 과연 있을까? 용감한 영웅은 싸우다가 전장에서 죽었고, 의리를 아는 영웅은 모함을 받아 죽었고, 진짜 영웅다운 영웅은 환멸을 느끼고 강호를 떠났다."

"뭐라고 씨부리는 거야?"

"지금 권세를 부리는 것들이 바로 강호를 타락시킨 장본인이며, 실력보다는 권모술수에 능한 비겁자들뿐이다. 그 대표적인 놈이 여주승이고, 네놈들의 문주는 그놈의 똥꼬를 핥는 개새끼 정도일까?"

"조장님! 이래도 참아야 합니까?"

"그, 그게……."

조장이 난감한 반응을 보이자 갈건이 본격적인 실력 행사로 들어섰다. 험악한 인상을 쓰고 다가간 갈건은 지체없이 외팔이사내의 멱살을 움켜쥐었다.

"이놈의 팔병신 새끼가 뚫린 입이라고 함부로 지껄이는구나! 한쪽 팔 잘린 것으로는 아직 정신 못 차렸지? 정녕 죽고 싶은 것이더냐!"

"죽을 때 죽더라도… 이 말만은 해야겠다."

외팔이사내는 취기 가득한 음성으로 입을 열었다.

"힘없는 사람을 위협해 재산을 빼앗고, 재산이 없으면 딸자식을 강제로 첩으로 들이고, 이에 불만을 품은 부모들을 몽둥이찜질로 병신 만들고… 이것이 불세출이 영웅이 할 짓이더냐?"

"이 새끼가 정말 말로 해서는 안 되겠구만!"

푸악!

갈건의 매서운 주먹이 외팔이사내의 얼굴을 강타했다. 입술이 찢긴 외팔이사내는 휘청거리며 뒷걸음쳤다. 기둥이나 탁자를 잡는다면 중심을 잡을 수 있으련만, 허전한 팔로는 아무것도 하지 못하고 그대로 벌러덩 넘어갔다.

쿵~!

사정없이 넘어지면서 벽면에 뒤통수가 크게 찢어졌다. 곧이어 붉은 피가 객점 바닥에 흥건하게 고였지만 갈건의 분풀이는 끝나지 않았다.

"일어나, 이 새끼야!"

갈건은 피범벅이 된 외팔이사내를 강제로 일으켰다.

"네놈이 잘났으면 얼마나 잘났는데? 한때는 무림맹에서도 잘나가는 놈이었다고? 어디, 그 잘난 실력 좀 보자."

"크크크…… 그런 실력이 있다면, 출세에 눈이 먼 똥개의 수하들에게 맞고 있겠나?"

"또, 똥개?"

갈건은 똥개가 누구인지 잠시 헛갈렸다. 생각해 보니 바로 그의 문주를 욕하는 말이었다.
"이놈의 개자식이!"
뿌악~!
체중에 내공까지 실어 내지른 주먹이었다.
외팔이사내는 피를 흩뿌리며 날아갔다.
와장창창!
허름한 출입문을 부수고 날아간 외팔이사내는 진흙탕으로 변한 길에 처박혔다. 엄청난 충격을 받았을 것이 분명했다. 그러나 진흙탕에 박힌 얼굴을 빼 들 때 보이는 외팔이사내의 모습은 웃는 얼굴이었다.
"크크크크…… 그리 때려서 죽일 수 있겠나?"
단단히 화가 난 갈건이 동료들에게 말했다.
"뭐 하나? 문주님을 똥개라 부르는 새끼를 보고만 있을 건가? 이번 참에 다시는 기어오르지 못하도록 버릇을 고쳐 주자고!"
"그러자고!"
곧바로 두 명이 합세하여 외팔이사내를 짓밟았다. 맞고도 히죽거리는 외팔이사내를 보는 순간, 화가 폭발했던 것이다.
나이 든 조장은 안타까움을 금치 못했지만 그들을 말리진 못했다.
꽉꽉꽉꽉꽉!
일방적인 폭행이 이어졌다.
세 장정이 인정사정없이 발길질을 퍼부었지만, 외팔이사내의 입에선 비명 소리 대신 괴이한 웃음소리가 터졌다.

"크크크크…… 크크크크……."

"이거 진짜로 미친 새끼 아니야? 더 밟아!"

잔인한 폭행은 한참이나 계속되었다. 세 명의 장정은 외팔이사내가 더 이상 괴이한 웃음소리를 내지 못할 정도로 곤죽을 만든 다음 떠났다.

꿈틀…….

억수처럼 내리는 빗줄기 속에서 죽은 듯이 엎어져 있던 외팔이사내의 고개가 움직였다. 곧바로 그는 진흙탕에서 몸을 일으키려 했다.

철퍼덕철퍼덕!

미끄러운 진흙 바닥에서 몸을 일으키기는 쉽지 않았다. 손으로 땅을 짚을 수 없는 처지라 더욱 그랬다. 몇 번이나 넘어지기를 반복하던 사내가 마침내 두 발로 서는 데 성공했다.

그러나 술기운 때문인지 무자비한 폭행의 여파 때문인지, 간신히 일어선 외팔이사내의 몸은 위태롭게 흔들거렸다.

다행히 다시 쓰러지지는 않았고, 드세게 내리는 빗줄기가 피와 진흙으로 엉망이 된 그의 몸을 씻어냈다.

잔혹하게 얻어맞아 찢기고 부은 맨얼굴이 드러났다.

그는 잠시 비가 쏟아지는 하늘을 쳐다보며 멍하게 웃었다. 그리고 다시 객점 안으로 들어서려는 그때,

"……?"

이상한 낌새를 느낀 그가 멈춰 섰다. 고개를 갸웃거린 외팔

이사내가 고개를 돌렸다.

"……!"

순간, 외팔이사내의 눈에 경련이 일어났다. 충격과 슬픔으로 할 말을 잃은 황조령이 그를 바라보고 있었다.

곧이어 황조령이 진심장을 의지하며 외팔이사내를 향해 다가갔다. 반쪽이 된 얼굴과 절룩이는 다리. 대부분은 그가 무적신검 황 대장임을 쉽게 알아차리지 못했다. 그러나 최측근이었던 조이함은 단번에 황조령을 알아보았다.

"황 대장님? 대체 그 꼴이 뭡니까?"

조이함은 빈정거리는 투로 물었지만 주체할 수 없을 정도로 심하게 떨리는 음성이었다.

"너, 너는… 대체 그 꼴이 무엇이더냐? 그리 모질게 떠났으면 잘살아야지 대체 이 꼴이 무엇이냔 말이다."

황조령은 덥석 조이함을 껴안았다. 팔이 없는 허전함을 직접 느끼고는 굵은 눈물을 한없이 쏟아냈다.

"벌을 받나 봅니다. 이리 반가운 분을 만났는데… 제 손으로 안아드리지도 못하니 말입니다……."

조이함도 닭똥 같은 눈물을 흘렸다.

그렇게 둘은 억수처럼 내리는 빗속에서 한참이나 울고 또 울었다.

하늘이 구멍 난 듯 쏟아지던 비가 그쳤다.

황조령과 조이함도 울음을 그치고 서로의 안부에 대해서 묻기 시작했다.

뻔한 거짓말이 오갔다.

얼굴이 망가져 백 번이나 선에서 차인 황조령은 평온한 은퇴 생활을 보낸다고 했고, 양팔을 거의 못 쓰게 된 조이함 또한 매우 잘 지낸다고 했다.

거짓말이든 진담이든, 그간의 회포를 풀려면 몇 날 며칠을 새워도 모자랐다. 그렇다고 질퍽한 길거리에서 마냥 서 있을 수는 없는 노릇이었다.

조이함은 황조령과 수검을 자신이 사는 집으로 안내했다. 허름한 도심지와는 꽤나 떨어진 곳이었다. 그들이 도착했을 땐 어둠이 내리기 시작할 무렵이었다.

"여기가 제가 사는 곳입니다. 누추하지만 들어오십시오."

예의상 하는 말이 아니라 정말 누추했다. 이곳에서 어찌 사람이 사는가 할 정도의 흉가(凶家)였다. 건물 외벽은 심하게 균열이 생겨 불안했고, 지붕은 반이나 넘게 무너져 있고, 문은 아예 없었다. 밝은 대낮이었다면 그 부실함이 더욱 적나라하게 드러났을 것이다.

"어서 들어오시지요."

"그, 그래……."

황조령은 조이함을 따라 집 안으로 들어섰다.

좋게 생각하기로 했다. 그래도 밤이슬을 피해 잠잘 수 있는 집은 있지 않은가? 이마저도 없었다면 진짜 거지나 다름없는 신세기 때문이다.

그러나 문도 없는 집 안으로 들어선 순간, 좋게 생각하고 싶은 마음마저도 사라졌다.

비위생적이고 조악한 살림살이는 거지 소굴도 이보다는 낫지 싶을 정도였다.

"이쪽으로 앉으십시오."

조이함은 동물 털가죽이 깔린 단(壇) 옆에 섰다. 그나마 깨끗한 것이 아마도 그의 잠자리일 터였다.

"고맙다."

황조령이 자리하자 조이함은 부엌으로 추정되는, 낡아빠진 그릇과 솥단지가 어지럽게 널브러져 있는 곳으로 향했다.

"살림살이가 이래서 변변히 대접할 게 없습니다. 따끈한 차라도 만들어 오겠습니다."

"아니다. 나는 괜찮다."

황조령은 황급히 만류했다. 성치 않은 한 팔로 무언가를 한다는 것 자체가 고역일 터였다. 이에 조이함은 애틋함이 느껴지는 표정으로 대답했다.

"그 불편한 다리로 여기까지 찾아주시지 않았습니까. 아무것도 대접해 드리지 못하면 제 자신이 너무 초라해질 것 같습니다."

"미안하구나. 내 생각이 짧았다. 오랜만에 네가 만든 차를 마셔보자꾸나. 예전에도 차를 좋아하고, 잘도 만들었지."

"너무 기대는 마십시오. 그때처럼 넉넉한 살림이 아니라 질 좋은 차는 꿈도 꾸지 못합니다."

"괜찮다. 너의 정성만은 변함없을 것 아니더냐?"
"믿어주셔서 감사합니다. 그런데 조금 많이 기다리셔야 할 것 같습니다."
"상관없다."

조이함은 곧바로 차를 만들기 시작했다. 그러나 불편한 팔 때문에 불을 피우는 것부터가 쉽지 않았다. 뒤틀린 손으로 잡고 내려치는 부싯돌은 헛손질이 나기 일쑤였다.

따끈한 차는커녕 불이나 지필 수 있을지 의문이었다. 보다 못한 수검이 나섰다.

"제가 좀 도와드리겠습니다."
"됐다."
어찌나 살벌한 눈빛인지 그 배포 좋은 수검이 찔끔했다.
"아, 예……."

단단히 기가 죽은 수검은 조용히 자리했고, 조이함의 사투와 다름없는 차 만들기는 계속되었다.

부단한 노력이 결실을 맺어 차가 만들어지기는 했다. 그러나 너무 시간이 많이 걸렸다. 조이함이 김이 모락모락 나는 따끈한 차를 내온 것은 어둠이 완전히 내린 다음이었다.

비온 뒤의 눅눅함을 없애기 위해 모닥불을 피워놓고 황조령과 수검은 조이함이 만든 차를 마셨다.

솔직히 맛은 없었다.

수검은 한 모금 들이켜고는 다시 찻잔을 입에 대지 않았다. 그러나 황조령은 무척이나 흡족한 표정으로 차를 마셨다.

"안사람은 어디 간 것이냐?"

잠시 찻잔을 내려놓은 황조령이 물었다. 어떤 대답이 나올지는 반쯤 짐작하고 있었다. 엉망인 살림살이 어디서도 여자의 손길을 느낄 수 없었다.

조이함은 미소 띤 얼굴로 대답했다.

"고개를 들어보십시오."

황조령은 조이함이 시키는 대로 고개를 들었다. 뻥 뚫린 천장 사이로 비온 뒤에 더욱 맑아진 밤하늘이 보였다.

"저 위에 제 아내가 있습니다."

"……."

무슨 의미인지 알 수 있었다. 그녀는 더 이상 이 세상 사람이 아닌 것이다.

"어쩌다가……."

황조령은 침통함을 금할 수 없었다. 사랑하는 여인과 행복하게 살기 위해 자신을 떠나지 않았던가. 그런데 그는 더 이상 행복해질 수 없는 처지였던 것이다.

"송 노공께서 말씀하지 않으신 모양이군요. 뭐, 제가 말씀드리지 말라고 신신당부했으니 말입니다."

"송 노공……."

그의 이름만 들어도 황조령은 가슴이 아렸다. 그가 세상을 떠날 때 고맙다는 인사조차 전하지 못한 처지였기에 더욱 그러했다. 송 노공을 향한 애틋함을 갈무리하며 황조령이 물었다.

"무슨 말을 하지 말라고 했던 것이냐?"

"그 당시 제 아내가 많이 아팠습니다. 송 노공께 진료를 부탁했는데, 얼마 남지 않은 목숨이라 하였습니다. 길어야 일 년이라고 하더군요."

"미안하다……."

황조령은 이 말밖에 할 수가 없었다. 그때 왜 말하지 않았느냐는 변명도 못했다. 당시는 진양교 타도를 위해 앞만 보고 달리고 모든 것을 희생했던 시절이다. 그 외의 일은 관심도 없었고, 특히나 남녀의 애정관계는 엄청난 사치라는 생각이 강했었다.

"마음의 불안감이 그녀를 더욱 힘들게 했습니다. 작전에 투입된 제가 어찌 되지는 않을까…… 그녀의 몸 상태는 하루가 다르게 악화되었습니다."

"……."

"그녀에게 아무것도 해준 게 없는 저로서는 선택의 여지가 없었습니다. 얼마 남지 않은 시간, 오직 그녀만을 위해 살아보자 결심했습니다. 황 대장님께는 죄송할 따름입니다. 그리 저를 아껴주셨는데, 사사로운 감정 때문에 황 대장님과의 의리를 저버리고 말았습니다."

"아니다. 오죽했으면 네가 그런 결정을 내렸겠느냐. 그 당시 나 역시 내가 그토록 경멸했던 윗대가리들과 별반 다르지 않았다. 대를 위해 소를 희생하는 것을 당연히 여겼으니 말이다. 누구에게는 대가 소가 되고 또 누구에게는 소가 대가 될 수 있는데도 말이다. 그때 이해하지 못한 나를 용서해 주려무나."

"용서라니요, 황 대장님. 이리 찾아와 준 것만으로도 저는 행복합니다. 제 아내가 떠난 이후로 다시는 이런 기분을 느끼지 못할 줄 알았는데 말입니다."

"약한 소리 말거라. 내가 아는 조이함은 강하고 또 강한 사내였다. 억장이 무너지는 슬픔 또한 싸워서 이기면 되는 것이다. 저 밤하늘에 있는 네 안사람도 그걸 바랄 것이다. 그러고 보니 나도 참 못된 상관이었구나. 나는 여태껏 네가 어떤 여인과 혼사를 치렀는지도 모르고 있었다. 내일 날이 밝는 즉시 산소로 가자구나. 때늦은 축하와 함께 고인의 명복을 빌어주고 싶구나."

"감사합니다, 황 대장님……."

"감사는 무슨… 늦어서 미안할 뿐이다."

황조령은 목이 메어 어쩔 줄 모르는 조이함의 어깨를 다독거려 주었다. 그리고는 감정을 주체 못하던 조이함이 어느 정도 안정을 찾자 물었다. 그를 보자마자 가장 먼저 묻고 싶었던 말이다.

"한데, 그 팔은 어찌 된 것이냐?"

"이거 말입니까?"

조이함은 별일 아닌 듯 뒤틀린 손으로 허전한 팔소매를 툭 치며 말을 이었다.

"참 마음에 안 드는 놈이 있어 덤볐다가 이 꼴이 되었습니다. 실력이 부족하니 이 꼴이 되어도 싸지요."

"말도 안 되는 소리다!"

황조령은 언성을 높이며 말했다.

"진양교를 벌벌 떨게 했던 쌍검의 달인이 누구더냐? 쌍검의 최고 경지에 올랐다던 네가 그런 꼴을 당하다니? 이건 백년 천년이 지난다 해도 결코 이해 못할 것이다. 솔직히 말하여라. 비겁한 수작에 당한 것이냐?"

"아닙니다. 정당하지는 않았지만 비겁하다 할 정도는 아니었습니다."

"그리 대단한 상대였더냐?"

조이함은 웃었다. 그 웃음에 담긴 뜻을 황조령은 잘 알고 있었다.

"도대체 어찌 된 영문이냐? 그리 변변치도 않은 상대에게 당했다는 것을 나보고 믿으라는 것이더냐?"

"제가 문제였습니다. 그 당시 저는 내공이 없는 상태였습니다."

"내, 내공이 없다니? 주화입마라도 걸린 것이냐?"

"아내를 치료하는 데 썼습니다. 아내가 기력을 잃고 사경을 헤맬 때마다 저의 정순한 진기를 불어넣어 주었습니다."

"어찌 그리 미련한……."

황조령은 탄식해 마지않았다. 이는 다 죽어가는 환자에게 손가락을 깨물어 피를 입에 넣어주는 것과 똑같았다. 기적처럼 소생했다는 일설도 있지만, 실제로는 아무런 효과도 없었다. 송 노공이 한 말이니 틀림없었다.

내력을 불어넣어 주는 것도 마찬가지였다.

자신의 모든 내력을 남김없이 제자에게 전수하고 입적하는 사부는 옛날이야기 속에서나 등장하는 것이었다.

다른 사람의 기가 들어오면 해가 될 뿐이다. 이를 막기 위해서는 내력의 근간이 되는 원기를 써야 했다.

해가 없는 정순한 기운이 들어오니 그녀는 잠시 기분이 좋아졌던 것뿐일 것이다.

그 잠시의 기분을 위해 조이함은 자신의 모든 내공을 소진했던 것이다.

"후회는 없습니다. 일 년밖에 못 산다던 아내가 이 년이 넘게 살았으니 말입니다."

황조령은 고개를 끄덕였다. 그냥 운이 좋았거니 생각했는데 아니었던 모양이다.

"저의 노력은 헛된 것이 아니었습니다. 제 내공 덕분에 아내는 생을 연명할 수 있었습니다."

"그렇게 믿고 싶은 것이더냐?"

"아닙니다. 근거가 있습니다."

"근거라니?"

조이함은 무척이나 조심스럽게 물었다.

"황 대장님도 무림금서(武林禁書)에 대해서 잘 아시지요?"

"이함아?"

황조령은 크게 눈을 뜨며 반문했다. 그도 그럴 것이, 무림금서는 무림인이 절대 읽어서는 아니 될 책이었다. 이를 가지고 있는 것만으로도 무림공적이 될 수도 있었다.

그 대부분이 젊은 처녀의 생피를 먹으면 내공 증진의 효험이 있다든지, 굶어죽은 어린애들의 유골이 쌓여 있는 동굴에서 무공을 연마하면 극강의 내공심법을 성취할 수 있다는 등, 어이없을 정도로 황당무계하고 이를 따라 했다가는 세상에 엄청난 피해를 줄 수 있는 내용이었다. 무림의 패왕으로 군림했던 모용관 또한 이에 대한 제재를 풀지 않았었다.

"무엇을 염려하시는지 잘 압니다. 그러나 제가 관심을 가졌던 것은 말도 안 되는 이론으로 사람들을 현혹시키는 책이 아닙니다."

"나도 안다, 네가 그럴 사람이 아니라는 것을 말이다. 그러나 세상에는 절대 흉내 내서도 아니 될 일도 있다."

"황 대장님도 갑오의 변(變)에 대한 폐해를 잘 아시지 않습니까?"

예전의 황조령이었다면 절대 용납지 못할 말이었.

'갑오의 변'은 무림의 분서갱유(焚書坑儒)라 불리기도 하는데, 허황된 이론으로 강호를 혼란에 빠뜨리는 책을 불태우고 이를 추종했던 세력을 말살했던 사건이다.

이로 인해 욕심에 눈이 먼 무림인들에게 당하는 서민들의 피해는 현저하게 급감했다. 그러나 무자비한 살육의 파장 또한 만만치 않았다. 금서의 규정이 명확치 않아 일반 서민들에게 전혀 피해를 주지 않았던 문파마저 하루아침에 멸문을 당했던 것이다.

때문에 그 당시 무림의 주체 세력이 정적을 제거하는 수단으로 사용했다는 비판이 공공연하게 나돌았다. 그도 그럴 것이, 갑오의 변은 무림맹 태동의 시초가 되었던 사건이기도 했던 것이다.

"그 이야기는 더 이상 말자꾸나. 오랜만에 만났기에 묻고 싶은 것이 많구나."

황조령은 더 이상의 논쟁을 원치 않았다. 조이함이 그럴 인물이 아님을 믿기 때문이었다.

"오늘 너를 이리 만든 놈들도 그자의 수하들이더냐?"

조이함은 웃었다. 면목없다는 의미였다.

"계속 그런 꼴을 당했던 것이냐?"

"실력이 부족하면 굽힐 줄도 알아야 하는데, 제가 꼴사나운 짓거리를 하는 놈들을 보면 못 참는 성격이라 말입니다."

"미련하긴… 내게 도움을 청했으면 될 것 아니더냐? 피비린내 나는 전장에서 서로 의지했던 동지 아니더냐. 그런 네가 당하는 것을 내가 보고만 있었겠느냐?"

"제가 어찌 황 대장님께 도움을 청할 수 있단 말입니까."

조이함은 복받치는 음성으로 말을 이었다.

"누구 때문에 무림맹에서 쫓겨나는 신세가 되셨는데요. 제가 곁에 있었다면 여주승 그 작자에게 손을 내미는 일도 없었을 것이고… 그랬다면 지금쯤……."

"당치도 않다!"

황조령은 단호히 말하며 조이함의 비틀어진 손을 잡았다.

"결코 네 탓이 아니다. 내가 부족한 탓이었다. 여주승 그자는 타고난 간웅(奸雄)이다. 이에 제대로 대비를 못한 내 잘못이지 그 누구의 책임도 아니다."

"그리 말해주시니… 평생 지고 가야 했던 짐을 조금은 털어버린 기분입니다."

"네가 그런 짐을 안고 산다는 것을 짐작하고 있었음에도 이리 늦었다. 우리가 헤어져야 했던 아쉬움만 남겨놓고 이제 그 짐을 모두 내려놓아라. 이 말을 전하고 싶어서 왔는데 일거리가 하나 늘었구나."

"……?"

감격을 주체 못하던 조이함은 의아한 표정이 되었다. 또 다른 일거리가 무엇인지 짐작을 못하는 것이다.

"너를 이리 만든 놈을 내가 어찌 용서할 수 있겠느냐? 내일 날이 밝으면 고인의 된 제수씨의 명복을 빌고 그놈을 찾아갈 것이다. 만약 너에게 한 짓거리가 과도한 처사였거나 부정한 수단이나 세력이 개입되었음이 밝혀지면 그에 상응하는 대가를 치르게 할 것이다."

황조령은 결연한 표정으로 선언했다. 그런데 조이함은 의미가 불분명한 미소를 지을 뿐이었다.

"무슨 의미더냐?"

"우리의 처지를 생각해 보십시오. 속된 말로 팔병신과 다리병신이 뭉쳐서 무엇을 할 수 있겠습니까."

그는 특유의 비꼬는 듯한 음성으로 말했다. 악의가 없음을 황조령은 잘 알고 있었다.
"그게 무슨 상관이더냐. 너와 내가 함께하여 실패한 작전이 있더냐?"
조이함은 환한 미소를 지었다. 무적신검 황 대장의 백전백승의 신화, 그 중심에는 바로 조이함이 있었던 것이다.
둘은 밤을 새워 그동안 못다 한 이야기를 나눴고, 마침내 결전의 날이 밝았다.

第六章

우물 안 개구리

구름 한 점 없이 맑은 하늘.

약속대로 황조령은 날이 밝자마자 조이함 아내의 무덤을 찾았다. 그리고는 진심으로 축하와 함께 명복을 빌었고, 곧바로 흑도문이 있는 도심으로 향했다.

꽤나 먼 거리라 시간이 많이 걸렸다. 황조령의 불편한 다리 또한 이에 한몫 거들었다.

그들이 행인들로 북적이는 저잣거리로 들어섰을 때는 오후의 햇살이 강하게 내리쬘 무렵이었다.

결연한 표정의 황조령이 앞장서고, 바로 그 뒤를 조이함이 따랐다. 한 명은 다리가 불편하고 또 한 명은 팔을 거의 못 썼다. 행인들은 뭔 일인가 하는 표정이었다. 특히나 조이함을 바라보는 시선이 곱지 않았다.
"저놈은 왜 또 나타난 거야? 마을 시끄럽게시리."
"그렇게 얻어터지고도 지치지도 않는 모양이네."
"얼쑤? 이번에는 다리병신 친구까지 데려온 모양인데?"
"켈켈켈, 그러게? 병신들끼리 잘들……."
들으려면 들으라는 식으로 험담을 주고받던 행인들이 황급히 입을 다물었다.
"이것들이……."
부리부리한 눈의 수검이 인상을 구기며 노려봤기 때문이다. 당당한 체구에서 뿜어지는 위압감이 조롱 섞인 웅성거림을 한순간에 잠재웠다.
일정한 거리를 두고 따라가던 수검이 황조령과 조이함의 일행인 줄은 몰랐던 것이다.
"수검아, 쓸데없는 것에 신경 쓰지 말거라."
"예, 황 대장님!"
황조령의 말에 수검이 납작 고개를 숙였다. 그때서야 주변 사람들은 황조령을 다시 봤다. 절름발이사내의 말 한마디에 산만 한 덩치의 사내가 꼼짝도 못했다.
곧바로 행인들의 웅성거림이 달라졌다.
"도대체 뭘 하려고 저리 몰려가는 것일까? 설마 흑도문으로 쳐들어가는 것은 아닐까? 예전에 팔이 잘린 것에 대한 복수를 하려고 말이야!"
"에이~ 망상이 지나치다. 저 인원으로 어떻게……."

"아니, 아니. 옛날에는 저 외팔이가 큰물에서 좀 놀았다고 했잖아. 게다가 저 두 사내는 처음 보는 얼굴에 싸움도 엄청 잘할 것 같잖아. 예전 동료를 찾아왔는데, 외팔이가 된 것을 보고는 열받아서 따지러 가는 거지. 이래 봬도 내가 반은 점쟁이라니까."

"글쎄? 분위기를 봐서는 그렇게 느껴지기도 하는데……."

반 점쟁이의 예상은 적중했다. 기세등등하게 저잣거리를 지나간 황조령 일행은 흑도문 앞에서 멈춰 섰다.

그 위세를 말해주듯 엄청난 위용을 자랑했다. 무예를 연마하는 공간이 아니라 작은 성이라 할 수 있었다. 진양교와 무림맹의 무림대전 이후, 내실을 기하는 것보다 외관이나 규모에 신경 쓰는 것이 신흥 문파의 추세라 할 수 있었다.

하늘 높이 솟은 담장 너머로 쩌렁쩌렁 울리는 기합 소리가 들려왔다. 흑도문의 제자들이 단체로 무예를 수련하는 중이 분명했다.

흑도문을 치려 한다면 가장 나쁜 시간이었다. 그러나 굳은 표정으로 흑도문의 현판을 바라는 황조령의 결심은 변함이 없는 듯했다.

이에 수검이 꾸벅 인사를 하며 나섰다.

"제가 길을 트겠습니다."

황조령은 짧게 고개를 끄덕여 승낙했다. 곧바로 수검은 뚜벅뚜벅 흑도문의 대문을 향해 다가갔다.

"뭐 하는 놈들이냐?"

아니나 다를까, 대문을 지키던 경비무사들이 수검의 앞을 막아섰다. 그 숫자만 해도 일곱에 각종 병장기로 무장한 상태였다.

수검은 여유롭고 당당했다.

"좋은 말로 할 때 길을 트고 문을 열어라. 저기 계신 분들은 네놈들이 막아설 신분이 아니시다."

얼마나 대단한 인물이기에? 맨 앞에 있던 경비무사가 고개를 틀어 수검의 뒤쪽을 바라보았다. 황조령과 조이함이 나란히 서 있는 것을 확인하고는 이내 눈살을 찌푸렸다.

"저기 재수없는 팔병신하고 얼굴에 붕대까지 감은 다리병신 말이……."

푸악~!

좋은 말은 끝났다. 수검은 주먹 한 방으로 제법 덩치가 있는 경비무사를 고꾸라뜨렸다.

"이 자식이 겁도 없이!"

나머지 경비무사들이 한꺼번에 달려들었다. 일사불란한 움직임으로 대항했지만, 불을 향해 뛰어드는 부나방 꼴을 면치 못했다.

퍽, 퍽, 퍽, 퍽~!

수검이 주먹을 휘두를 때마다 한 놈씩 차례차례 쓰러졌다. 전혀 상대가 되지 않는 싸움이었다. 정말 눈 깜박할 사이에 수검은 일곱 명의 경비무사를 모두 쓰러뜨렸다.

"크윽…… 어, 어찌 이런 일이……."

수검의 발밑에 쓰러진 경비무사들은 현격한 실력 차이를 절감했다. 주먹으로 맞았기에 다행이지, 칼이었다면 모두 죽음을 면치 못했을 것이다. 얻어맞은 충격 때문에 곧바로 움직이지 못하고 두려움이 가득한 시선으로 수검을 올려다보았다.
스캉~!
수검이 수호검을 빼 들었다.
순간, 경비무사들은 대경실색(大驚失色)했다. 범상치 않은 기운이 서려 있는 검으로 자신들을 해하나 했는데…… 다행히 아니었다.
뚜벅뚜벅.
수검은 쓰러져 있는 경비무사들을 지나쳐 굳게 닫혀 있는 흑도문의 대문을 향해 다가갔다.
"곱게 내 말 들었으면 네놈들이 맞을 일도 없었고……."
수검은 천천히 수호검을 치켜들었다. 그리고는 반짝이는 검 끝이 어깨너머로 넘어가는 순간, 지체없이 내력이 담긴 수호검을 내려쳤다.
"이 문도 무사했을 것 아니야!"
쿠앙~!
경비무사들은 소리만 요란한 것이라 생각했다. 한 뼘이 넘는 문의 두께도 두께려니와 불괴목에 버금간다는 값비싼 재질로 대문을 만들었던 것이다. 그러나 경비무사들의 안이한 생각은 경악으로 바뀌었다.
와지끈!
거대한 아름드리나무가 부러지는 듯한 소리와 함께 그들이 그토록 자신만만해하던 흑도문의 대문이 두 동강이 났다.

수검은 수호검을 움켜쥐고 흑도문 안으로 들어섰다.

그 단단한 대문이 박살 난 것에 내부에 있던 흑도문의 제자들도 놀라기는 마찬가지였다.

무예를 수련하던 흑도문의 제자들이 단체로 굳어서는 문을 박살 내고 들어오는 수검을 바라보았다. 그 수가 백 명이 넘었지만 수검은 기죽지 않았다.

"변두리 삼류 문파가 외관은 번지르르하구만."

대갓집 정원인 듯 잘 꾸며진 내부를 휘 둘러보며 수검이 말했다.

정체가 무엇이냐 물을 필요도 없었다. 멀쩡한 문을 부수고 들어왔다면 그 저의는 분명했다.

"쳐라~!"

훈련교관으로 보이는 이가 소리쳤다. 그와 동시에 백 명이 넘는 흑도문 제자들이 함성을 지르며 달려들었다. 그 많은 인원이 병장기를 들고 달려드는 모습은 전쟁터를 방불케 했지만, 수검은 여전히 여유가 넘쳤다.

"흥!"

가소롭다는 듯 콧방귀를 뀐 수검이 쩌렁쩌렁한 음성으로 개떼처럼 달려드는 그들을 향해 외쳤다.

"모두 모두 물럿거라! 무적신검 황 대장님 행차시다~!"

"……!"

강호에 몸담고 있으면서 어찌 그 이름을 모를 수 있겠는가!

기세 좋게 달려들던 흑도문의 제자들이 황급히 멈춰 섰다. 앞서 달리던 이들은 제대로 멈춰 섰지만 그 뒤를 따르는 이들이 문제였다.

퍽퍽퍽…….

쿵쿵쿵쿵…….

우당탕탕~!

갑자기 멈춰 선 앞사람과 부딪치면서 난리도 아니었다.

동료들과 부딪치고 깨지고 발에 걸려 넘어지는 것은 상관없었다. 맨 앞줄의 흑도문 제자들은 수검과 부딪치지 않으려 안간힘을 쓰며 버텨냈다.

다행히 충돌은 빚어지지 않았다.

그들의 피나는 노력 덕분에 얽히고설킨 백여 명의 인원이 팔짱을 끼고 있는 수검 앞에 멈춰 설 수 있었다.

한데, 정말로 무적신검 황 대장의 행차가 맞는가?

그 이름을 함부로 도용할 만큼 간 큰 인물은 흔치 않았다. 그런데 만약 거짓이라면? 간 큰(?) 사내의 말 한마디에 백여 명의 흑도문 제자가 호들갑을 떨며 멈춰 서는 진풍경이 벌어진 것이다.

망신도 이런 망신이 없었다. 그렇다고 거짓이라 단언하기도 힘들었다. 난감한 상황에 빠진 흑도문의 제자들은 멀찌감치 뒤에 있는 훈련교관을 뒤돌아보았다.

어떻게 할 것인지 다음 명령을 기다리는 것인데, 그 또한 판단을 내리기 힘든 모양이었다. 당황한 기색이 역력한 그는 대문이 박살 나 허전한 입구를 바라보고 있을 뿐이었다.
 그리고 잠시 후,
 절룩절룩.
 진심장에 의지한 황조령이 조이함과 함께 들어섰다.
 얼굴은 반쪽에다 다리까지 심하게 저는 사내가 그 유명한 무적신검 황 대장?
 흑도문 제자들의 시선은 다시 훈련교관에게 향했다.
 정말 무적신검 황 대장이 맞는지 확인을 구하는 것인데, 그는 아무런 말도 하지 않았다. 그도 그럴 것이, 흑도문의 훈련교관은 한 번도 황조령의 실물을 보지 못한 것이다.
 난감하고 어색한 분위기가 흐르는 상황에서 황조령이 말했다.
 "이 많은 인원이 길을 막고 뭐 하는 짓인가? 여기는 손님 대접이 이러한가?"
 "……."
 황조령의 못마땅한 말투에도 흑도문의 제자들은 별다른 반응을 보이지 않았다. 그들이 자체적으로 판단을 내릴 수는 없는 노릇이다. 물러서라는 훈련교관의 명령이 없었기 때문이다.
 수검이 인상을 구기며 다시 나섰다.
 "네놈들은 무적신검 황 대장님이 말이 뭣같이 들린단 말인가? 열을 셀 때까지 길을 터라. 그렇지 않으면 황 대장님에 대한 불경으로 간주할 것이다. 하나~!"
 수검은 곧바로 수를 세기 시작했다.

"둘~!"

흑도문의 제자들은 어찌할 바를 몰랐다. 절름발이사내가 진짜 무적신검 황 대장이라면 비참한 결과를 초래할 수도 있었다. 불경으로 간주한다 했으니 맞서 싸워야 할지도 몰랐다.

싸워서 이길 수 있을까?

다리에 심한 부상을 입었으니 운 좋게 싸워서 이긴다고 해도 문제였다. 황조령이 무림맹을 떠났다지만 아직도 강호에는 그들 따르고 존경하는 무림인이 많았다. 그 대부분이 이름만 들어도 알 만한 명문 정파의 고수들이었다. 그들에게 어떤 보복을 당할지 상상만 해도 끔찍했다.

"여섯~!"

"후, 훈련교관님!"

다급함을 느낀 한 제자가 훈련교관을 불렀다. 상황이 상황인지라 예의를 차릴 때가 아니었다. 갈팡질팡 판단을 못 내리던 훈련교관이 정신을 차렸다.

"머, 멈추시오!"

우선은 최악의 사태로 치달을 수 있는 상황을 막고 차분히 대화를 시도하려 했다. 그러나 수검은 숫자 세는 것을 멈추지 않았다.

"일곱~!"

"아, 아, 알겠소이다. 지금 당장 우리 애들을 물리겠소이다."

그때서야 수검은 수 세는 것을 멈추고 황조령을 바라보았다. 어찌해야 할지 최종 의견을 물어보는 것이다.

"나는 분명 길을 트라고 했다. 행동은 하지 않고 말뿐인 약속을 어찌 믿으란 말이냐."

"알겠습니다, 황 대장님. 여덟~!"

"……!"

수검은 다시 수를 셌다. 막무가내라 할 수 있을 정도의 고자세였다. 그럴수록 절름발이사내가 진짜 무적신검 황 대장이 맞을 것이란 불안한 예상은 강해졌다.

"아홉~!"

"뭐, 뭐, 뭐, 뭣들 하는 것이냐! 당장 길을 터라!"

훈련교관이 다급히 소리치긴 했는데…….

"늦었다, 이것들아! 열이다~!"

수검이 기다렸다는 듯이 뛰어들었다. 그리고는 양손과 발, 박치기까지 사용하여 무자비한 폭력을 휘둘렀다.

"빠샤!"

빠각!

"크아악~!"

흑도문의 제자들은 늑대의 습격을 당하는 양 떼처럼 철저히 유린당했다. 머릿수로는 상대도 안 되게 앞섰지만 함부로 반항할 수 있는 처지가 아니었다.

개중에는 이판사판인 놈들도 있었다.

"씨부릴! 무적신검 황 대장이면 다야!"

비 오는 날 조이함을 흠씬 두드려 팼던 갈건이다.

"너 마침 잘 걸렸다."

수검은 있는 힘껏 검을 휘두르는 갈건의 팔목을 가볍게 잡아챘다. 그리고는 지체없이…….

우두둑.

"크아악~!"

그의 팔을 꺾어서 부러뜨렸다. 곧바로 수검은 다른 놈의 머리채를 잡고 잡아당기며 무릎으로 강타했다.

푸악!

안면이 뭉개진 놈은 그대로 뻗었다. 손에 잡히는 대로 패고, 부러뜨리고, 짓뭉개는 수검의 난폭함 때문에 흑도문이 아비규환의 현장으로 변한 그때였다.

"멈추어라!"

천둥처럼 메아리치는 외침이 들렸다. 사자후처럼 내공이 실린 음성이었다.

순간, 흑도문의 제자들은 모든 행동을 중단하며 그대로 무릎을 꿇고 부복했다. 수검 또한 번쩍 치켜올린 주먹으로 얼굴을 내려치려던 놈의 멱살을 놓고 고개를 돌렸다.

비장한 표정의 사내가 다가오고 있었다. 스물 중반 쯤의 나이였고, 흑도문 제자들의 반응만 봐도 상당한 신분임을 짐작할 수 있었다.

황조령이 조이함을 향해 살짝 고개를 돌려 물었다.

"저놈이 맞느냐?"

팔을 못 쓰게 만든 장본인이냐는 것이다. 조이함은 짧게 고개를 끄덕였다.
"수검이, 너는 잠시 물러나 있어라."
"예, 황 대장님!"
황조령은 씩씩거리며 다가오는 사내를 향해 물었다.
"그대가 이 문파의 주인인가?"
"그렇소이다. 내가 바로 흑도문의 문주 왕대풍이오. 한데, 그쪽은 어느 문파의 누구이기에 본 문의 제자들을 핍박하는 것이오?"
황조령은 쓴웃음을 지어 보였다.
정말 몰라서 묻는 것일까? 아니다. 이리 소란을 피웠는데 어떤 사정인지 문주에게 보고하지 않았을 리 만무했다.
"나는 용아촌에 있는 황가장의 칠대장주라네. 세간에선 무적신검 황 대장이라 불리기도 하지."
"저, 정말입니까? 대협께서 정녕 모용관의 목을 베고 무림 정의를 바로 세우신 무적신검 황 대장님이란 말입니까!"
놀라는 표정마저 가식적이었다. 황조령은 불편한 심기가 역력한 표정으로 대답했다.
"그렇다네. 내 자네에게 볼일이 있어 찾아왔는데, 손님 대접이 말이 아니로군."
"죄송하게 됐습니다. 요즘 세상이 워낙 각박하고 살벌해야 말이지요. 눈 감으면 코 베어가는 형국입니다. 변두리에 있는 문파라고 깔보는지 자신이 누구라고 시기치고 다니는 놈들이 부지기수입니다."

"그래서?"

"무적신검 황 대장님이 맞는다는 것을 증명해 보십시오. 그게 손님의 도리 아니겠습니까?"

"나는 내가 누구라 증명해 본 적이 없다."

"못하겠다는 말씀이신지……."

의심의 눈초리를 보내는 왕대풍에게 황조령이 말했다.

"내, 무림대전 동안 수많은 문파를 방문했었다. 그중 어느 문파도 내가 무적신검 황 대장임을 증명하라 요구한 적은 없었다. 나를 믿고 말고는 그대의 자유다. 그러나 그 책임 또한 그대가 지는 것이다."

황조령이 눈살을 찌푸리는 순간, 왕대풍이 호방한 웃음을 터뜨렸다.

"푸하하하! 의심을 해서 정말 죄송합니다. 이런 기백을 가진 분이 무적신검 황 대장님 말고 누가 또 있겠습니까? 설령 무적신검 황 대장님이 아니라고 해도 형님으로 모시겠습니다. 제가 직접 영빈관으로 안내해 드리겠습니다."

"이제 와서 손님 대접 받을 생각은 없다."

"제 호의를 거절하시는 겁니까?"

"이 자식이 정말!"

발끈하는 수검을 황조령이 만류했다.

"그냥 두어라. 나는 아첨하는 모리배보다 소신껏 당당하게 말하는 사람을 좋아한다."

"감사합니다, 황 대장님. 이리 배포가 크시고 넓은 아량을 가지고 계시니 천하의 황 대장님이라 아니 할 수 없겠군요."

"감사는 무슨… 그만큼 실력이 있으니 이리 자신만만하게 나오는 것이겠지. 참고로 나는 실력도 없는 것들이 빈정거리는 것을 가장 경멸한다."

"무슨 뜻입니까?"

"자네의 실력을 증명해 보게나."

"어떻게 말입니까?"

척!

수검이 기다렸다는 듯이 의자를 펴서 내려놓았다. 수검의 부축을 받으며 의자에 앉은 황조령이 말했다.

"어떤 수단과 방법을 써도 좋다. 내 옷깃을 스치기만 한다면 자네의 실력을 인정해 주지."

"어찌 그런……."

왕대풍은 사양하는 뜻을 비쳤다. 겸양의 표현이 아니라는 것은 황조령도 잘 알고 있었다.

"자신이 없는 것인가?"

"저는 어떠한 상황에서도 자신감을 잃어본 적이 없습니다. 그렇기에 이 나이에 한 문파의 문주가 될 수 있었습니다."

"하면 무엇이 문제인가?"

"예전의 황 대장님이라면 모를까, 지금은 몸도 많이 불편하신데……."

"나를 걱정하는 것인가?"

"그것도 포함해서요. 다리를 저시는 황 대장님을 상대로 상처를 입혔다는 소문이라도 난다면 어찌 되겠습니까? 저희 문파가 황 대장님을 추종하는 무리에게 괜한 화를 입히나 않을지 걱정입니다."

"그런 일은 절대 없을 것이다."

황조령은 미소 띤 얼굴로 대답했다. 결코 보복은 없을 것이라는 확약으로 왕대풍은 해석했다. 상처 따위는 입지 않을 것이라는 또 다른 해석을 간과한 것이다.

"정히 그러시다면… 사양치 않겠습니다."

스릉~!

왕대풍은 주저없이 검을 빼어 들었다.

이러한 그의 행동에 흑도문 제자들의 반응은 극으로 갈렸다. 젊은 혈기가 넘치는 제자들은 어느 정도 기대를 갖는 반응이었다. 그러나 예전부터 황조령의 명성을 들어온 이들은 완전히 사색이 되었다. 제발 그러지 말라고 만류하고 싶었지만 그럴 수가 없었다. 흑도문주 왕대풍은 그 누구도 말릴 수 없는 독단적인 성격으로 유명했던 것이다.

황조령이 진심장을 내뻗으면서 이젠 돌이킬 수 없는 사태가 되고 말았다.

"어서 오게나. 우물 안 개구리가 무엇인지 내가 확실히 가르쳐 주지."

"과연 그럴까요? 이 모든 것은 황 대장님께서 자초한 일입니다. 어떤 결과가 벌어지든 저를 원망 마시기 바랍니다."

왕대풍은 자신만만한 미소를 보이며 대꾸했다. 이에 황조령은 지겨워 죽겠다는 표정으로 응수했다.
 "미안하지만 덤벼보고 나서 그런 소리를 해주겠나. 내 강호에 몸담고 있던 동안 그런 종류의 말을 너무 많이 들어서 말일세."
 "그러지요."
 왕대풍은 미소를 거두고 공격 자세를 취했다. 안하무인의 성격대로 곧바로 덤벼들지는 않았다. 의자에 앉아 있는 황조령의 주위를 돌며 신중한 탐색전을 펼쳤다.
 그의 움직임을 따라가던 황조령의 시선이 어느 순간부터 멈췄다. 의자에 앉아 고개를 돌리는데 한계가 있기 때문이었다. 그리고 왕대풍이 완전히 뒤쪽에 섰을 때, 황조령은 아예 정면을 바라보고 있었다.
 완벽한 기회인가?
 왕대풍은 섣불리 공격하지 못했다. 반격을 당할 것 같은 불안한 예감 때문이었다. 계속 그 예감을 따랐더니 황조령의 주위만 빙빙 도는 꼴이 되고 말았다.
 "나를 지루하게 만들어 죽일 참인가?"
 "……."
 왕대풍은 아무런 대꾸도 하지 않았다. 그럴 만한 마음의 여유가 없었다. 불구의 몸이 된 황조령을 보고는 엄청난 기회다 싶은 욕심이 생겼지만, 막상 덤비려고 하니 거대한 태산 같은 위압감이 느껴졌던 것이다.
 왕대풍은 바보가 아니었다.
 정면 승부를 벌여서 이길 수 없는 상대임을 뒤늦게나마 느낄 수 있었다. 그렇다고 땅을 치며 통탄할 필요는 없었다.

'옷깃만 스쳐도 이긴다!'

이는 상당한 이점이었다. 왕대풍은 조심스럽게 황조령의 뒤쪽으로 접근했다. 한데, 인기척을 느끼지 못하는 것인가, 아니면 왕대풍을 철저히 무시하는 것인가? 전방을 향해 시선을 고정시킨 황조령은 별 신경 안 쓰는 듯했다.

'설마 뒤통수에도 눈이 달려 있지는 않겠지? 영웅에 대한 소문은 항상 부풀려져 있게 마련… 나를 얕잡아 보는 그대의 어리석음은 천추의 한으로 남을 것이다. 이번 대결을 발판 삼아 나의 명성을 온 무림에 떨칠 것이다!'

후앙~!

왕대풍은 욕심내지 않고 검을 휘둘렀다. 황조령의 팔과 진심장의 길이, 그리고 자신의 검과 팔 길이를 모두 계산하여 정말 옷깃만 스칠 정도로만 검을 휘두른 것이다.

사악.

그러나 너무 조심스러웠던 탓인지 옷깃도 스치지 못했다. 의도한 대로 되지는 않았지만 손해 볼 일은 없었다.

후앙!

황조령이 곧바로 진심장을 휘둘러 반격했지만 거리가 미치지 못했다. 팔과 무기의 길이 모두 왕대풍이 앞섰다. 이 또한 그의 계산 안에 있었는데…….

"……!"

갑자기 왕대풍의 눈이 커졌다.

번쩍하는 섬광과 함께 진심장이 늘어나는 듯한 착각이 든 것이다. 그러나 착각이 아니고 현실이었다.

빡!

뭉뚝한 진심장 끝이 왕대풍의 이마 정중앙을 강타했다.

"크악~!"

비명을 지르며 비틀비틀 물러서는 왕대풍의 이마에서 붉은 피가 주르르 흘러내렸다. 이마가 깨진 충격보다 자신의 계산이 어긋났다는 데 더욱 충격을 받았다.

'대, 대체 무슨 조화가……? 내 계산이 틀렸을 리 없는데!'

그렇다면 황조령의 팔이나 지팡이가 늘어났다는 말밖에 되지 않았다. 세상에 그런 무공이나 무기가 있겠는가? 이를 확인하는 방법은 똑같은 상황을 다시 한 번 만드는 수밖에 없었다.

똑같이 당할 수도 있지만, 오기가 발동했다.

왕대풍은 거칠게 이마에 흐르는 핏줄기를 닦아내고는 황조령을 향해 다가갔다. 표정은 비장했지만 된통 당한 경험이 있기에 위축될 수밖에 없었다.

발걸음은 한층 조심스러웠고, 인상을 쓰며 휘두른 검은 방금 전에 비해 훨씬 못 미치는 거리였다.

사악~!

그의 검이 빗나가는 순간, 황조령도 진심장을 휘둘렀다.

왕대풍의 계산은 정확했다. 뒤쪽을 향해 내뻗으며 휘두르는 지팡이는 자신의 몸에 닿을 거리가 아니었다. 반 뼘 가까운 거리로 빗나가야 정상이었건만 또 이변이 발생했다.

번쩍!

"......!"

눈부신 섬광과 함께 진심장의 길이가 확연히 늘어났다.

빠악~!

흑도문 전체에 울려 퍼지는 요란한 타격음과 함께 왕대풍의 몸은 그대로 벌러덩 뒤로 넘어갔다.

속된 말로 맞은 데 또 맞았다.

"크으윽……."

간신히 몸을 일으키는 왕대풍. 이마를 누르고 있는 손가락 사이로 붉은 피가 주체할 수 없을 정도로 새어 나왔다. 두 번이나 연속으로 망신에 가까운 꼴을 당했지만 나름의 성과도 있었다.

핏기를 얼추 닦아낸 왕대풍은 분함과 어이없음이 공존하는 표정으로 말했다.

"무적신검 황 대장님… 군자 중의 군자라는 평판이 자자하신 분이 그런 꼼수를 쓰십니까?"

"이거 말인가?"

황조령은 무심한 표정으로 진심장의 손잡이를 비스듬히 비틀며 뽑았다.

스릉…….

오후의 강렬한 햇살을 받으며 숨겨져 있던 검날이 드러났다. 갑자기 진심장의 길이가 늘어났던 비밀이 밝혀진 것이다.

"하도 어이가 없어 웃음이 다 나오는군요. 천하의 모용관을 물리친 것도 그런 꼼수 덕분입니까?"

"내 적을 함부로 모독하지 마라. 진양교주는 결코 꼼수가 통할 인물이 아니었다. 무림맹주님과 나, 그리고 뜻을 같이한 동지들의 피나는 노력 끝에 그를 제압할 수 있었다. 그리고 자꾸만 꼼수, 꼼수 하는데, 지팡이에 칼을 숨겨놓는 것과 뒤통수를 치러 몰래 다가오는 것 중 어느 것이 더 꼼수에 가까운가?"

"……."

대답을 못하는 왕대풍에게 말했다.

"나는 그대의 실력을 보고 싶은 것이다. 허튼수작은 통하지 않으니 제대로 덤벼보아라."

"정 그러시다면……."

왕대풍은 양손으로 검을 고쳐 잡았다. 그의 예상보다 황조령은 더욱 무시 못할 인물이었고, 강호에 떠돌던 소문이 결코 과장된 것이 아님을 깨달은 것이다.

이기려는 무리한 야심은 접었다. 황조령에게 실력을 인정받는 것으로 목표를 수정했다. 그래야 문주로서의 체면도 서는 것이었다.

"타앗!"

왕대풍은 전광석화처럼 뛰어들었다.

쾌검!

자신이 가장 자신있는 수를 선택한 것이다. 그러나 여태껏 상대했던 하수들처럼 단칼에 승부를 지을 수 없음은 그도 잘 알고 있었다. 이 합, 삼 합, 사 합……. 격검을 이어가면서 치열한 접전을 벌이는 것처럼 보이려는 의도였다. 그래야 수하들에게 면이 설 것 아닌가.

하나 왕대풍은 대폭 줄어든 목표마저 이루지 못했다.

창~!

격검의 순간은 한 번으로 끝이었다. 곧바로 황조령의 진심장이 왕대풍의 정강이를 강타했다.

빡!

"크악!"

순간적으로 한쪽 무릎이 굽혀진 왕대풍은 비명을 지르며 휘청거렸다. 재빨리 뒤로 몸을 피하려 했지만 그럴 여유가 없었다.

빡, 빡, 빡~!

황조령은 중심을 잃은 왕대풍의 허벅지, 옆구리, 정수리를 차례로 강타했다. 타격 소리가 울릴 때마다 점점 앞쪽으로 기울어지던 왕대풍은 황조령의 발밑에 납작 엎드린 꼴이 되고 말았다.

"고작 이 정도가 그대의 실력인가?"

"그럴 리 있겠습니까."

이마에 정수리까지 깨진 왕대풍이 몸을 일으켰다. 당혹한 기색이 역력한 제자들이 보고 있다. 이대로 포기하면 문주로서의 체면이 말이 아니게 되는 것이다.

"흑도문의 비기를 선보여 드리지요."

줄줄 피를 흘리는 왕대풍이 비릿한 미소를 지으며 말했다. 그만큼 자신감이 있다는 뜻이리라. 그러나 황조령은 극히 심드렁하게 대꾸했다.

"가진 게 있으면 뜸들이지 말고 뭐든 보여주게나. 아껴둘수록 자네만 손해라는 사실을 명심하게."

"네, 명심하겠습니다."

웬일로 왕대풍이 고분고분 대답했다. 물론 진심은 아니었다. 조만간 그 말을 후회하게 될 것이라는 비아냥거림의 표현이었다.

우웅…….

황조령의 목을 노리고 있는 검에 잔잔한 떨림이 일었다. 왕대풍이 내력을 불어넣을수록 그 떨림은 점점 강해졌고, 검은색 기운까지 스멀거리며 새어 나왔다. 기괴한 기운이 검 전체를 감싸는 순간, 강력한 바람이 일었다.

"거, 검풍(劍風)~!"

경이로운 탄성은 흑도문 제자들 사이에서 터졌다. 강호의 중심이 아닌 곳에서 검풍을 보는 것은 흔치 않은 광경일 것이다. 그러나 황조령을 포함한 조이함과 수검은 눈 하나 깜짝하지 않았다. 고수일수록 눈에 띄거나 상대에게 자신의 정보를 줄 수 있는 행동을 자제하기 때문이다.

황조령이 어서 덤비라는 미소를 보이는 순간, 왕대풍이 뛰어들었다.

"흑마참(黑馬斬)~!"

후아아앙~!

모두가 들을 수 있게 친절히(?) 비기의 이름까지 힘차게 외쳤다. 그와 동시에 거무스레한 기운에 싸인 검이 황조령의 정수리를 노리고 들어왔다.

차앙~!

진심장으로 검을 막은 황조령은 의외라는 눈빛을 보였다. 그의 예상보다 괜찮은 내공 때문이었다.

이에 왕대풍은 더욱 환한 미소를 지어 보였다. 이제야 자신의 진가를 알아보겠냐는 의기양양한 모습이었다.

꿈보다 해몽이 좋다는 상황이라 할 수 있었다. 빈약한 검법보다는 낫다는 것이다.

이를 알 리 없는 왕대풍은 더욱 힘차게 검을 내려쳤다.

"흑마참~!"

쩌엉!

첫 번째야 왕대풍의 내력이 어떠한지 확인해 본 것이고, 두 번째는 가차없었다.

퍼엉~!

귀가 멍할 정도의 요란한 격검 소리가 울림과 동시에 강력한 폭발이 뒤따랐다. 검 전체를 감싸고 있던 괴이한 기운은 일순간에 사라지고, 왕대풍은 자신이 검에 불어넣었던 내력의 배에 해당하는 충격을 받아야 했다.

"크아아악~!"

왕대풍은 처절한 비명을 질렀다. 거센 후폭풍이 지나가고 드러난 그의 몰골은 정말 말도 아니었다.

피떡이 져서 봉두난발(蓬頭亂髮)이 된 머리, 크고 작은 상처로 만신창이가 된 얼굴은 퉁퉁 부어올랐고, 쌍코피까지 주르르 흘러내리고 있었다.

아무런 해도 입지 않은 황조령이 물었다.

"이것이 전부인가?"

"……."

왕대풍은 어떠한 대답도 할 수가 없었다. 말을 할 수 있는 처지가 아니었다. 입 주위가 씰룩거리긴 했는데, 이내 울컥 진한 선혈을 토해냈다.

심한 내상을 입은 것이 분명했다. 그러나 황조령은 조금도 개의치 않고 재차 물었다.

"그대의 실력이 이것이 전부인가 말이다."

"……."

풀썩 큰절을 하듯 주저앉은 왕대풍은 꾸역꾸역 검붉은 피를 쏟아낼 뿐이었다.

"대답을 하라. 이제는 더 이상 보여줄 밑천이 없는가 말이다!"

팍팍팍팍!

황조령은 사정없이 왕대풍의 몸을 후려쳤다.

"대답을 하란 말이다! 고작 그 실력으로 어찌 무림맹의 절정고수였던 쌍검의 달인을 불구의 몸으로 만들었다는 말이더냐!"

왕대풍은 황조령 발밑에 완전히 엎어진 상태였다. 쉴 새 없이 쏟아지는 매를 감당할 수 없었는지 기어들어 가는 음성으로 입을 열었다.

"오, 오해십니다."

"무엇이 오해란 말이더냐?"

퍽퍽퍽퍽퍽!

황조령은 진심장을 멈추지 않고 물었다. 정말 맞아 죽을지 모른다는 불안감에 휩싸인 왕대풍은 고통을 참아가며 대답했다.

"저, 저는… 쌍검의 달인을 만난 적도 없습니다……. 그, 그분이라면… 황 대장님의 왼팔이라… 부, 불릴 정도로 엄청난 고수 아닙니까? 그, 그런 분을 어찌… 제 미천한 실력으로 이길 수 있단 말입니까……."

왕대풍은 진심이었다. 황조령과의 엄청난 실력 차이를 절실히 깨닫고 하는 말이었으며, 심지어 쌍검의 달인이 누구인지도 몰랐다.

이에 황조령은 진심장을 멈추고 조이함에게 물었다.

"이게 어찌 된 일이더냐?"

"무엇을 말씀하시는 겁니까?"

"너를 그리 만든 게 이놈이 확실한 것이냐? 이놈은 우물 안 개구리 실력을 넘지 못했다. 아무리 내공을 잃었다고 한들… 아니, 네가 지금의 상태로 싸웠어도 절대로 질 수 없는 놈이었다. 대체 무엇이 진실이더냐?"

"저를 이 모양으로 만든 것은 저놈이 확실합니다."

조이함은 왕대풍을 확실히 턱짓으로 가리키며 대답했다. 사력을 다해 대답을 한 왕대풍은 땅바닥에 얼굴을 처박은 채 완전히 뻗어 있었다. 흑도문 제자들이 외면할 정도로 꼴사나운 모습이었다.

"이러니 더욱 이해를 못하겠다. 그때 주체할 수 없을 정도로 술이라도 진탕 퍼마셨던 것이냐? 어떻게 이런 놈에게 그런 꼴을 당할 수 있는 것이더냐?"

"다시 한 번 말씀드리지만… 저를 이렇게 만든 것은 저놈이 맞습니다. 이제 그 원수를 갚았으니 더 이상 마음 쓰실 필요없습니다."

죄스러운 마음이 가득한 황조령에게 거짓을 말할 조이함이 아니었다. 그렇다고 진실이라 받아들이기에는 너무도 석연찮은 구석이 많았다. 거짓은 아니더라도 진실은 의도적으로 감출 수 있었다. 그가 떠날 때도 그러했었다.

잠시 생각에 잠겼던 황조령이 입을 열었다.

"또 다른 공범들이 있는 것이냐?"

"……"

아무런 대답 없이 나직이 한숨을 토하는 모습은 정곡을 찔린 반응이 틀림없었다. 그러나 황조령은 어서 바른대로 말하라 다그치지 않았다.

"왜 사실대로 말하지 않는 것이더냐? 그 이유라도 듣고 싶구나."

"황 대장님의 성격을 잘 알기 때문입니다. 어떠한 상황이든 상관없이 자신이 옳다 생각하는 일에는 포기를 모르시는 분 아닙니까?"

"맞다. 그리 나를 잘 알면서 왜 감추는 것이냐? 내가 아끼던 사람이 이 모양이 되었는데 내가 대충 넘어갈 것 같더냐? 물론

내 안위를 위해서임은 어렵잖게 짐작할 수 있다. 죄책감 속에서 살아온 너이기에 내가 조금이라도 다치는 것을 원치 않을 것이다. 그러나 나를 정말 위하고 이해한다면 말하여라. 네가 그렇게 된 것은 내 책임도 크다. 나 또한 죄책감 속에 살게 할 작정이더냐?"

지그시 눈을 감고 황조령의 말을 듣고 있던 조이함이 입을 열었다.

"이 지역은 흑도, 백도, 청도, 황도, 네 문파의 연합이 모든 실권을 쥐고 있습니다. 사도맹(四道盟)이라 불리는 무소불위(無所不爲)의 권력 집단인데, 이곳은 그들만의 왕국이라고 해도 과언이 아닙니다."

"무소불위의 권력 집단이라……. 이제야 어떤 상황이었는지 이해가 되는구나."

"걱정이 되어 말씀드리는데, 그들을 절대 얕잡아 보면 안 됩니다. 이곳은 상당히 폐쇄적인 지역이라 다른 이의 도움을 기대할 수 없습니다. 아무리 황 대장님이라 해도 그들을 상대하는 것이 결코 쉽지 않을 겁니다."

조이함은 굳은 표정으로 말했다. 그만큼 걱정이 앞선다는 것인데, 이에 황조령은 웃음 띤 얼굴로 대답했다.

"우리가 함께했던 천소산 시절 말이다. 그 당시 우리에게 쉬운 일이라는 게 있기나 했더냐?"

조이함도 피식 웃고 말았다. 그 어떤 말보다 기운이 나게 하는 대답이었던 것이다.

황조령은 이어 수검을 바라보았다.
"수검아."
"예, 황 대장님."
"저놈을 업어라."
"알겠습니다."
수검은 뻗어 있는 왕대풍을 들쳐 업고 황조령을 따랐다. 덤으로 그의 검까지 챙겼다.
문주가 납치당하는 상황이었지만 그 누구도 황조령 일행을 막아서지 못했다.
흑도문을 빠져나오는 순간, 수검은 은근이 걱정되는지 황조령에게 바싹 다가서며 물었다.
"황 대장님, 정말 괜찮겠습니까? 조 대협님의 말을 듣자 하니 완전히 막무가내인 놈들 같은데요?"
"사도맹이 얼마나 무소불위의 권력을 휘두르는 놈들인지 모르겠다만, 지금 똥줄 타는 것은 아마도 그놈들일 것이다. 너무 염려하지 말고 잘 따라오너라."
"아, 예~!"
여유를 잃지 않는 황조령의 모습을 보고 수검도 기운을 차렸다. 그 어떤 상황에서도 굴하지 않고 싸워 이겼던 백전백승의 신화적인 인물이 바로 황조령이었던 것이다.

第七章
작은 전쟁

늦은 밤.

황도문주 관술(關沭)의 서재(書齋)이자 사도맹의 비밀 회실로 쓰이는 청운관(靑雲館) 내부.

황조령의 예상은 적중했다.

긴급하게 소집된 사도맹의 수뇌부는 난상에 가까운 토론을 벌였다. 말이 좋아 토론이지 개개인의 주장을 앞세운 일방적인 하소연이었다.

"이게 다 대풍이 그놈 때문입니다. 어쨌거나 우리가 대결에서 이기지 않았습니까? 사력을 다하고 쓰러진 조이함의 팔은 왜 자르고 비틀어놓습니까? 아끼던 수하를 그 지경으로 만들어놓으니까 무적신검 황 대장이 쳐들어온 것 아닙니까?"

청도문주 허경용(許景龍)은 시종일관 왕대풍의 탓만 했다. 이에 백도문주 곽익수(郭翊守)가 답답한 듯 목청을 높였다.

"그놈이 그 유명한 쌍검의 달인인지 누가 알았습니까? 다시는 덤벼들지 못하도록 후환을 막자는 처사였지요. 별거 아닌 듯 보이는 놈에게 우리가 얼마나 고전을 했습니까? 막내아우가 귀찮고 더러운 일은 도맡아하지 않았습니까. 그건 우리도 인정을 해야 합니다."

"곽 아우, 자네가 그리 막내를 감싸고도니 그놈이 막무가내가 된 것 아닌가? 무적신검 황 대장님이 오셨으면 납작 엎드릴 것이지, 뭐가 잘났다고 덤벼들어 황 대장님의 심기를 건드렸는가 말일세. 이번 사태가 이 지경까지 이른 것은 자네의 책임도 크단 말일세."

"이번에는 또 제 탓입니까? 제발 그만 좀 하십시오, 둘째 형님! 발등에 불이 떨어진 마당에 남 탓만 해서 뭘 어쩌자는 겁니까? 이를 타개할 방도를 서둘러 모색해야지요."

"방도? 무적신검 황 대장이 직접 나섰는데 무슨 방도가 있겠는가 말일세. 황 대장이 무엇을 원하든 고분고분 따라야지, 이에 반기를 들었다가는 사도맹 전부가 멸문을 면치 못할 것이야."

"저도 무적신검 황 대장의 무용담은 귀가 따가울 정도로 들어왔습니다. 그러나 이제 그는 과거의 인물일 뿐입니다. 솔직히 무림맹에서 내쳐진 것이나 다름없는 신세 아닙니까? 게다가 모용관과 사투를 벌인 후유증 때문인지 다리까지 심하게 전다고 들었습니다. 그런 자의 요구까지 우리가 들어줄 필요가 있겠습니까?"

"자네는 정말 멸문을 당하고 싶은가? 아직도 강호에는 황 대장을 존경하고 따르는 무리가 넘쳐난단 말일세. 그 세력과 어찌 싸운다는 것인가!"

"이곳은 그가 활동했던 강호의 중심부가 아닙니다. 우리가 주인인 땅이란 말입니다. 여러 모로 우리에게 불리할 것이 없는데, 미리 기죽을 이유가 없지 않습니까?"

"그건 황 대장이 얼마나 무서운 인물인지 모르기에 하는 소리겠지. 천하의 모용관이 황 대장에게 당할 것이라 누가 감히 짐작이나 했겠나? 그의 명성이 예전만 못하다 하여, 그의 몸이 불구가 되었다 하여 그를 무시했다가는 큰 화를 면치 못할 것이야. 무적신검 황 대장이 진짜 무서운 것은 어떠한 상황에서도 포기하지 않는 그 불굴의 의지 때문이지. 그런 인물과 대적하는 것은 자살 행위나 다름없단 말일세."

"누가 칼을 들고 황 대장과 대적하자고 했습니까? 무리한 요구를 할 수도 있으니 그 대비책도 세워둬야 한단 말입니다."

"그 생각 자체가 위험한 것일세."

청도문주와 백도문주는 이번 사태의 해결 방법을 두고 대립각을 세웠다. 한참이나 격론을 벌였지만 의견 차이는 좁혀지지 않았고, 감정 싸움으로 번지기 일보 직전이었다.

이럼에도 사도맹의 수장인 관술은 팔짱만 끼고 앉아 있었다. 답답함이 극에 달한 백도문주 곽익수가 하소연을 했다.

"큰형님, 무슨 말이라도 해보십시오. 저희가 다투는 것을 그냥 보고만 계실 겁니까?"

관술은 그제야 팔짱을 풀며 입을 열었다.

"글쎄……."

"그, 글쎄라니요? 누구 생각이 더 옳다 말이라도 하셔야 할 것 아닙니까?"

"그게 문제라는 것이다. 둘째의 말을 들으면 둘째의 말이 옳은 것 같고, 셋째인 너의 말을 들으면 또 네 말이 옳은 것 같고……."

관술의 미적지근한 태도에 청도문주 허경용이 발끈했다.

"오늘따라 형님답지 않게 왜 이러십니까? 의견 대립이 생길 때마다 형님이 항상 중심을 잡아주지 않았습니까? 별것 아닌 일이라면 모를까, 사도맹의 존망이 오락가락하는 형국에 그 우유부단한 태도는 뭐냔 말입니다."

"내 말이 그 말이다. 별것 아닌 사안이라면 내가 무슨 결정을 내리든 너희들은 순순히 따르겠지. 그러나 이번처럼 각 문파의 존망이 걸린 중차대한 일이라면 이야기가 달라지지. 우리가 난상 토론을 벌여 합의를 이룬다 해도 각자의 문파에 어떤 영향이 미칠지 따로 계산할 것 아니더냐?"

"……."

"……."

청도문주와 백도문주는 동시에 입을 다물었다. 그런 생각을 하긴 했다는 증거였다. 잠시 뜸을 들인 관술은 그 둘을 번갈아 처다보며 말했다.

"지금은 어떤 결정을 내리는가가 중요한 게 아니다. 어떠한 결정이 내려지든 공생공사의 확고부동한 마음으로 따르겠다는 결의가 더 중요하단 말이다. 각자의 살길을 찾아 뿔뿔이 흩어지겠느냐, 아니면 모두가 힘을 합쳐 나와 함께 이 난관을 극복해 보겠느냐?"

청도문주가 즉각적으로 대답했다.

"형님을 전적으로 믿고 따르겠습니다."

"저도 마찬가지입니다, 큰형님."

백도문주 또한 흔쾌히 승낙하면서 사도맹의 의기투합은 이루어졌다.

"좋다, 그런 마음가짐이라면 못할 것이 무엇이 있겠느냐? 비록 막내가 빠지기는 했다만, 이렇게 셋이 똘똘 뭉치면 천하의 그 누구도 우리 사도맹을 만만히 보지는 못할 것이다. 시간이 많이 흘렀으니 본격적으로 이 중차대한 사태를 어떻게 해결해야 할지 의론해 보기로 하자구나. 둘째야."

"예, 형님."

"너는 황 대장이 무엇을 원하든 고분고분 따르자고 했는데, 자신의 수하를 그 지경으로 만들어놓은 우리에게 무엇을 원할 것이라 생각했느냐?"

"그야……."

청도문주는 입을 열기는 했지만 막상 뒷말을 잇지 못했다. 거기까지는 생각해 본 적이 없기 때문이었다.

작은 전쟁

"나라면 말이다, 그 일과 관련된 모든 이들을 능지처참하고 그 식솔이나 수하들까지 죽여 버릴 것이다. 다시는 그런 불상사가 발생하지 않도록 하기 위한 본보기로 말이다."

"……."

청도문주는 완전히 얼었다. 정말 그 같은 사태가 발생할지 모른다는 공포감 때문이었다.

"그러나 이것은 내 기준으로 생각한 것이고, 군자 중의 군자라는 평을 듣는 황 대장이라면 다르겠지. 최소한의 피를 보는 수준에서 이 일을 처리할 것이다."

관술은 안도하는 기색을 보이는 청도문주에게 다시 물었다.

"하면 그 최소한의 수준이 무엇이겠느냐?"

"그, 그야……."

청도문주는 또 대답을 못했다. 그 또한 생각해 본 적이 없었던 것이다. 당연히 그럴 것이라 판단했는지 관술은 곧바로 말을 이었다.

"황 대장이 부처님 반 토막이 아닌 이상 잘못했다는 한마디에 모든 것을 용서해 줄 리는 없을 것이다. 그 또한 강호에서 잔뼈가 굵은 무림인. 강호의 법칙에 따른다면… 아마도 쌍검의 달인이 당한 정도가 될 것이다."

"그, 그렇다며 우리도……."

"맞다. 한쪽 팔은 잘리고 다른 한쪽은 비틀어져야 용서를 받을 수 있겠지. 이 또한 우리가 진심으로 잘못을 뉘우친 경우라야만 할 수 있겠다. 상상해 보아라. 황 대장에게 양팔을 상납

하며 석고대죄하는 수모를 겪은 다음 팔병신인 상태로 평생을 살아가야 한다. 감당할 자신이 있느냐?"

"절대 그럴 수 없지요. 그런 수모를 당하고 검조차 쥘 수 없는 처지가 된다면 차라리 죽는 게 낫습니다."

"그렇다면 우리가 어떡해야 할지 기본적인 방향은 정해진 셈이군."

이어 관술은 백도문주에게 시선을 돌렸다.

"셋째야."

"예, 큰형님."

"무적신검 황 대장의 무위는 네가 생각하고 있는 것보다 훨씬 대단한 인물이다. 다리가 불편한 상태라 해도 쉽게 대적할 수 있는 상대가 아니란 말이다. 혈기왕성한 막내가 속절없이 당한 것을 보면 알 수 있지 않느냐. 설령 운이 좋아 이긴다고 해도 그 뒷감당이 문제다. 황 대장을 추종하는 무리의 보복이 있을 것은 불을 보듯 훤한 상황이다. 그런 황 대장을 상대로 서슴지 않고 적의를 드러내는데, 사리 분별이 확실한 네가 무책임하게 그런 소리를 하지는 않았을 것이다. 그를 이길 수 있는 특별한 비책이라도 있는 것이냐?"

백도문주는 슬쩍 청도문주의 눈치를 한번 살펴본 다음 입을 열었다.

"우리의 힘으로 벅찬 상대라면 외부의 도움을 받으면 되지 않습니까?"

"외부의 도움이라……. 구체적으로 어느 곳의 누구를 말하는 것이더냐?"

"무림맹의 여주승 군사입니다."

"여 군사?"

관술은 살짝 눈살을 찌푸리며 반문했다. 부정적인 반응이었으나 백도문주는 확신에 찬 음성으로 그 이유를 설명했다.

"적의 적은 동지라 하지 않습니까? 현 강호의 최고 실권자인 여주승 군사의 유일한 눈엣가시가 바로 무적신검 황 대장입니다. 그와 손을 잡고 황 대장을 친다면 어렵지 않게 승리를 거둘 수 있습니다."

괜찮은 발상이라 생각했는지 청도문주도 맞장구쳤다.

"맞습니다, 형님. 여주승 군사와 손을 잡는다면 손쉽게 황 대장을 물리칠 수 있습니다. 게다가 형님은 여주승 군사와 친분도 있지 않습니까? 아니 할 말로, 우리가 무림맹에 바친 돈이나 재물이 얼맙니까? 서로가 이득이 되는 일이니 이번만큼은 확실히 도와줘야 하지 않습니까?"

"셋째야……."

관술은 의자 등받이에 등을 기대며 말했다. 잠시 풀었던 팔짱도 다시 꼈다.

"네, 큰형님."

"여 군사는 그리 단순한 인물이 아니다. 무엇이 자신에게 유리한지 머리를 굴리는 것은 천재적인 수준이며, 이를 위해서라면 신의(信義) 따위는 언제라도 저버릴 수 있는 인물이다."

"그러니까 말입니다. 서로에게 이득이 되는 상황이니 반드시 도움을 줄 것입니다."

"과연 그럴까? 그에게 우리 사도맹은 무작정 잘 보이려 안달 난 변두리 세력 중의 하나일 뿐이고, 그와 황 대장은 서로가 껄끄러운 숙적임과 동시에 공존할 수밖에 없는 관계이기도 하다. 여 군사의 누이인 무림맹주는 황 대장에 대한 신뢰가 깊고, 황 대장이 아끼는 천소산 시절의 수하들이 여 군사 밑에 있기 때문이지."

"대체 무슨 말씀을 하고 싶으신 겁니까? 여주승 군사의 도움은 기대치도 말라는 뜻입니까?"

"내가 만약 여 군사의 입장이라면 말이다······. 우리가 아닌 황 대장을 도울 것이다."

"예?"

백도문주는 말도 안 된다는 반응을 보였고, 이에 관술은 똑똑한 놈이 왜 그리 이해를 못하느냐는 투로 대꾸했다.

"내 설명하지 않았더냐? 우리는 여 군사에게 있으나마나한 존재이다. 그가 뭐가 아쉬울 게 있어서 모험을 하겠느냐? 그럴 바에는 차라리 황 대장을 도와 환심을 사는 게 낫지. 이는 황 대장에겐 빚이 되고, 그 빚은 두고두고 써 먹을 수도 있으니 말이다."

"하면 우리는 어찌하면 좋단 말입니까?"

"이번 일은 최대한 밖으로 알려져서는 아니 된다. 다행히 이곳은 우리가 곧 법이요, 진실도 거짓으로 만들 수 있는 축복받은 곳 아니더냐. 황 대장은 지금 적군만이 가득한 적 진영 한

작은 전쟁 245

복판에 들어와 있는 상황이다. 둘째야."

"예, 형님."

"지금 당장 사람들을 모아 소문을 퍼뜨려라. 많으면 많을수록 좋다. 무적신검 황 대장이라 사칭하는 놈이 소란을 피우고 있다고 말이다."

"알겠습니다."

"또한 날이 밝는 즉시 수하들을 이끌고 황 대장이 있는 곳을 찾아서 치거라."

"저 혼자 말입니까?"

청도문주는 식겁한 표정으로 대꾸했다. 그도 그럴 것이, 사도맹 전체가 움직여도 승산이 있을까 말까 한 상황에서 자신의 문파만 홀로 나선다는 것은 진짜 자살 행위나 진배없었기 때문이다.

"싸워서 이기라는 소리가 아니다. 황 대장이 움직이지 못하도록 봉쇄하라는 것이다. 그가 다른 곳에 도움을 청한다면 큰일이지 않더냐?"

"아, 알겠습니다, 형님."

"그리고 명심해야 한다. 이것은 전쟁이다. 우리가 황 대장을 죽이지 못하면 우리가 죽게 된다. 강호의 방식대로 싸울 필요는 없다. 우리의 방식으로 싸워라. 그래야 승산이 조금 더 높아질 수 있다. 알아들었느냐?"

"예, 형님."

"그럼 어서 가보아라."

청도문주는 황급히 일어나 청운관을 나섰다. 백도문주 또한 곧바로 자리에서 일어서려는 그때,
"셋째는 잠시 남거라."
"예?"
엉거주춤 멈춰 선 백도문주에게 관술이 손짓했다.
"우선은 자리에 앉아라. 너만이 할 수 있는 매우 중요한 일이 있다. 비밀리에 수행해야 하기에 너에게 맡기려는 것이다."
백도문주가 자리하자 관술이 귓속말로 속삭였다.
순간, 백도문주의 눈이 부릅떠졌다. 매우 위험스런 일이라는 반응이다.
"형님?"
"지금은 찬밥 더운밥 가릴 처지가 아니다."
관술은 간곡한 어조로 백도문주를 설득했고, 그들의 비밀 대화는 한참이나 계속되었다.

    *   *   *

들이치는 아침 햇살 때문에 풀풀 날리는 먼지가 더욱 선명하게 드러나는 허름한 객점 내부. 조이함이 술을 마시던 바로 그 객점이었다.
이 지역의 최고 실권자인 왕대풍을 포로로 끌고 다니는 황조령 일행을 그 누구도 받아주지 않았다. 길거리를 배회하던 황조령 일행은 어쩔 수 없이 조이함과 친분(?)이 있는 이 객점

에서 밤을 보냈던 것이다. 흔쾌히 빌려준 것이 아니라 조이함이 왕대풍을 끌고 오니 놀라서 도망친 것이었다.

주인장이 없으니 수검은 아침 일찍부터 일어나 아침 식사를 만들어야 했다.

밥도 다 지어졌고, 심혈을 기울여 만든 탕도 화덕 위에서 맛있게 잘 끓고 있고, 아침 식사를 하게 될 탁자 위에 인원수대로 접시와 그릇을 올려놓은 수검은 짚단을 깔아 급하게 만들었던 잠자리로 향했다.

"황 대장님, 기침하십시오."

세상모르고 잠들어 있던 황조령이 지그시 눈을 뜨며 물었다.

"벌써 아침이더냐."

"예, 아침 식사도 준비해 두었습니다."

"수고했다."

수검은 바로 옆자리의 조이함에게 다가갔다.

"조 대협님."

번쩍!

조이함이 엄청난 반응 속도로 눈을 뜨면서 수검을 노려보았다. 담이 크기로 유명한 수검이었지만, 조이함 앞에만 서면 단단히 주눅이 들었다.

"시, 시, 식사하시지요……."

"맛있는 냄새가 나는군."

"감사합니다, 감사합니다."

조이함이 몸을 일으킬 때까지 굽실굽실하던 수검의 표정이 급변했다.
"일어나, 이 새끼야!"
빡~!
밧줄에 꽁꽁 묶인 채 구석에서 웅크리고 자고 있던 왕대풍의 머리통을 후려쳤다.
"크윽……."
황조령의 진심장에 한번 깨졌던 머리다. 물밀듯이 밀려드는 고통 때문에 왕대풍은 잠에서 깼다.
"밥 처먹어."
싸늘하게 한마디 던진 수검은 이내 자리를 떴다. 꽁꽁 묶인 상태로 어떻게 식탁까지 올 수 있을지 전혀 신경 쓰지 않았다. 수검은 식탁에 앉은 황조령과 조이함의 수발들기에 온 정성을 다했다.
"각종 해산물을 넣고 푹 끓인 탕입니다."
푸욱~
수검은 살점이 가득한 부분을 떠서 황조령 앞에 바쳤다. 그리고는 밥도 고봉으로 떠주고 숟가락과 젓가락까지 조신하게 챙겨주었다.
"고맙구나."
"헤헤, 많이 드십시오, 황 대장님."
이어 수검은 팔이 불편한 조이함에게 향했다.
황조령 못지않게 푸짐한 탕과 밥을 떠주고 숟갈로만 떠먹을 수 있게 생선 가시까지 정성스레 발라주었다.

밧줄에 결박당한 왕대풍이 모진 고생 끝에 식탁 의자에 앉았다.

텅~!

수검은 국물이 사방에 튈 정도로 거칠게 탕 그릇을 내려놓았다. 완전 맹탕이었다. 뿌연 국물에 건더기라고는 살점 하나 없는 생선 가시뿐이었고, 기름때로 찌든 수검의 엄지손가락이 푹 담긴 상태였다.

이것을 먹으라는 것인가!

발끈한 심정의 왕대풍이 수검을 쏘아보는 순간이었다.

쩔렁!

수검은 새까맣게 탄 부분만 골라 담은 밥그릇을 개밥 주듯이 던져 주었다. 그리고는 알아서 먹으라는 턱짓을 했다.

왕대풍은 서러움에 왈칵 눈물을 쏟을 뻔했다. 세상 무서운 것 모르고 자란 그였기에 이렇듯 대놓고 차별당하기는 처음이었던 것이다.

"이보시오!"

왕대풍은 결연한 음성으로 수검을 불렀다. 그러나 퉁, 거칠게 숟가락을 놓고 다가오는 수검에게 왕대풍은 성격대로 말하지는 못했다.

"하, 한쪽 팔은 풀어줘야 밥을 먹을 것 아니오."

부탁에 가까운 음성이었다. 이에 수검은 한쪽 팔만 쓸 수 있게 풀어주며 말했다.

"이제부턴 입 다물고 처먹어라."

순간, 왕대풍의 반항기가 발동했다. 위험한 것을 알면서도 귀신에라도 홀린 듯 참을 수 없는 유혹이었다.

"입 다물고 어찌 음식을 넘길 수 있겠소?"

빡!

역시나 돌아오는 것은 무자비한 폭력이었다. 때려도 꼭 황대장에게 맞아 머리가 깨진 곳만 집중적으로 때렸다.

"입 다물고 처먹으라 했지?"

"……"

왕대풍은 비명도 지르지 못했다. 입만 뻥끗하면 후려치겠다는 요량으로 수검이 손을 계속 들고 있기 때문이었다. 아주 조용한 분위기 속에서 황조령 일행이 아침 식사를 하는 그때였다.

"무적신검 황 대장님을 사칭하는 놈들은 듣거라!"

객점 밖에서 쩌렁쩌렁 울리는 사내의 음성이 들렸다. 주눅든 표정으로 식사를 하던 왕대풍은 누구 목소린지 대번에 알아챘다.

"두, 둘째 형님!"

빡!

벌떡 몸을 일으키는 왕대풍의 머리통을 수검이 가차없이 후려쳤다.

"입 다물고 처먹으랬지!"

"크윽……"

감정이 쌓인 손찌검이었다. 식탁에 얼굴이 처박힌 왕대풍은 한참 동안 일어나지도 못했다. 그 와중에도 청도문주의 가당치도 않은 협박은 계속되었다.

"지금 당장 그 거짓의 가면을 벗고 모든 무림 동도들 앞에 참회를 고하여라! 그렇지 않는다면 내가 무적신검 황 대장님을 대신하여 네놈들을 요절낼 것이다!"

조용히 식사를 하던 황조령이 중얼거렸다.

"적반하장이 따로 없군."

"그러게 말입니다."

조이함은 식사를 멈추고 대꾸했다.

"끝장을 보자고 결정한 것 같은데, 사도맹의 수장이란 자는 어떤 인물이더냐?"

"머리가 좋고 처세술에 능한 자입니다. 무공 실력 또한 변두리 문파의 수준은 넘어섰고, 포용력도 있으며, 행동하기 전에는 신중하며, 일단 행동으로 옮기고 난 후에는 무슨 수를 써서든 이루어내는 자입니다."

"적으로 만났을 때 가장 골치 아픈 상대로군. 그런 자가 왜 변두리 문파에서 썩고 있는 것이지? 용의 꼬리가 되느니 뱀의 머리가 되어 살아가겠다는 것인가?"

"거기까진 저도 모르겠습니다."

"아우, 시끄러워서 밥을 못 먹겠네!"

쾅!

거칠게 밥숟갈을 놓은 수검이 벌떡 몸을 일으켰다. 당연히 황조령과 조이함의 대화 때문은 아니었다. 쉴 새 없이 참회하라 떠들어대는 청도문주의 카랑카랑한 목청 때문이었다.

"제가 조용히 시키고 오겠습니다."

수검은 수호검을 움켜쥐고 문 쪽으로 향했다.

덜컹!

"이 새끼들아, 주둥이 닥치지······."

활짝 문을 열고 호통을 치던 수검이 얼어붙었다.

"이러언~!"

쿵!

잽싸게 문을 닫은 수검이 황급히 바닥에 엎드렸다. 곧바로 쿵쿵쿵쿵쿵 수십 발의 화살이 문에 박혔다. 그중 몇 개는 문을 뚫고 들어오다가 걸리는 경우도 있었다. 빗발치던 화살이 잠잠해지자 수검이 객점 밖을 향해 소리쳤다.

"무림인이란 것들이 어찌 화살을 쏘아대는 것이냐!"

강호에서 화살을 사용하는 것은 극도로 제한되었다. 살상력이 떨어지기 때문이 아니라, 그 반대였다. 그 막강한 위력 때문에 관에서 탐탁지 않게 여겼던 것이다. 짐승을 사냥하는 경우나 가끔 쏠 뿐, 활을 무기로 사용하는 것은 불문율로 엄격히 금지되었다.

"네놈들이 그러고도 무림인이라 자처할 수 있겠느냐!"

"무적신검 황 대장님을 사칭하는, 엄청난 불경을 저지른 놈들이 말도 많구나. 어서 쏴라~!"

슝슝슝슝슝슝~!

파파파파파팍!

포물선을 그리며 떨어지는 화살들이 허름한 객점을 벌집으로 만들었다. 판자만 얹어놓은 지붕을 뚫고 식탁을 향해 떨어지는 숫자도 꽤 되었다.

이 난리 중에도 아침 식사는 계속되었다.

탁, 탁, 탁, 탁, 탁!

황조령은 진심장을 휘둘러 식탁으로 쏟아지는 화살들을 모두 거둬냈다. 옆자리의 조이함에게 쏟아지는 것들도 마찬가지였다. 무차별적으로 쏟아지는 화살세례에 무방비로 노출된 사람은 왕대풍뿐이었다.

투웅~!

"……!"

천장을 뚫고 온 화살이 공교롭게도 의자에 앉아 있는 왕대풍의 허벅지 사이에 박혔다. 손가락 한 마디 간격으로 고자가 될 뻔한 위기를 넘긴 것이다.

왕방울만 하게 눈이 커진 왕대풍은 황급히 식탁 밑으로 기어들어 갔다. 황조령이 화살을 걷어내어 가장 안전한 곳이라 할 수 있었다.

억수처럼 쏟아붓던 화살 세례가 그쳤다. 이에 탁자 밑으로 기어들어 간 왕대풍은 안도의 한숨을 내쉬었다. 이제야 같은 편에게 죽임을 당하는 어처구니없는 사태를 면하나 싶었는데 아니었다.

"황 대장님을 사칭하는 놈들은 똑똑히 들어라! 지금 당장 무기를 버리고 투항하라! 그렇지 않으며 불화살이 날아갈 것이다!"

객점에 있는 사람 중에 왕대풍이 가장 놀랐다.

"아, 안 됩니다, 둘째 형님!"

"입 다물랬지."

빡!

입을 열면 맞게 되는 규칙은 아직 유효했다. 대차게 머리를 후려친 수검은 곧바로 왕대풍의 멱살을 잡았다.

"너 좀 따라와야겠다."

수검은 우악스럽게 식탁 밑에 있는 왕대풍을 끌어냈다. 그리고는 질질 끌어서 구멍이 숭숭 뚫린 출입문까지 데려갔다.

쿠앙!

발로 문을 걷어찬 수검은 꽁꽁 묶인 왕대풍을 앞세우고 걸어나갔다.

"이놈이 누군지 아느냐?"

화살을 겨누고 있던 청도문의 제자들은 어찌할 바를 몰랐다. 한식구나 다름없는 흑도문주가 방패막이로 전락했기 때문이다.

"지금부터 네놈들이 쏘는 화살은 모조리 이놈의 몸에 박힐 것이다. 불화살을 쏘든 물화살을 쏘든 맘대로 해라!"

"무, 문주님? 어찌하면 좋겠습니까?"

"젠장……."

청도문주는 이를 갈았다. 포로가 된 막내의 처지가 안타까운 것이 아니다. 이번 일이 이리 커진 것은 왕대풍의 탓이라는 앙금은 여전히 남아 있었다. 그렇기에 그가 포로로 잡혀 있는 것을 알면서도 화살을 쏘라 명령을 내렸던 것이다.

그러나 이제는 그의 모습이 드러났으니 마음대로 명령을 내릴 수 없는 상황이었다.

"문주님?"

"……."

의리를 생각하면 당연히 그래야 했다. 그러나 한껏 기세가 올라간 상황에서 공세를 멈추는 것은 도저히 용납할 수가 없었다.

"조심해서 쏴라."

"예?"

정확히 이해를 못한 청도문의 제자가 반문했다.

"흑도문주가 맞지 않게 피해서 쏘란 말이다. 어서!"

"예? 예… 아, 알겠습니다."

질책을 받은 청도문의 제자는 재빨리 활시위를 당겼다 놓았다.

피숑~!

급히 발사한 화살이 정확할 리 없었다. 게다가 방패막이가 된 왕대풍이 맞지 않게 쏘라 하지 않았던가. 수검을 노린 화살은 한참이나 빗나가 출입문 기둥에 꽂혔다.

쿵~!

화살이 박히는 순간, 수검의 얼굴이 완전히 일그러졌다.

"이것들이… 내 분명 말했지!"

수검은 출입 기둥에 박힌 화살을 뽑았다.

"네놈들이 쏘는 화살을 모두 이놈의 몸에 박힐 것이라고 말이다!"

푸악~!

수검은 날카로운 화살촉으로 왕대풍의 허벅지를 찔렀다. 원체 힘이 좋은 수검이다. 손으로 잡고 내려친 화살은 활시위를 당긴 것만치나 깊숙이 박혔다.

"크아악~!"

불시에 당한 왕대풍은 자지러지는 비명을 질렀다. 이어 수검은 피를 질질 흘리는 왕대풍을 청도문주가 잘 볼 수 있게 돌려 세우며 말했다.

"또 쏴봐! 불화살 없어? 이놈의 면상을 확 지져 버리게!"

"……."

두 눈이 충혈될 정도로 독기 어린 수검의 모습을 보건대, 충분히 그러고도 남을 기세였다.

"활을 거두어라."

청도문주는 어쩔 수 없이 명령을 내렸다. 수검은 모든 청도문의 제자가 활을 내려놓는 것을 확인하고는 왕대풍을 끌고 다시 객점 안으로 들어섰다.

수검이 희대의 인질극(?)을 벌이는 사이 황조령과 조이함은 식사를 마친 상태였다.

"아침밥은 먹어야지."

"아닙니다. 저 새끼들이 또 무슨 꿍꿍이질을 할지 모르지 않습니까. 제가 단단히 경계를 서겠습니다."

"그럴 필요 없다. 밖에서 진을 치고 있는 놈들의 목적은 내가 움직이지 못하게 막는 것이다. 다른 곳에 도움을 청할 수 없게 말이다. 그러니 어서 식사나 마저 하여라."

"알겠습니다."

수검은 서둘러 밥을 먹기 시작했다. 든든히 먹고 한 놈이라도 더 박살 내겠다는 의지가 느껴졌다.

느긋함을 잃지 않은 조이함이 황조령에게 물었다.

"이제는 어찌할 생각이십니까?"

"어쩌긴, 움직여야지. 적의 의도대로 하는 건 적을 도와주는 것이나 다름없지 않더냐."

"그 몸으로 괜찮으시겠습니까? 놈들이 강호에서 금기시되는 화살부대까지 동원한 것은 원거리에서 다리가 불편한 황 대장님을 노리겠다는 속셈이 분명합니다."

"상관없다. 걷는 게 불편할 뿐, 전혀 못 움직이는 것은 아니지 않더냐? 지팡이가 하나 더 있으면 한결 편하게 움직일 수 있을 것 같다."

황조령의 말이 끝나기가 무섭게 수검이 벌떡 식탁에서 일어섰다.

"제가 구해보겠습니다!"

"식사부터 마저 하래도?"

"다 먹었습니다!"

거짓말이 아니었다. 식탁 위에 있는 수검의 밥그릇은 깨끗했다. 그 짧은 시간 동안 남은 밥을 몽땅 먹어치운 것이다.

정신없이 객점을 뒤지던 수검은 진심장 길이의 막대기를 황조령에게 가지고 왔다.

"이 정도면 되겠습니까?"

황조령은 수검이 건네는 막대기로 몇 발짝 걸어보고는 대답했다.

"좋구나. 수고했다."

"헤헤, 수고는요, 뭘."

뿌듯함을 느끼는 수검을 향해 조이함이 말했다.

"미안하지만 나도 좀 도와줘야겠다."

"물론이지요!"

수검은 잽싸게 달려갔다.

"무엇을 도와드릴까요, 조 대협님?"

"이 팔에다 검을 묶어라. 황 대장님께 짐이 될 수 없으니 나도 싸울 것이다."

조이함은 불편한 왼쪽 손을 턱짓으로 가리켰다. 정말 싸울 수 있겠느냐고 수검은 반문하지 않았다. 곧바로 조이함의 부탁을 들어주었다.

여분의 검은 있었다.

왕대풍을 업어오면서 덤으로 챙긴 왕대풍의 검이었다.

수검은 황조령의 얼굴 상처를 감싸기 위해 봇짐 속에 가득 넣고 다니는 붕대로 왕대풍의 검을 조이함의 왼팔에 단단히 고정시켰다.

"어떠십니까?"

"보기보단 손재주가 좋군."

"어유, 뭘요."

모든 준비가 끝나자 황조령이 의자에서 몸을 일으켰다.

"내가 앞장설 것이니 이함이는 내 뒤를 따르거라."

"네, 황 대장님."

황조령은 급조한 지팡이를 의지하며 출입문으로 향했다. 반대편 손에는 서슬 퍼런 칼날을 가진 진심장이 들려 있었다. 긴박한 상황인지라 진검을 사용할 모양이었다.

"수검이는 맨 뒤에서 따르며 포로를 잘 감시해라."

"알겠습니다."

꾸벅 고개를 숙인 수검은 이내 살기 어린 표정으로 왕대풍을 노려보았다.

"내 곁에서 반보 이상 떨어지면… 죽는다."

"……!"

충분히 그러고도 남겠다는 느낌을 받은 왕대풍은 세차게 고개를 끄덕였다.

문 앞에 선 황조령이 말했다.

"힘든 싸움이 될 것이다. 나에게 승리란 항상 쟁취하기 힘들고 어려운 것이었다. 그렇기에 더욱 값진 것이겠지."

혼잣말하듯 했지만, 그 어떤 화려한 수식어보다 결속을 다지게 하는 말이었다.

"따르라!"

황조령이 앞장서고 바로 그 뒤를 조이함과 왕대풍(?), 수검이 따랐다. 갑작스레 황조령 일행이 몰려나오자 객점을 포위하고 있던 청도문이 다급해졌다.

"문주님! 노, 놈들이 움직입니다!"

"뭐, 뭐라고?"

수하의 보고는 사실이었다. 객점을 빠져나온 황조령 일행이 저잣거리로 이동하고 있었다.

"쏴, 쏴라! 어서 쏘란 말이다!"

"하, 하지만 아직 흑도문주님께서……."

"그따위 건 상관치 말고 쏴라! 황 대장… 아니, 가짜 황 대장이 도망치면 끝장이란 말이다!"

"아, 알겠습니다. 모두 쏴라~!"

슝슝슝슝슝슝슝~!

엄청난 숫자의 화살이 하늘로 솟구쳐 올랐다. 곧이어 정점에 달한 화살들은 저잣거리로 움직이는 황조령 일행에게 쏟아졌다.

순간, 황조령이 걸음을 멈췄고, 조이함과 수검이 양쪽으로 붙어 방어진을 형성했다.

흥흥흥흥흥흥~

타닥타닥타닥!

억수처럼 쏟아지는 화살도 황조령 일행의 견고한 방어진을 뚫지 못했다. 그들이 휘두르는 진심장과 검에 막혀 사방으로 뒤어 날아갔다.

"쏴라~!"

연이어 화살을 발사했지만 결과는 마찬가지였다.

푹! 푹!

"크악~!"

운 좋게 두 발이 명중하기는 했는데, 같은 편인 왕대풍의 어깨와 엉덩이였다.

"소용없습니다, 문주님! 이제는 준비한 화살도 거의 떨어져 갑니다!"

"젠장……."

황조령 일행의 움직임을 봉쇄하라는 관술의 간곡한 당부가 있었다. 화살이 소용없으니 방법은 한 가지뿐이었다.

"모두 무기를 들고 저놈들의 진로를 차단하라! 공을 세운 자에게는 큰 상을 내릴 것이다. 모두 공격~!"

"우와아아아~!"

무기를 뽑아 든 청도문 제자들이 달려들면서 저잣거리 일대는 피비린내 나는 전쟁터로 변했다.

*   *   *

이른 오후의 황도문.

출정(出征) 깃발이 휘날리는 연무장에는 엄숙함이 감돌았다. 완전무장한 상태에서 도열해 있는 황도문 제자들은 비장한 표정으로 관술의 출정 연설을 듣고 있었다.

"무적신검 황 대장님이 누구시더냐? 강호를 피바다로 만들었던 모용관의 목을 베고, 강호에 진정한 평화를 가져왔던 영웅 중의 영웅이시다. 그런 분을 사칭하고 다니는 무리가 있다는데 어찌 참을 수 있단 말인가! 그들은 나의 형제나 다름없는 흑도문주를 단번에 제압할 정도로 강하다고 한다. 그러나 무적신검 황 대장님을 위해서라면 목숨인들 아깝겠는가! 우리는 반드시 싸워서 이길 것이다. 하늘이 우리를 돕고 강호의 영령들이 우리를 보호할 것이다. 그들은 황 대장님을 사칭하여 강호를 혼란에 빠뜨리는 사악한 무리이며, 우리는 정의롭기 때문이다. 나와 함께 황 대장님의 명예와 무림 정의를 위해 싸울 준비가 되었는가!"

"우와아아아아~!"

연무장에 도열해 했던 황도문의 제자들은 뜨거운 함성으로 화답했다. 이에 관술은 흐뭇한 표정을 지으며 한 발짝 물러섰고, 그의 부관인 이찬(李讚)이 실무적인 명령을 내렸다.

"모두 자기 자리로 돌아가 경계태세에 임하라. 위급한 상황이 벌어지는 즉시 출정할 것이다."

관술은 백부장들에게 세부적인 명령을 전달하고 다가오는 이찬에게 물었다. 그는 관술이 신뢰하는 심복 중의 심복이었다.

"청도문주로부터 전령은 왔는가?"

"아직 도착하지 않습니다."

"역시나 예상대로 일이 틀어진 모양이군."

관술은 무소식이 희소식이 아님을 직감했다. 청도문주의 성격과 일 처리 방식을 잘 알기 때문이었다. 맡긴 일이 잘 풀리면 시도 때도 없이 전령을 보내 경과를 보고한다. 그러나 일이 틀어지고 잘못된 경우에는 그 사안을 해결할 때까지 전령을 보내지 않는다. 그 때문에 중요한 일을 망칠 뻔한 적도 있었다. 관술은 이를 확인할 방법까지 따로 모색해 두었다.

"우리가 보낸 전령은?"

"도착할 때가 된 것 같습니다."

호랑이도 제 말 하면 나타나는 상황이 벌어졌다. 관술이 보낸 전령이 정문을 통해 들어섰다. 날아다니는 게 아닌가 싶을 정도로 날렵한 몸놀림의 소유자였는데, 그 또한 관술의 충실한 심복이었다.

"다녀왔습니다, 문주님."

"수고했다. 어찌 돌아가고 있더냐?"

"황 대장이 움직이기 시작했습니다. 청도문주가 이를 막아보려 애를 쓰고는 있지만 역부족인 듯 보입니다."

"백전백승의 신화를 창조했던 무적신검 황 대장이라면 내 의도 정도는 가볍게 눈치챘을 것이다. 그러나 나 또한 그의 행동을 예상하고 있었다. 머릿수에서 상대가 되지 않으니 도움을 청할 곳을 찾겠지. 이곳과 가장 가까운 지역에서 우리와 적대할 수 있는 문파는 용수문(龍鬚門)뿐이니 남쪽으로 향하고 있겠군."

"아닙니다, 문주님."

"……!"

자신만만하게 추리를 늘어놓던 관술은 깜짝 놀랐다. 그럼 어디로 향하고 있느냐는 눈빛으로 전령을 바라보았다.

"황 대장은 지금… 이곳으로 향하고 있습니다."

"……!"

관술은 두 번 연달아 놀랐다. 절대적으로 불리한 형세 속에서 적의 본거지로 쳐들어오다니? 자신이라면 결코 그런 미친 짓은 하지 않을 것이다. 하나, 그런 말도 안 되는 일이 벌어지고 있는 중이며, 그 당사자가 무적신검 황 대장이라 문제였다.

다급함을 느낀 이찬이 말했다.

"문주님, 서둘러 원군을 보내는 것이 좋겠습니다. 청도문만의 전력으로는 황 대장을 당해낼 수 없습니다."

"아니, 그보다 먼저 할 일이 있다."

정신을 차린 관술이 전령을 바라보았다.

"지금 당장 남문각(南門脚)으로 가거라."

"남쪽으로 통하는 다리 말입니까?"

"그렇다. 그 근처에서 백도문이 매복하고 있을 것이다. 작전이 바뀌었음을 급히 알리며 전부… 아니, 혹시 모르니까 삼 할의 전력만 남기고 모두 이쪽으로 오라 전하여라. 서둘러라!"

"존명!"

전령은 곧바로 남쪽을 향해 출발했다.

"그리고 부관."

"예, 문주님."

"청도문주에게 보내는 인원은 최소한으로 하여라. 지금은 본 문의 방어에 더욱 심혈을 기울여야 한다."

"알겠습니다, 문주님. 그런데… 괜찮으십니까?"

부관은 관술의 안색을 살피며 물었다.

"뭐가 말이더냐?"

"식은땀을 많이 흘리고 계십니다."

"……!"

관술은 반사적으로 자신의 얼굴로 손을 가져갔다. 물이라도 뒤집어쓴 듯 흥건한 땀이 묻어났다.

"이것이 바로 황 대장과 싸워야 했던 진양교도들의 심정이었군."

한때 강호의 패자를 군림했던 진양교가 왜 황조령이 나타난다는 전조, 병장기로 땅을 내려치는 소리만 듣고도 오금을 펴지 못했는지 조금은 이해할 것 같았다.

* * *

강하게 내리쬐는 햇살 아래, 전쟁터로 변한 거리.

황조령의 행보는 너무도 선명히 보였다. 넓은 대로에 길게 이어진 핏자국과 고통으로 신음하는 청도문의 제자들, 그들의 전력으로는 진검을 사용하는 황조령을 막을 수 없었다.

"감히 무적신검 황 대장님을 사칭하다니, 네놈들은 목숨이 수십 개라도 된단 말이냐!"

 황조령의 명예를 위해 덤벼드는 것이었다. 그 마음만은 가상하여 사정을 둘 만하건만 황조령은 가차없었다.

 서걱.

 번개 같은 칼솜씨에 그는 두 눈을 부릅뜬 채 쓰러졌다. 문파 내에서 꽤나 인정받는 실력자가 칼 한 번 휘두르지 못하고 당한 것이다.

 다급함을 느낀 참모 중 한 명이 말했다.

 "무, 문주님, 이대로 가다가는 전멸입니다. 우선은 제자들을 물리고 진영부터 재정비해야 합니다."

 "그럴 시간이 없다. 저놈들이 이곳을 벗어나게 하면 절대 안 된단 말이다."

 예상치 못한 사태에 의문을 제기하는 참모도 있었다.

 "뭔가 이상합니다, 문주님. 저런 실력자가 무엇 때문에 황 대장님을 사칭하는 것인지……."

 "닥치거라! 저런 실력자이기에 황 대장님을 사칭할 수 있는 것이다. 토 달지 말고 서둘러 병력을 보내라!"

 "존명!"

 소모전에 가까운 혈투는 계속되었다. 청도문의 제자들은 끊임없이 달려들었지만 황조령, 그리고 조이함과 수검의 견고한 방어를 뚫지 못했다.

 수족 같은 수하들이 피를 흘리며 쓰러지는 상황이었다. 한 문파의 주인으로 이를 앞장서서 해결해야 했지만 청도문주는

작은 전쟁 267

그러지 못했다. 그만이 진실을 알고 있기 때문이었다.

'젠장… 무적신검 황 대장과 맞서다니… 세상에 이리도 무모한 일이 어디 또 있단 말인가!'

피를 흘리며 도움을 청하는 수하들을 보며 엄청난 후회를 하고 있는 그때, 예상치 못한 희소식이 들려왔다.

"문주님, 황도문의 원군이 도착했습니다!"

"그, 그래! 역시 형님이야! 이런 사태를 예상하고 원군을 보내셨구나!"

절망의 구렁텅이에 빠졌던 청도문주는 금세 기운을 되찾았다. 사도맹이 힘을 합친다면 무엇을 못하겠냐는 자신감이었다.

"뭣들 하는 것이냐? 황도문의 원군과 함께 어서 저 사이비 황 대장 놈을 처단하라!"

"존명!"

기세가 오른 청도문은 더욱 파상적인 공세를 펼쳤다. 이에 황조령이 전진하는 속도는 눈에 띄게 줄어들었다.

"조짐이 있다, 조짐이 있어! 더더욱 사납게 놈들을 몰아쳐라!"

청도문주의 독려에 황도문과 청도문 제자들의 기세가 한껏 올랐다. 그들이 느끼기에도 황조령의 공세가 현저하게 둔화된 것이다.

"더 이상의 침범을 허락지 마라! 놈들이 황도문으로 향하는 것을 목숨 걸고 막아야 한다!"

급격히 체력이 소진된 것인가, 아니면 원군까지 가세한 청도문의 공세를 감당하지 못하고 힘들다 판단한 것인가. 마침내 황조령 일행이 진로를 바꾸고 말았다.

"쫓아라! 쫓아라! 황 대장님을 사칭하는 무리를 추격하여 말살하라~!"

전쟁의 양상은 바뀌었지만 그 치열함만은 여전했다. 필사적으로 쫓는 자와 쫓기는 자. 청도문과 황조령 일행의 피비린내 나는 추격전은 해가 떨어진 후에도 계속 이어졌다.

* * *

어슴푸레한 하현달이 뜬 깊은 밤.

늦은 시간까지 추격전을 벌였던 청도문주가 황도문 안으로 들어섰다. 비록 황조령 일행을 붙잡지는 못했지만 그의 발걸음은 가벼웠다.

무적신검 황 대장을 상대로 이 정도가 어디던가?

황 대장이 황도문으로 쳐들어오는 것을 막은 것만으로도 대단한 성과라는 자신감에 넘쳐 있었다.

그는 곧장 청운관 내부로 들어섰다.

드르륵.

"형님!"

의자에 앉아 있던 관술이 고개를 돌리며 물었다.

"어찌 되었느냐?"

"정말 힘든 싸움이었습니다. 무적신검 황 대장이 왜 그리 추앙을 받는지 절실히 느꼈습니다. 썩어도 준치라는 말이 있지 않습니까? 다리를 절면서도 어찌 그리 대단한 무공을 구사할 수 있는지……."

너스레를 떨며 자리에 앉는 청도문주의 얼굴에는 뿌듯함이 느껴졌다. 칭찬을 받아 마땅하다고 생각했지만 관술의 반응은 의외로 차가웠다.

"피곤하니 결론만 말하여라."

"예? 예……. 꽤나 고생을 하긴 했지만, 형님이 보내주신 원군 덕분에 놈들을 쫓아낼 수 있었습니다."

"쫓아냈다고?"

관술은 눈살을 찌푸리며 반문했다. 칭찬을 기대했던 청도문주로서는 참으로 이해하기 힘든 상황이었다.

"예, 형님. 이쪽으로 쳐들어오려는 놈들을 저와 제 수하들이 목숨 바쳐……."

"그래? 황 대장을 어디로 쫓아냈다는 것이냐?"

"대막산입니다. 계속 추격하려 했으나 날이 어두워져 철수할 수밖에 없었습니다. 그러나 형님도 알다시피 대막산은 외부로 통하는 길이 없습니다. 놈들은 독 안에 든 쥐나 다름없는 상황입니다."

"둘째야."

"예, 형님."

관술은 답답함을 억누르는 음성으로 청도문주를 불렀다.

"황 대장은 쉽사리 물러서거나 도망칠 상대가 아니다. 대막산은 이곳 백도문과 연결되어 있음을 몰랐던 것이냐?"

"무, 무슨 소립니까, 형님?"

"황 대장은 나의 목숨을 노리고 있다. 대막산과 이어진 길로 백도문을 칠 생각인 것이다."

"걱정 마십시오, 형님. 날이 밝는 즉시 추격대를 조직하여 놈들을 추살(追殺)하겠습니다."

"아서라!"

관술은 단호한 어조로 청도문주를 만류했다.

"황 대장은 천소산을 기반으로 세를 확장했던 인물이다. 산속에서는 절대 그를 이길 수 없다. 산 자체가 그의 영역인 것이다."

"그럼 어찌하면 좋습니까?"

"전쟁에 있어 선택은 언제나 두 가지뿐이다. 계속 싸우거나, 항복하거나."

"형님, 이제 와서 항복할 수는 없는 노릇 아닙니까?"

청도문주는 펄쩍 뛰며 대답했다.

"네 생각도 그러냐? 내 생각 또한 그렇다. 그러기에 더욱 골치가 아픈 것이다. 너도 겪어봐서 알겠지만 황 대장은 보통 인물이 아니다. 그런 자를 상대로 우리는 이겨야 한다."

"우리 넷, 아니… 셋이 힘을 합치면 무엇을 못하겠습니까. 저는 무조건 형님만 믿고 따를 것이니 하명만 내려주십시오."

"네가 그리 말해주니 천 근처럼 무거웠던 마음이 한결 가벼워졌다. 이럴 때일수록 우리는 더욱 단결해야 한다."

"당연하지요, 형님. 그런데 셋째는 어디 간 것입니까?"

이제야 청도문주는 백도문주가 없는 것을 알아차렸다. 이 중요한 시국에 그가 불참할 리 없었던 것이다.

"셋째에게는 내가 따로 맡긴 일이 있다."

"셋째에게만 따로 말입니까?"

청도문주는 대단히 실망한 기색이었다. 자신의 무엇이 못미더워 그 일을 백도문주에게 맡겼냐는 의미였다. 이에 관술은 위로하는 듯한 음성으로 물었다.

"내가 왜 셋째에게 그 일을 맡겼겠느냐?"

"……."

"네가 오해하는 것처럼 그를 편애해서가 아니다. 매우 위험한 일이기 때문이다."

"……!"

"나로서도 상당히 힘든 결정이었다. 누구를 보내야 할까 한참이나 고심했는데… 너를 위험에 빠뜨리는 것은 내가 원하는 바가 아니다."

"형님……."

"내 마음을 알았다면 됐다. 내일은 더욱 힘든 하루가 될 터이니 어서 들어가 쉬도록 해라."

"네, 형님. 형님도 푹 주무십시오."

"나도 그러고 싶다만……."

관술은 자리에서 일어나 창문 쪽으로 향했다. 그리고는 어둠에 잠긴 대막산을 바라보며 푸념하듯 말했다.

"무적신검 황 대장이 바로 내 뒤에서 노리고 있는데 잠이 올지 모르겠구나."

    *   *   *

한편 그 시각.

대막산으로 들어선 황조령 일행은 모닥불을 피워놓고 잠을 청했다. 수검은 세상모르고 곯아떨어진 상태였고, 조이함과 황조령은 모닥불 곁에 누운 채로 이야기를 나눴다.

"왜 갑자기 마음을 바꾸신 겁니까? 곧장 황도문으로 쳐들어갈 수도 있지 않았습니까."

"관술이란 자는 예상보다 똑똑한 인물이다. 그대로 밀어붙였다면 애먼 사람들의 피해가 컸을 것이고, 그를 확실히 잡는다는 보장도 없었다."

"확실히 이길 수 있는 장기전을 선택한 겁니까?"

"그런 면도 있고… 관술이란 자에게 마지막 기회를 준 것이다. 그리 똑똑한 인물이라면, 자신과 수하들을 위한 길이 무엇인지 현명한 판단을 내리겠지."

"황도문주는 분명 똑똑한 자입니다. 그러나 현명한 인물은 아닙니다. 수단과 방법을 가리지 않고 황 대장님과 대적하려 할 것입니다."

"나도 그럴 것이라 판단했지만, 그냥 다시 한 번 기회를 주

작은 전쟁

고 싶었다."

"변하셨군요. 예전에는 적이라 판단한 존재에게 그런 기회라는 걸 주지 않으셨습니다."

"그랬었나?"

"예, 그랬습니다. 그렇다고 결코 나쁘다는 뜻은 아닙니다. 진양교 타도의 대업을 위해 앞만 보고 달리던 시절보다 훨씬 낫습니다."

"입에 발린 소리 말고, 잠이나 자거라. 오늘 고생이 많지 않았더냐."

"예, 알겠습니다. 참! 황 대장님과 같은 편이어서 가장 좋았던 것이 무엇인지 아십니까?"

"글쎄……."

"이리 편하게 잘 수 있다는 것입니다. 황 대장님의 적들은 제대로 잠을 못 자 충혈된 눈으로 전장에 나오기 일쑤였지요. 관술 그놈도 마찬가지일 겁니다. 편히 주무십시오."

"그래."

第八章
악연

황조령 일행이 대막산으로 들어선 다음날부터 황도문의 수난은 시작되었다. 관술은 가용할 수 있는 모든 인원을 동원하여 경계를 폈지만, 신출귀몰하는 황조령 일행에게는 역부족이었다.
 "뭐, 뭐시라! 밤사이 또 열 명이 넘는 인원이 당했단 말이더냐?"
 심복 참모인 이찬의 보고를 듣던 관술은 잔뜩 충혈된 눈으로 반문했다. 요 며칠 사이 거의 잠을 들지 못한 초췌한 모습이었다. 그도 그럴 것이, 아무리 경계를 철저히 해도 황조령 일행의 암습을 막아내지 못했다. 점점 늘어나는 피해도 피해려니와, 황조령 일행이 제 집 드나들 듯 침입하니 불안해서 당최 잠을 잘 수 없었던 것이다.

이는 다른 사람들도 마찬가지였다.

"면목없습니다, 문주님."

보고를 하는 이찬 역시 불쌍할 정도로 빨간 토끼 눈이었다. 낮에 자면 되지 않겠느냐 생각하면 오산이다. 황조령 일행의 침입은 밤낮이 따로 없었다.

"수하들의 상태는 어떠하더냐?"

잠은 잘 자느냐는 의미가 아니다. 관술이 걱정하는 것은 따로 있었다.

"점점 좋지 않습니다. 대막산의 황 대장이 진짜 황 대장일지도 모른다는 소문이 나돌고 있습니다."

진실을 감추는 데는 한계가 있었다. 그 진실이 바로 옆에 있는 경우에는 더욱 그러했다.

"백도문주로부터의 기별은 없었더냐?"

"아직입니다, 문주님."

"일이 틀어진 것인가……."

관술은 비밀리에 백도문주에게 시킨 일에 사활을 걸었다. 이는 상황 어려워질수록 더욱 심화되었다. 조만간 황조령이 끝장을 보러 내려올 것을 알고 있기 때문이었다.

"청도문주를 들라 해라."

관술은 비장한 표정으로 말했다. 이대로 당할 수는 없으니 차선의 대비책을 준비하겠다는 의미가 분명했다.

이찬이 물러가고 잠시 후, 피곤한 기색이 역력한 청도문주가 들어섰다.

"형님, 부르셨습니까?"

심각한 표정을 짓고 있던 관술은 반가이 청도문주를 맞이했다.

"그래, 어서 앉아라."

"송구스럽습니다. 경계에 만전을 기한다고 했는데, 또 형님을 실망시켜 드리고 말았습니다."

"괜찮다. 무적신검 황 대장 아니더냐? 이만큼이나 하는 것도 대단한 일이다."

"고맙습니다, 형님!"

예상치 못한 관술의 칭찬에 청도문주는 상당히 고무된 모습이었다.

"그런데 둘째 너도 알다시피 우리의 형세가 극도로 좋지 않다. 수하들의 사기는 떨어질 대로 떨어지고, 황 대장의 진위를 의심하는 놈들까지 생겨나는 상황이다. 조만간 황 대장은 우리의 상황이 최악으로 치닫는 순간을 노려 쳐들어올 것이다. 그렇게 되면 꼼짝없이 당하게 되는 것이다."

"하면 어찌하면 좋습니까?"

"그래서 너를 부른 것이다. 사도맹이 무너지는 것을 보고만 있을 수는 없지 않느냐."

"당연합니다, 형님."

"이제 믿을 사람은 너밖에 없다. 너만이 무적신검 황 대장을 막을 수 있다."

"저, 저도 그러고 싶지만, 제 실력으로 어찌……."
"받아라."
관술은 난감한 반응을 보이는 청도문주에게 뭔가를 내밀었다. 검은 보자기에 싸인 물건이었다.
"이것이 무엇입니까?"
"내가 모진 고생 끝에 얻은 무공비급이다."
"……!"
검은 보자기 위로 향하는 청도문주의 손은 심하게 떨렸다. 그도 그럴 것이, 무공비급은 피붙이라도 함부로 주는 물건이 아니었다. 무림인에게는 생명과도 같은 것이다.
"괜찮다. 이제는 네 것이니 마음껏 만지고 보아도 된다."
"이 귀한 것을 왜 저에게……."
청도문주는 조심스러웠다. 무공비급이 무림인에게 어떤 것인지 잘 알기 때문이었다.
"힘들게 얻은 비급이지만, 안타깝게도 내가 익힐 수는 없었다. 내가 익힌 내공심법과는 상극의 기운을 가졌기 때문이다."
"하, 하지만… 무공비급을 단시간에 성취할 수는 없지 않습니까? 적어도 몇 년의 시간이 필요한 것인데요."
"이 무공비급은 특이한 것이다. 운이 좋다면 삼 일 만에라도 그 성취가 가능하다."
"세, 세상에 그런 무공도 있습니까?"
"내가 모진 고생 끝에 얻은 비급이라 하지 않았더냐. 사도맹의 존망이 달린 상태에서 무엇이 아깝겠느냐. 그래도 다행인 것은 이것을 너에게 줄 수 있다는 것이다."

"감사합니다, 형님. 반드시 이 무공비급을 성취하여 형님의 은혜에 보답하도록 하겠습니다."

"그래야지, 그래야지. 당연히 그래야지. 시간이 없으니 지금 당장 수련장으로 들어서도록 해라. 지금의 추세라면 황 대장은 닷새 안으로 끝장을 보러 올 것이 분명하다."

"알겠습니다, 형님."

관술은 흥분을 감추지 못하고 밖으로 나서는 청도문주에게 말했다.

"명심해라, 둘째야. 이것은 수단과 방법을 가리지 않고 이겨야 하는 전쟁이다."

"명심, 또 명심하겠습니다."

그 잔인한 의미를 알아듣기나 한 것인지, 환한 미소로 답하고 나가는 청도문주의 뒷모습을 보며 관술이 중얼거렸다.

"그래, 어쩔 수 없는 일이지. 지금은 수단과 방법을 가릴 수 있는 처지가 아니니까."

그리고 며칠 뒤, 관술의 예상대로 황조령이 기나긴 싸움의 종지부를 찍기 위해 쳐들어왔다.

긴장감이 감도는 황도문.

어쩔 수 없는 배수진이라고 해야 할까, 전력이 크게 약화된 황도문은 외곽의 경비를 포기하고 연무장 안에 모두 집결한 상태였다. 때문에 황조령 일행의 황도문 진입은 무혈입성이나 다름없었다.

"모두 모두 물럿거라! 이 복숭아 무리들아! 무적신검 황 대장님의 행차시다!"

쿠앙!

수검이 황도문의 대문을 박살 내며 안으로 들어섰다. 뒤를 이어 조이함의 호위를 받으며 황조령이 절룩거리며 걸어 들어왔다.

굳은 표정의 황도문 결사대는 다리를 전다고 하여, 무적신검 황 대장을 사칭한다 하여 그를 더 이상 얕잡아 보지 못했다.

퉁.

절룩…….

퉁.

절룩…….

지팡이를 짚고 다가오는 소리만 듣고도 엄청난 위압감을 받았다. 무적신검 황 대장이 나타난다는 전조에 주눅이 든 진양교도들과 흡사한 반응이었다.

황조령은 적의로 가득한 황도문의 결사대를 마주 보며 멈춰 섰다. 엄청난 인원수 차이에도 위축된 모습은 전혀 찾아볼 수 없었다.

"그대가 사도맹의 수장인가?"

황조령은 관술의 눈을 똑바로 쳐다보며 물었다. 대열 정중앙에 의자를 놓고 앉아 있기에 그가 누구인지는 대번에 알 수 있었다.

"황 대장님을 사칭하는 자에게 대답할 이유가 없다."

"그대는 내가 누구인지 그 누구보다 잘 알 것 같은데? 낯이 익은 얼굴이니 말이야."

"......!"

순간, 많은 사람들이 의외라는 반응을 보였다. 이에 관술은 말도 안 된다는 표정으로 대꾸했다.

"사람들을 혼란스럽게 하는 데는 타고난 놈이군. 그러니 감히 무적신검 황 대장님을 사칭하는 것이겠지. 물론 나는 황 대장님과 함께 전쟁에 참가한 적이 있다. 그렇기에 네놈이 무적신검 황 대장님이 아니라 확신할 수 있는 것이다."

"그대와 내가 어떤 인연이든 상관없다. 지금 당장 쓸데없는 저항은 그만두어라."

"누가 할 소리를 하고 있는 것이냐? 여봐라, 황 대장님을 사칭하는 놈들을 처단하라!"

명령을 받은 이찬이 수하들에게 소리쳤다.

"문주님의 명이시다! 쳐라~!"

"우아아아~!"

이백에 달하는 황도문의 제자들이 한꺼번에 덤벼들었다. 그와 동시에 수검과 조이함도 황조령을 향해 뛰어갔다.

서로 등을 대고 삼각진(三脚陣)을 구성한 황조령 일행은 벌떼처럼 달려드는 황도문의 제자들과 정면으로 맞섰다.

창창창창창창창!

악연 283

적막감이 감돌았던 장내에 요란한 격검 소리가 연달아 울려 퍼졌다. 머릿수에서는 상대도 안 되는 싸움이었지만, 돌아가는 전세는 정반대였다.

서걱, 서걱, 서걱!

"크악!"

"컥!"

"크어억~!"

기세 좋게 달려들었던 황도문의 제자들은 연이어 피를 흩뿌리며 쓰러졌다. 실력 면에서는 황도문이 상대가 되지 않았다. 황조령은 따로 설명이 필요없는 존재였고, 조이함은 쌍검의 달인으로 유명세를 탔던 인물, 수검 역시 전장의 광인이라 불렸던 서도곤을 꺾은 실력자였다.

각자의 빼어난 무공 실력도 실력이려니와 그들의 진가는 삼각진을 구성한 상태에서 더욱 빛을 발했다.

머릿수에서 불리하다는 것은 전혀 느끼지 못했다.

그들은 한 몸처럼 움직이며 각자 따로 노는 황도문 제자들과 삼 대 일 상황을 만들었다.

"이런 말도 안 되는······."

서걱!

"크악~!"

어느새 황도문의 연무장은 붉은 피로 뒤덮였다. 절규하고 신음하는 황도문 제자들의 모습은 아비규환의 생생한 현장이었다.

서걱!

"크악~!"

악에 받쳐 달려드는 황도문 제자의 팔을 벤 황조령이 관술을 향해 소리쳤다.

"이만하면 충분하지 않은가! 의미없는 수하들의 희생을 계속 보고만 있을 것인가!"

"……."

관술은 아무런 대꾸도 하지 않았다. 강 건너 불구경하듯, 뻐딱한 자세로 의자에 앉아 처절한 혈투를 지켜보았다.

"수하들의 간절한 외침을 거부하는 그대가 한 문파의 문주라 할 수 있는가!"

서걱서걱!

황조령은 온몸으로 막아서는 황도문 제자들 쓰러뜨리며 관술을 향해 다가갔다. 예전의 황조령이었다면 번개처럼 달려들어 우두머리인 관술의 목부터 벴을 것이다. 다리가 불편한 지금은 차근차근 거리를 좁힐 수밖에 없었다.

"연무장에 흩뿌려지는 피를 보아라!"

서걱~!

"이 모든 것이 그대의 욕심 때문에 벌어진 일이다. 수하들을 희생하여 그대의 자리를 지키는 것이 무슨 의미가 있겠는가! 마지막 기회다."

척!

발걸음을 멈춘 황조령이 진심장을 겨누며 말했다.

"더 이상의 희생을 만들지 마라. 지금이라도 진실을 밝힌다면 정상참작(情狀參酌)의 여지가 있을 것이다."

관술의 반응은 즉각적이었다.

"누가 저놈의 입을 막을 것이냐?"

"저희들이 나서겠습니다."

관술을 호위하던 무사들이 나섰다. 문주를 호위하는 신분이니 문파 내에서 상당한 실력자들임이 분명했다. 그러나 황조령에겐 그게 그거였다.

서걱, 서걱, 서걱, 서걱!

"크억!"

"컥~!"

단숨에 호위무사들을 처리한 황조령이 관술을 노려보았다. 더 이상 말이 없었다. 이제는 검으로 끝장을 보겠다는 무언의 표현이었다.

"문파의 중추적인 역할을 한다는 간부급들이 이리도 형편없는 실력이었나?"

관술은 혼잣말하듯 중얼거렸다. 그 의미가 무엇인지는 뻔했다.

"타아앗!"

호법 중 한 명이 기합을 지르며 뛰어들었다. 그러나 그 또한 황조령의 적수가 되지 못했다.

서걱!

"크악~!"

호법이 피를 토하며 쓰러지자 돌격대장이, 그다음은 참모 중 한 명이 순서라도 정해놓은 듯 연이어 뛰어들었다.

황조령은 차례차례 그들을 베고 또 벴고, 관술을 지키던 핵심 간부들의 숫자는 점점 줄어들었다.

쿵~!

육중한 체격의 경비대장이 쓰러지면서 이제 관술 곁에는 머리를 쓰는 참모진밖에 남지 않았다.

"그대가 오겠는가, 아니면 내가 갈까?"

"……."

관술은 더 이상 여유로운 모습이 아니었다. 애써 태연한 척 미소를 지어 보이기는 했지만, 입술 끝의 경련까지 어찌하지는 못했다. 황조령과 정면 승부를 벌여 승산이 없음을 잘 알고 있다는 뜻이었다.

"그대는 끝까지 나를 피곤하게 하는군."

인상을 찌푸린 황조령이 한 발 다가서는 그때였다.

"멈추어라!"

천둥처럼 쩌렁쩌렁 울려 퍼지는 목소리가 황도문 전체에 메아리쳤다.

"두, 둘째야!"

벌떡 자리에서 일어난 관술은 기쁨을 감추지 못했다. 패관 수련에 들어섰던 청도문주가 늦지 않고 출관한 것이다. 그러나 황조령은 그의 경고에 아랑곳 않고 계속 전진하고 있었는데……

"당장 멈추라 했다. 그렇지 않으면 이 팔병신의 목을 잘라 버릴 것이다."

그제야 황조령이 뒤를 돌아보았다.

청도문주에게 멱살이 잡힌 조이함은 허공에 대롱대롱 매달린 상태였다. 반대편 손으로 잡은 검은 언제라도 그의 목을 벨 준비가 되어 있었다.

"괜찮은 것이냐?"

"모, 못난 모습만… 보여 드려 죄송스럽습니다."

"신경 쓰지 마라. 내 너를 무사히 구해줄 것이니 쓸데없는 짓은 하지 말거라."

"후후후, 누구 맘대로?"

청도문주가 가당치도 않다는 웃음을 짓는 순간이었다.

"내 맘대로다, 이 자식아!"

기회를 노리고 있던 수검이 황조령에게 시선을 빼앗긴 틈을 놓치지 않고 뛰어들었다.

"조, 조심해라. 이놈의 힘은 장난이 아니다."

조이함이 경고했지만 수검은 듣지 않았다. 힘이라고 하면 자신 또한 누구에게도 뒤진다고 생각한 적이 없었던 것이다.

쩌엉~!

"뭐, 뭐여?"

격검의 순간, 수검은 당황함을 금치 못했다.

손을 타고 전해지는 엄청난 통증. 나무 막대기로 있는 힘껏 바위를 후려친 느낌이었다. 그에 반해 청도문주의 얼굴엔 여유로운 미소가 번졌다.

"후후, 이놈이 더 재미있겠군."

청도문주는 한참 가지고 놀던 장난감에 싫증난 아이처럼 조이함을 내팽개쳤다. 그리고는 새로운 놀잇감을 발견한 표정으로 수검에게 다가갔다.

"이 자식이 누굴 호구로 보나!"

발끈한 수검이 양손으로 수호검을 고쳐 잡고 뛰어들었다. 변두리 문파의 문주에게 놀림감이 된 것은 그의 자존심이 용납지 않았다.

창, 창~!

이를 악물고 내력을 담은 공격이었다. 힘에서 밀린 청도문주가 휘청거리며 뒤로 물러섰다.

"어떠냐, 이 자식아!"

"크크크…… 재미있어, 재미있어. 아주 재미있어. 미치도록 재미있다고~!"

청도문주가 괴성을 지르는 순간, 괴이한 일이 벌어졌다.

우두, 우둑, 우두둑!

뼈가 어긋나는 소리와 함께 그의 상체가 부풀어 올랐다. 착시가 아니다.

찌익, 찌이익~

부풀어 오르는 몸을 감당 못하고 의복이 찢겨졌다.

"크하하하, 크하하하~!"

너덜너덜해진 옷을 집어 던지고 앙천대소를 터뜨리는 청도문주의 상체는 배나 커진 모습이었다. 비대하게 살만 늘어난 것이 아니다. 보기만 해도 기가 질릴 정도로 강인한 근육이 살아 있는 듯 꿈틀거렸다.

"뭐, 뭐야, 이건?"

수검이 정신을 차릴 사이도 없이 청도문주가 검을 휘둘렀다. 갑자기 늘어난 근육만큼이나 파괴력도 증가했다.

쩌어엉~!

"크윽……"

주르르 밀려나는 수검의 입에서 신음이 터졌다. 정신이 멍할 정도의 외적인 충격뿐 아니라 오장육부가 뒤틀리는 내적인 고통까지 뒤따랐던 것이다.

"뭐, 뭐야… 대체 이놈은……?"

"크하하하! 크하하하~ 놀라는 모습이 너무도 재미있어. 그런데 어쩌지? 이제부터 시작일 뿐인데!"

우두, 우둑, 우두두둑!

"이 자식이 대체 언제까지 커질 거야……."

수검은 난감하기 그지없는 표정이었다. 몸집이 점점 커지는 무공은 생전 듣도 보도 못했던 것이다.

그냥 몸집만 커진 것이라면 오히려 상대하기 쉬웠을 것이다. 그만큼 몸이 둔해질 테니 말이다. 그러나 청도문주의 경우엔 달랐다. 파괴력뿐 아니라 순발력과 민첩성 등, 모든 신체적 능력이 불어난 몸집만큼이나 증가했다.

"크하하하! 재미있어, 재미있어!"

쩡, 쩡, 쩡, 쩡!

"……."

그 말 많은 수검이 입을 굳게 다물었다. 쉴 새 없이 몰아치는 청도문주의 공세를 막는 것으로도 벅찬 모습이었다.

"수검아, 그만 물러서라. 내가 상대할 것이다."

"아, 아닙니다. 제가 상대할 수 있습니다."

당연히 수검은 거부했다. 이에 황조령은 타이르는 듯한 음성으로 설득했다.

"네 실력이 못 미더워서가 아니다. 저놈에게서 수상한 기운이 느껴진다. 내가 직접 확인해 봐야 할 것 같다."

수상한 기운이라 하면 괴이한 무공을 쓰다가 결국에는 몸이 터지는 사태에 이르는 것이다.

수검은 고분고분 물러섰고, 진심장을 쥔 황조령이 거한으로 변한 청도문주를 막아섰다.

"그 위험한 무공을 누구에게 배웠는가?"

"크크크, 이게 누구신가? 무적신검 황 대장… 아니, 황 대장을 사칭하는… 뭐, 이제는 아무 쪽이나 상관없으려나? 네놈만 죽여 버리면 되니까."

황조령을 두려워하는 마음은 조금도 찾아볼 수 없었다. 용감함을 넘어서 겁을 완전히 상실한 모습이었다.

"그대는 지금 몸도 마음도 모두 정상이 아니다. 적의를 거두고 치료부터 받아야 한다."

"크크크크…… 재밌어, 재밌어. 내가 무서워 죽겠으니까 그

악연 291

런 소리를 하는 거지?"

"두려움에 떨고 있는 것은 그쪽 아닌가? 심마(心魔)가 그대의 이성을 지배하고 있어 두렵다는 느낌이 뭔지 모를 뿐이다. 그러나 그대의 몸은 기억하고 있다. 내가 바로 무적신검 황 대장이며, 절대로 덤벼서는 안 된다는 것을 말이다."

"크크크…… 난 무적이 되었고, 강하다는 것은 즐겁고 재미있는 일이야. 이 세상은 나한테 맞아 죽을 불쌍한 놈들뿐이니까 말이야. 여기 있는 놈들 모두가 다 한주먹거리가 안 되게 귀여워 보이는데… 네놈만은 재미가 없어!"

파팟!

청도문주가 육중한 체구를 앞세우고 돌진해 왔다. 집채만한 덩치에 비해 날렵하기 그지없는 몸놀림이었다.

"죽여 버릴 것이다, 황 대장~!"

후아아앙~!

청도문주는 엄청난 파공음을 일으키며 검을 휘둘렀다.

분명 황조령이 움직이지 않고 서 있는 것을 확인하며 검을 휘둘렀건만, 황조령의 신형은 환영처럼 청도문주의 시야에서 사라졌다.

후웅~!

청도문주가 휘두른 검은 목이 휘각, 돌아갈 정도로 대차게 빗나갔다. 고개가 돌아간 상태에서 황조령이 서 있는 게 보였다. 바로 뒤쪽이었다.

"네 이놈, 잘도……!"

청도문주가 재빨리 방향을 바꾸려는 순간이었다.

팟!

팟!

그의 양쪽 무릎에서 동시에 피가 솟구쳤다. 황조령이 검을 피하면서 무릎을 벴던 것이다.

"크크크…… 하나도 아프지 않다."

덩치가 커진 것에 비례하여 지능은 점점 떨어지는 모양이었다. 한 문파의 문주답지 않게 어린아이와 같은 말투가 자주 튀어나왔다.

"이제 포기하는 것이 좋을 것이다. 그 힘을 계속 쓰면 쓸수록 위험한 상황이 되고 만다."

"그렇게는 안 되지. 내 무릎에 상처를 냈잖아. 네놈도 똑같이 당해야 한단 말이다!"

우두, 우둑, 우두두둑!

청도문주는 황조령의 충고에 정반대로 행동했다. 부상당한 무릎이 어찌 되든 말든 더욱더 비대하게 몸집을 키웠다. 하체는 그대로이고 상체만 비대해지니 거의 사람의 몰골이 아니었다.

"죽여 버린다!"

괴물처럼 몸집을 키워 덤벼들었지만 결과는 변함이 없었다.

서걱서걱!

쿵~!

또다시 다리를 베인 청도문주는 보기 좋게(?) 앞으로 고꾸라졌다. 흙먼지를 흠뻑 뒤집어쓴 그에게 황조령이 말했다.

"정신 차리고 그대의 몸을 한번 보아라. 그게 지금 사람의 모습인가?"

"무슨 상관이야! 강해졌으면 되는 거지!"

"편법을 쓴 강인함이 오래갈 수 있다 생각하는가? 그대의 몸은 죽어가고 있다. 계속 그 상태로 있다가는 육신이 감당하지 못하고 폭발을 일으키고 말 것이다. 그대 또한 그런 조짐이 느껴질 것 아닌가!"

"거짓말! 형님이 나에게 그런 사악한 무공을 배우게 했을 리 없다. 감히 형님과 나의 우애를 이간질하다니, 절대 용서 못한다!"

우둑, 우두둑…….

청도문주는 비대한 몸집을 또 키우려 했다. 그러나 커지는 것도 한계가 있는지 부풀어 오른 근육이 팽창했다가 수축하는 현상이 반복되었다.

"그만하라. 더 이상 육신이 감당하지 못한다."

"시끄럽다! 나는 더욱 강해져서 형님과 내가 피땀으로 일궈낸 사도맹을 지킬……!"

청도문주는 더 이상 말을 잇지 못했다. 한계에 다다른 그의 몸이 부작용을 일으키기 시작한 것이다.

"우엑~"

청도문주는 검은빛에 가까운 선혈을 꾸역꾸역 쏟아냈다. 그 양은 금세 땅바닥이 흥건해질 정도로 엄청났고, 눈과 코, 그리고 귀에서 검은 피가 줄기 되어 흘러내렸다.

팽창했던 근육은 물결치듯 심하게 꿈틀거렸고, 엄청난 고통도 뒤따르는 모양이었다.

"크아악~ 혀, 형님, 대체 이게 어찌 된 일입니까!"

괴성을 지르는 청도문주의 몸은 징그러울 정도로 심하게 부풀어 올랐고, 한계점에 다다르자 마침내 폭발을 일으켰다.

"형님~!"

퍼퍼퍼펑~!

엄청난 폭음과 함께 청도문주의 몸은 산산이 터졌다. 그 처참한 광경에 연무장에 있던 황도문 제자들은 눈을 부릅뜬 채 벌린 입을 다물지 못했다.

그리고 잠시 후, 충격과 경악이 뒤섞인 적막함 속에 들리는 음성이 있었다.

"멍청한 놈… 한 놈이라도 처치하고 갈 것이지."

관술의 목소리였다. 아우를 죽게 했다는 죄책감이나 슬픔은 전혀 느낄 수 없었다.

황조령이 관술을 노려보며 말했다.

"그 머릿속이 궁금해지는 놈이군. 자네를 끔찍이 생각하던 아우가 죽었는데 그런 말밖에 할 수가 없는가?"

"전쟁 중에 감정에 빠지는 것은 위험한 사치일 뿐이지. 수단과 방법을 가리지 않고 무조건 이겨야 하는 것이 바로 전쟁이니까. 그쪽도 잘 알고 철저히 경험하지 않았나, 무적신검 황 대장?"

"낯이 익다 싶었더니 이제야 기억이 나는군."

황조령은 눈살을 찌푸리며 말을 이었다.

"쓸데없는 살생을 금하라는 맹의 규율을 어기고 진양교의 식솔들을 무참하게 살해했던 놈이로구나."

"그때도 분명 말하지 않았나? 그런 놈들은 나중에 복수를 한다고 깝죽대기 십상이지. 그런 화근 덩어리들을 살려둔다는 게 참으로 어처구니없는 일이었지."

"백 일도 안 지난 아기들까지도 말인가! 그것은 전쟁이 아니라 광기 어린 살육일 뿐이다."

갑자기 관술의 말투가 변했다.

"그 답답한 사고방식은 여전하시군요. 내가 만약 황 대장님의 위치에 있었다면, 무림대전은 몇 년 더 일찍 끝났을 겁니다. 황 대장님의 그 고리타분한 생각 때문에 늘어난 피해에 비하면 내가 저지른 일은 조족지혈(鳥足之血)에 불과하지요."

"이놈! 아직도 정신 못 차리고 있구나! 그때 네놈을 내 손으로 참수했어야 했는데……."

"공개 처형 직전, 운 좋게 탈출할 수 있었지요. 사실 어느 높으신 분의 도움을 좀 받기는 했습니다."

그가 누구인지는 황조령도 대충 짐작이 갔다. 여주승의 특기가 크나큰 은혜를 베풀어 자기 사람으로 만드는 것이었다.

"그러고 보니 황 대장님과 제가 인연은 인연인가 봅니다. 무림맹을 탈출하면서 황 대장님이 계신 근처는 얼씬도 않겠다고 다짐했는데 이렇게 갑자기 찾아오실 줄은 몰랐습니다."

"과거의 일을 숨기기 위해 이 많은 사람들을 희생시켰단 말이더냐?"

"제 입장에서는 어쩔 수 없는 선택이었지요. 어떻게 세운 저의 왕국인데, 혼자만 죽을 수는 없지 않습니까?"

"이제는 네놈과의 질긴 악연을 끝낼 때가 된 것 같다."

황조령이 관술을 향해 다가갔다. 모는 것이 다 밝혀진 상황이라 관술을 위해 막아서는 황도문 제자는 없었다. 그런데 무엇이 껄끄러운지 황조령이 걸음을 멈췄다.

"여유로운 표정을 보니 또 다른 패가 있는 모양이군."

"무적신검 황 대장님을 상대하는 것인데 만반의 준비를 해야 하지 않겠습니까? 지금 밖에는 무적신검 황 대장이라면 이를 가는 무리가 진을 치고 있습니다. 제 신호를 기다리는 중이지요."

"여주승은 네놈 꼬임에 넘어갈 인물이 아니고… 진양교의 잔당이라도 불렀는가?"

"역시 황 대장님입니다. 그들은 황 대장님을 죽이기 위해 혈안이 되어 있지요. 너무도 당연한 죽음이니 무림맹에서 따로 조사 같은 것도 없을 것이고 말입니다."

"백도문주라는 자가 보이지 않았던 게 이 때문이었군. 그러나 그들의 식솔을 무참히 살해했던 과거의 행적이 있기에 네놈도 무사하지 못할 텐데?"

"제가 지금 찬밥 더운밥 가리게 생겼습니까? 그리고 그에 대한 변명거리는 열 가지가 넘게 만들어놓았습니다. 황 대장님과의 악연은 제가 끊겠습니다."

스윽.

관술은 뒷문 쪽을 향해 손짓했다. 그러자 덜컹 문이 열리면서 수십 명의 인원이 황조령을 향해 달려왔다. 기민하게 움직이는 모습만 봐도 황도문의 제자들과는 현격한 차이가 느껴졌다.

그들은 황조령을 겹겹이 포위하기는 했지만 어떠한 위협적인 행동도 하지 않았다. 그들을 이끄는 수장의 명령을 기다리는 모양이었다.

아니나 다를까, 맨 마지막으로 여유롭게 걸어오는 사내가 있었다. 황조령도 잘 아는 인물이었다. 무림인답지 않은 흐릿한 눈빛과 어슬렁거리는 걸음걸이. 사왕진의 오른팔이었으며 전장의 살인귀라 불렸던 백낙천이었다.

관술이 직접 마중을 나갔다.

"오시느라 고생이 많으셨습니다. 저기 있는 저자가 바로 무적신검 황 대장입니다. 다리를 절고, 얼굴에 붕대까지 감고 있고 있으니 헷갈릴 수도 있겠지만 분명 무적신검 황 대장이……."

"알고 있다."

"예?"

백낙천은 관술을 지나쳐 황조령에게 곧장 다가갔다.

"오랜만에 뵙겠습니다, 황 대장님."

"별로 오랜만은 아닌 것 같은데? 여하튼 나를 잡으러 온 것인가?"

 황조령은 꾸벅 인사하는 백낙천에게 대꾸했다. 장난스런 말투는 적의보다 반가움이 앞서는 분위기였다. 백낙천 또한 마찬가지였다.

 "그럴 리 있겠습니까. 그런 의도가 있었다면 이에 몇 배 되는 인원을 동원했을 겁니다."

 "나를 그리 높이 평가해 주다니 고마운 일이군."

 화기애애한 분위기에 관술은 당황함을 금치 못했다. 그의 예상대로라면 상대를 자극하는 엄청난 욕설이 오간 뒤에 대판 싸움이 벌어져야 했던 것이다.

 "하면 무엇 때문에 여기까지 온 것인가?"

 "선물을 가져왔습니다."

 "선물?"

 백낙천이 눈짓하자 수하 중 하나가 들고 있던 함(函)을 황조령 앞에 내려놓았다. 검정색 천을 벗기고 나무로 된 뚜껑을 여는 순간, 관술의 비통한 신음이 터졌다.

 "세, 세, 셋째야!"

 나무 상자에는 백도문주의 목이 담겨 있었다.

 백낙천은 나무 상자를 발로 툭 건드리며 말했다.

 "이놈이 감히 황 대장님의 목숨을 담보로 저와 협상을 하려 들지 뭡니까. 그냥 목만 베고 끝내려고 했는데 혹시나 하는 마음 때문에 오게 되었습니다."

 "번거롭게 해서 미안하군."

백낙천은 슬쩍 관술을 쳐다본 다음 말했다.
"저리 치졸한 놈들에게 당하지 마십시오."
호의로 황조령의 안위를 걱정하는 것은 아니었다.
"황 대장님의 목은 제 것입니다. 그때까지 부디 몸조심하십시오. 돌아가자!"
"존명!"
백낙천은 지체없이 수하들을 끌고 황도문을 벗어나려 했다.
정말 이대로 떠나는 것인가? 관술의 속은 바싹바싹 타들어갔다. 그들이 떠난 다음 무슨 일이 벌어질지 불을 보듯 훤했기 때문이다. 황조령 일행뿐 아니라 그에게 배신당한 수하들까지 앙심을 품고 있는 상황이었다.
제발 그냥 가지 말라고, 아니면 자기라도 데려가라고 바짓가랑이도 잡고 매달리고 싶은 그때, 갑자기 백낙천이 발길을 멈췄다. 그러나 관술의 간절한 바람이 이루어진 것은 아니었다.
"자네, 그 꼴이 뭔가?"
백낙천은 조이함을 발견하고 멈춰 선 것이다. 한때는 전장에서 목숨을 걸고 사투를 벌였던 사이였다.
"어쩌다 보니 그렇게 됐네."
조이함은 허전한 팔을 툭 치며 대답했다.
"아쉽다고 해야 하나, 다행이라고 해야 하나. 다시는 그 현란한 쌍검을 볼 수 없겠군."
"내가 미안하다고 말해야 하는 건가? 나는 저 치졸한 놈에게 당하고 말았거든."

"톡 쏘는 성격은 변하지 않았군. 나중에 기회가 있으면 조용히 보세나."

"뭐, 진검 승부는 못하지만 술내기 정도는 할 수 있지. 나는 술도 무척이나 현란하게 마신다네."

피식 웃음을 지어 보인 백낙천은 그대로 황도문을 벗어났다. 관술은 적들만이 가득한 곳에 홀로 남겨진 신세가 되고 말았다.

"황 대장님, 이놈을 어찌할까요?"

텁!

"……!"

수검에게 뒷덜미를 잡히는 순간, 관술은 경기에 가까운 반응을 일으켰다. 그 무력한 모습에 황도문의 제자들은 더욱 분노했다. 그들이 믿고 따랐던 문주의 당찬 모습을 찾아볼 수 없었던 것이다.

굳은 표정으로 다가온 황조령이 진심장을 휘둘렀다.

뎅강!

"크악~!"

관술의 비명 소리와 함께 그의 오른팔이 땅에 떨어졌다.

"우선은 청도문주의 시신을 잘 수습한 다음 저 오른팔과 함께 묻어주어라. 그리고 왼팔은!"

뎅강!

"크아악~!"

"상자 안에 있는 백도문주의 수급을 꺼내어 함께 묻어주도록 하여라."

"황 대장님, 양팔만 자르고 그냥 살려두실 참입니까? 조 대협님의 일도 그렇고 과거의 악행도 그렇고, 황 대장님까지 가짜로 모함하여 추살하려 했던 것은 백번 죽어 마땅합니다."

불만이 가득한 수검에게 황조령이 말했다.

"그의 목숨을 원하는 것은 나뿐이 아닌 듯싶구나. 나는 그의 양팔을 거두었으니 그것으로 됐다. 나머지는 그들에게 양보하는 것이 순리일 것이다."

황조령이 물러서자 분노에 찬 황도문의 제자들이 관술에게 몰려들었다. 그들의 손에는 서슬 퍼런 병장기가 들려 있었다.

"무, 무, 무엄하다! 당장 물러가지 못하겠느냐!"

관술이 호통을 쳤지만 소용없었다. 이에 더욱 자극을 받은 황도문의 제자들이 일제히 덤벼들었다.

"크아아아악~!"

관술의 애처로운 비명이 울려 퍼졌다. 그 처절한 소리는 황조령이 일행이 황도문을 빠져나올 때까지 계속 이어졌다.

그날 밤.

뻥 뚫린 천장 사이로 밤하늘이 훤히 보이는 조이함의 집.

늦은 저녁 식사를 마친 황조령과 조이함은 차를 마시며 담소를 나눴다.

"황 대장님, 내일 곧장 떠나시는 것은 아니겠지요?"

"그래, 조금 더 머물렀다 떠날 생각이다."

"정말 다행입니다. 이리 고생만 하다 떠나시면 어쩌나 걱정했는데 말입니다."

"고생은 무슨… 네가 아니더라도 나는 이곳으로 올 운명이었던 모양이다. 관술 그놈과의 악연을 끊기 위해서 말이다."

"그리 생각해 주시니 고마울 따름입니다. 한데, 지팡이를 사용하는 검법은 언제 배우신 겁니까?"

"진심장법 말이더냐? 다리가 이렇게 된 후의 일이다. 움직임이 적고 항상 짚고 다니는 지팡이를 쓸 수 있는 무공이 필요했지."

조이함은 과장스런 탄성을 터뜨렸다.

"우와~ 역시 무공의 천재는 다르군요. 자신이 필요하다고 그리 완벽한 장법(杖法)을 뚝딱 만드시니 말입니다."

"뚝딱은 아니다. 꽤나 시간이 걸렸고 시행착오도 많았다. 그런데 내가 천재였더란 말이냐?"

"모르셨습니까? 언제나 괄목상대할 만한 무공 성취를 이루었고, 천하의 모용관까지 꺾지 않았습니까. 그런 황 대장님이 천재가 아니면 누가 천재란 말입니까. 한번 배운 무공은 절대 잊지 않기로 유명하지 않았습니까?"

"난 그저 괜찮은 자질을 가지고 태어났고 운이 좋았을 뿐이다. 전대 맹주님들께서 많은 가르침을 주셨으니 말이다. 그리고 한번 배운 무공을 절대 잊지 않다니, 터무니없는 말이다. 잊지 않으려고 수련하고 또 수련했다. 그런 의미의 천재라면 한

명 있기는 하지."
 "그게 누굽니까?"
 조이함은 호기심 가득한 표정으로 물었다. 황조령이 인정할 정도면 엄청난 천재라는 소리이다. 이에 황조령이 고개를 돌렸고, 조이함의 고개도 따라 움직였다.
 박박박박.
 달그락, 달그락, 달그락.
 열심히 설거지를 하고 있는 수검이 보였다. 조이함과 눈이 마주치자 어색한 미소를 지어 보였다.
 "저놈이 황 대장님이 인정하는 무공의 천재란 말입니까?"
 황조령은 고개를 끄덕이며 대답했다.
 "그렇다. 무공에 대한 소질과 자질만 놓고 본다면 나보다 위라고 할 수 있다. 한번 배운 무공은 절대 까먹지 않는 놈이다."
 "그리 영특해 보이지는 않는데요?"
 "머리가 아니라 몸으로 기억하는 놈이다. 그러니 천재일 수밖에. 한데, 지지리도 운이 없다고나 해야 할까. 어려서부터 체계적으로 무공을 배우지 못했기에 소질에 비해 무공의 성취가 많이 떨어지는 편이다."
 "그리 운이 나쁜 놈은 아닌 것 같습니다. 황 대장님의 가르침을 받았기에 저만큼이나 성취를 이룬 것 아닙니까."
 "해서… 너에게 부탁할 것이 있다."
 "부탁이라니요? 그냥 말씀만 하십시오."
 황조령은 잠시 뜸을 들이다 입을 열었다.

"내가 머물러 있는 동안 수검이에게 너의 검법을 가르쳐 줄 수 있겠느냐?"

"쌍검 말입니까?"

"그렇다. 수검이는 양손을 자유롭게 쓸 수 있는 놈이다. 제대로 된 쌍검을 배울 수 있다면 호랑이에게 날개를 다는 격이 되겠지."

황조령은 조용히 조이함의 대답을 기다렸다. 그가 거절한다 해도 어쩔 수 없는 일이었다.

"믿을 만한 놈입니까?"

"의리를 알고, 자신의 목숨을 걸고 나를 구한 적도 있다."

"그렇다면 무엇이 문제겠습니까. 성심을 다해 가르쳐 보겠습니다."

"고맙구나."

조이함의 비틀어진 손을 잡고 고마움을 표시한 황조령이 수검을 돌아보았다.

"잠시 이쪽으로 오려무나."

"예, 황 대장님."

대충 손을 헹군 수검이 잽싸게 다가왔다.

"무슨 일이십니까?"

"우선은 이함이에게 인사부터 올려라."

"예?"

수검은 이해를 못하는 표정으로 반문했다. 매일 볼 때마다 깍듯이 인사를 했는데 새삼스레 무슨 인사냐는 것이다.

"내일부터 너에게 검법을 전수해 주기로 했으니 예의를 갖춰야 할 것 아니더냐."

"예에~?"

수검은 깜짝 놀라는 반응을 보였다. 긍정보다는 부정의 의미가 강했다. 새로운 무공을 배우는 것이 좋기는 한데, 눈도 마주치기 힘들 정도로 거북한 조이함에게 가르침을 받아야 한다는 것이 문제였다.

정말 마음에 내키지 않았지만 어쩌겠는가. 이미 조이함과 황조령이 합의한 사항이라 수검에겐 선택권이 없었다.

"잘해보자구나."

"예……."

불길함을 느낀 수검의 대답은 힘이 없었다. 그리고 그 불길한 예감은 그대로 적중했다. 지옥 훈련이나 다름없는 엄청난 강도의 수련이 시작되었던 것이다.

第九章
길몽과 흉몽

만남이 있으면 헤어짐도 있는 법.
한 달 넘게 조이함의 집에 머물렀던 황조령과 수검이 마침내 떠날 때가 되었다.
아쉬움을 금치 못하는 황조령과 조이함과 달리 수검은 기뻐서 어쩔 줄을 몰랐다. 불행 끝 행복 시작. 치가 떨릴 정도로 혹독했던 수련에서 벗어나게 된 것이다.
의도적으로 조이함을 외면하는 수검은 황조령이 빨리 작별인사를 끝내기를 기다리고 있었다.
"이제 됐으니 그만 들어가 보거라."
"예, 조심해서 가십시오."
"한데 이제부터 너는 무엇을 할 것이냐?"

"글쎄요……."

조이함은 확실히 대답을 못하고 미적거렸다. 딱히 할 일이 없으니 술이나 마시며 보낼 것이 분명했다.

"내가 특별한 임무를 맡기려 하는데……."

조이함은 씩 웃어 보였다. 자신이 감당할 수 있는 일이면 뭐든지 하겠다는 의미였다.

"이함이 너도 황도문에서 보았을 것이다. 지금 강호에는 위험한 무공을 퍼뜨리는 무리가 있다. 그들의 정체를 밝히는 것을 네가 도와주었으면 한다."

"그 중요한 일을 왜 저에게 맡기는 것입니까? 황 대장님이 말만 하시면 무엇이든 들어줄 무림고수들이 지천에 널려 있지 않습니까. 저는 이제 제 한 몸 건사하기도 어려운 처지입니다."

"이번 일은 무공 실력이 중요한 게 아니다. 단시간에 엄청난 능력을 갖게 되는 무공비급에 유혹을 느낄 수 있기에 무엇보다도 욕심이 없어야 한다. 그러기에 너에게 부탁하는 것이다. 맡아줄 수 있겠느냐?"

"물론입니다, 황 대장님."

"고맙구나. 이것을 받아라. 그들에 대해 내가 알고 있는 내용을 적은 것이다. 나는 사천으로 향할 것이니 확실한 정보를 얻게 되면 연락을 취하도록 해라."

서찰을 갈무리한 조이함이 물었다.

"예전 방식으로 하면 됩니까?"

황조령은 고개를 끄덕였다. 천소산 시절부터 구축했던 연락통이 있었던 것이다.

"위험하다 싶으면 임무를 중단해야 한다. 네가 다치는 것은 내가 원치 않는 일이다."

"제 걱정은 마시고 조심해서 사천까지 가십시오. 그리고 수검이는 잠시 이쪽으로 오너라."

"예……."

조이함은 쭈뼛쭈뼛 다가오는 수검에게 무언가를 내밀었다.

"받아라."

"이게… 뭡니까?"

"보면 모르냐? 내가 사용했던 검 중 하나다. 이 허전한 오른 팔에는 필요없으니 네가 쓰도록 해라."

"가, 감사합니다!"

수검은 사양치 않고 넙죽 받았다. 쌍검을 쓰기 위해선 또 하나의 검이 필요했던 것이다.

"나를 대신해서 황 대장님을 잘 지켜 드려야 한다. 그러라고 내 검법을 전수해 준 것이다."

"명심, 또 명심하겠습니다."

기분 좋게 대답하는 수검은 조이함에 대한 적대감이 상당히 가신 모습이었다.

달그락달그락…….

황조령이 탄 마차는 길고 지루한 고개를 지났다. 사천으로 가기 위해서는 반드시 넘어야 하는 고개였다.

원체 지루함을 못 참는 수검인데, 오늘은 웬일로 불만이 없었다. 수검은 흥거운 콧노래까지 불러가며 마차를 이끌었다.

"뭐가 그리 즐거운 것이냐?"

"오늘 제가 엄청 좋은 꿈을 꾸었습니다. 엄청나게 아리따운 선녀가… 아차차차!"

수검은 황급히 말을 끊었다.

"꿈 내용을 말하면 효험이 사라진다고 하니 궁금해도 조금만 참아주십시오."

"뭐, 그러자꾸나."

황조령도 더 이상 묻지 않았다. 수검이 좋은 꿈을 꿨다고 설레발을 친 경우가 한두 번이 아니었다. 그러나 그 대부분이 개꿈이었거나 거꾸로 무척이나 안 좋은 일이 벌어졌다.

동상이몽?

수검은 얼마나 좋은 일이 생길까 기대하고, 황조령은 별 기대 갖지 않고 고개를 넘을 때였다.

"이 요망한 계집!"

"……!"

굉장히 화가 난 듯한 사내의 외침이 들렸다. 순간, 수검의 눈이 번쩍 뜨였다. 계집이란 말 때문이었다.

"오호라! 드디어 길몽의 효험이……."

"경거망동하지 말거라."

황조령은 반사적으로 뛰어나가려는 수검을 뒷덜미를 잡아

챘다.

"캑!"

뜻하지 않게 목이 졸린 수검이 황조령을 돌아보았다.

"도대체 왜 그러십니까? 아리따운 젊은 여인이 몹쓸 놈들에게 위협받는 상황 아닙니까요."

"젊고 아리따운 여인? 화가 난 듯한 사내의 외침만 들렸을 뿐인데 어찌 그리 단언할 수 있는 것이냐?"

"그야 꿈에서……."

"그러니까 너의 그 꿈을 못 믿겠단 말이다. 저번에도 대박 꿈을 꾸었다고 했는데 무슨 일이 있었더냐? 소매치기한 여인을 도왔다가 고역을 치르지 않았느냐."

"하이고, 이번에는 정말 확실합니다. 그러니까 제발 이 손 좀 놓아주십시오."

수검이 애원하듯 말했지만 소용없었다.

"그렇게는 못하겠다."

"황 대장님, 지체할 시간이 없습니다. 이러다가 젊은 여인이 봉변을 당하면 어쩝니까?"

"끝까지 젊은 여인이구나. 저 모퉁이만 돌면 어떤 상황인지 대충 알 수 있을 것이다. 그때 가서 행동해도 늦지는 않을 것이다."

"으아~ 알겠습니다, 알겠다고요."

수검은 황급히 마차를 몰았다. 황조령이 말한 대로 모퉁이를 돌자 어떠한 상황인지 곧바로 눈에 들어왔다.

수검의 꿈이 반은 맞았다.

고운 옷차림의 젊은 여인이 험악한 인상의 사내들에 둘러싸여 있었다. 여인은 뒷모습만 보여서 아리따운 미인인지는 확실치 않았다.

"보십시오, 젊은 여인이 봉변당하기 직전 아닙니까? 어서 도와줘야 합니다요."

"진정해라. 저 여인의 기운이 심상치 않다."

"예? 혹시 그 괴이한 무공을 쓴다는 말입니까?"

"그게 아니라 상당한 수준의 고수라는 뜻이다. 우리가 도울 필요가 없다. 저 여인 혼자서 사내들을 상대할 수 있을 것이다."

돕는 것이 불필요함을 알아챈 황조령이 수검의 뒷덜미를 잡아당기는 그때,

화악~

뒷모습밖에 보이지 않던 젊은 여인이 긴 머릿결을 찰랑거리며 고개를 돌렸다.

순간, 수검의 눈이 돌아갔다.

"대, 대박 아름답습니다!"

"그게 무슨 상관이더냐?"

"으아~ 황 대장님이 잠시 한눈을 파시느라 못 봐서 그러는데요, 정말로 대박 아름다운 여인입니다!"

"대박이고 쪽박이고, 우리가 도울 필요가 없다고 하지 않았더냐?"

"그러니까 말입니다. 저 여인이 실력을 드러내기 전에 얼른 구해야 하지 않겠습니까!"

찌이익~!

수검은 옷이 찢기는 피해를 기꺼이 감수했다.

"수, 수검아!"

황조령이 다급히 불렀지만 소용없었다.

"저한테 고마워하실 겁니다!"

수검은 뒤도 안 돌아보고 무작정 달려갔다. 그리고는 언제나 그랬던 것처럼 붕 허공으로 떠올라 멋들어지게 내려앉았다.

"어떤 놈들이 힘없는 여인을 괴롭히는 것이냐!"

갑자기 나타난 수검의 모습에 젊은 여인을 막아섰던 사내들은 적지 않게 당황했다.

"그러는 네놈은 무엇이냐? 이 요사스런 계집과 한패더냐?"

"한패든 두 패든, 연약한 여인을 괴롭히는 것들은 황 대인님의 호위무사인 내가 용서할 수 없다."

준엄한 표정으로 대꾸한 수검은 슬금슬금 뒷걸음쳐 젊은 여인에게 다갔다.

"안심하십시오, 아가씨. 황 대인님의 호위무사인 제가 아가씨를 지켜 드리겠습니다."

가까이서 보니 더욱 환상적인 외모였다. 그냥 말없이 미소 짓는 모습에 수검의 심장은 철렁 내려앉았다. 엄청난 미인을 봤을 때 보이는 수검의 반응이다.

그동안 수많은 미인들과 인연이 있었으나 그중에서도 단연 으뜸이라 할 수 있었다.

황조령과 꼭 연결해 주고 싶다는 욕망이 용솟음쳤다. 그러기 위해선 그녀가 본 실력을 발휘하기 전에 험악한 사내들을 처리해야 했다.

"정의의 검을 받아라!"

수검은 앞뒤 볼 것 없이 뛰어들었다.

조이함의 가르침을 받아 일취월장한 실력에 다섯 명을 상대하는 것은 아무것도 아니었다.

창, 창!

오른손의 수호검으로는 상대의 병장기를 막았다. 그와 동시에 왼팔과 발차기로 사내들을 연이어 쓰러뜨렸다.

푸악, 푸악, 푸악~!

무지막지한 수검의 공세를 당해내지 못하고 사내들은 줄줄이 나가떨어졌다.

이러한 경우 대부분의 왈패들은 '두고 보자'는 유치한 말을 남기고 줄행랑을 놓기 일쑤였다. 그런데 이번의 경우는 달랐다.

"뭣들 하느냐? 다시 일어나 공격해라! 여기서 저 사악한 계집을 놓칠 순 없다!"

"알겠습니다."

사내들은 충격이 가시지 않은 몸을 일으켜서는 수검을 향해 덤벼들었다. 그 집념만은 대단했지만 수검을 당해내기에는 역부족이었다.
"이것들 봐라? 한 대 가지고는 모자란다 이거지!"
푸악, 푸악, 푸악, 푸악!
수검은 인정사정없이 주먹을 휘둘렀다. 비명도 지르지 못하고 사내들은 줄줄이 나가떨어졌다. 큰대 자로 완전히 뻗어버린 모습은 쉽게 정신을 차리기는 힘들어 보였다.
"별것도 아닌 것들이……"
툭툭툭.
수검은 옷에 묻은 먼지를 털어내고는 젊은 여인을 향해 다가갔다.
"괜찮으십니까, 아가씨?"
그녀는 여전히 의미가 불분명한 미소만 지을 뿐이었다. 수검은 긍정적인 의미라 판단하고 계속 말을 이었다.
"제가 아가씨를 구해 드리긴 했지만, 감사는 제가 모시는 황 대인께 하셔야 합니다. 불의를 보고는 절대 참지 못하는 사내 중의 사내라고 할 수 있는 분이지요. 그렇다고 절대 우락부락하게 생기셨다는 말은 아닙니다. 그 부드럽고 자애로운 심성은 외유내강의 표본이라 해도 과언이 아닙니다. 한데, 마땅한 인연을 찾지 못했는지 아직 혼자인 몸이시지요. 죽자 사자 쫓아다니는 여인네들은 많았지만, 저희 황 대인께서 워낙에 여자를 돌같이 아시는 분이시라……"
수검이 한창 바람잡이를 하고 있는 그때, 수검을 쫓아온 황조령이 도착했다.

"수검아, 벌써 사고를 친 것이냐?"

"사, 사고라니요~?"

수검은 재빨리 황조령에게 다가갔다. 그리고는 그녀가 볼 수 없게 등으로 가리고는 작고 애절한 목소리로 말했다.

'이번에는 정말 대박입니다. 제발, 제발! 이번 한 번만 제 뜻에 따라주십시오. 이렇게 빌고 또 빌겠습니다.'

황조령의 마음이 약해졌다. 따지고 보면 이게 다 자신이 장가를 못 가서 생긴 일이었다.

"좋다, 이번 한 번은 그냥 넘어갔겠다."

"감사합니다, 감사합니다."

"이번 한 번뿐이다."

"물론이지요, 물론이지요. 그런데… 이왕 선심을 쓰긴 김에 한 가지만 더……."

수검은 간절히 원하는 표정으로 손가락 하나를 펴 손을 연신 흔들었다. 이번에도 거부하긴 힘들었다.

"무슨 일인데 그러느냐?"

"아주 간단합니다. 그냥 제 뒤의 아가씨에게 괜찮으냐고 딱 한 마디만 말해주시면 됩니다요."

"정말 그뿐이냐?"

"예, 물론이지요."

"알겠다. 내 그리하마."

황조령이 허락하는 순간, 수검은 속으로 엄청난 쾌재를 불렸다. 황조령 또한 사내 아니던가? 젊은 여인의 환상적인 자태와 얼굴을 보면 마음이 동할 것이라는 자신감이었다.

수검의 꼼수를 눈치채진 못한 황조령이 젊은 여인을 향해 다가갔다. 그녀는 여전히 뒤돌아서서 먼 하늘만 응시하고 있기에 뒷모습밖에 보이지 않았다.

"이보시오, 낭자?"

황조령은 수검의 부탁대로 그녀를 불렀다. 이에 먼 하늘을 응시하고 있던 여인이 찬찬히 고개를 돌렸는데…….

"……!"

그 어떤 상황에도 평정심을 잃지 않던 황조령이 완전히 굳었다. 수검은 얼씨구나 쾌재를 불렀다. 그의 꼼수가 통했다고 판단했지만 엄청난 착각이었다.

과장스럽게 놀란 표정을 지으며 그녀가 하는 말은 그야말로 충격적이었다.

"어머나, 형부~?"

"뜨악~!"

순간, 수검 또한 경악했다.

지금 현재 황조령을 형부라고 부를 수 있는 여인은 단 한 명밖에 없었다.

비독문의 차녀인 백화선이었다.

한데 그녀에겐 소마녀(小魔女)란 별명이 붙어 있었다. 장남인 백도일의 잔인성을 능가하여 포로에게 독을 실험하는 등, 그녀에게는 황조령도 두 손 두 발 다 들었다.

수검 또한 백화선에게 실험을 당할 뻔한 안 좋은 기억이 있어서 그녀라면 진저리를 쳤다.
　너무도 몰라보게 예뻐져서 수검이 못 알아보았던 것이다.

　　　　　　　　　　　　　　『혼사행』 3권에 계속…

Book Publishing CHUNGEORAM

마계 연대기
대공

김광수
퓨전 판타지 소설

"여기가 마계라굽쇼!"

모태솔로의 저주를 풀기 위하여 눈물겨운 투쟁을 벌이는 강찬우.
벼락 맞고 갑자기 소환된 마계에서 만난 최상급 마족 미소녀
세를리아의 소환수 1호가 되어 벌이는 좌충우돌 대서사시.
그 누구도 깨닫지 못한 고대 마법의 힘을 얻어 마계와 중간계,
천계와 환수계, 정령계를 넘나들기 시작하는데……

행복 꽃사슴 농장 농장주가 되기를 소박하게 꿈꾸는 강찬우.
신들의 비밀을 파헤치고 앞을 막아서는 모든 것들에 강철주먹을 날리며
대륙의 지존영웅이 되어간다.
천상천하 유아독존 마계대공이라는 이름으로……

유행이 아닌 자유추구 -
WWW.chungeoram.com
Book Publishing CHUNGEORAM

Book Publishing CHUNGEORAM

Dynamic island on-line

D·I·O
박건 게임 판타지 소설
디오

백경(1,000,000,000,000,000,000)
그것은 천문학적인 경우의 수로 태어나는 [돌연변이적 천재].
있을 수 없는 가능성에서만 일어나는 [확률의 기적]. 그러나 그 대상은…….

"형! 미공개 신대륙에 들어간 유저가 있어요!" "뭐? 아직 비공정은 만들지도 않았는데 어떻게?"
"그, 그게 헤엄쳐……." "뭐라?"

제약이 사라진 세계. 점점 물질계에 관여하기 시작한 신과 초월자들
혼돈스러운 와중 정체불명의 존재들은 게임이라는 시스템을 이용한
무력 집단을 만들기 시작하는데……

"그럼 이젠 어딜 가볼까?" [렙업 좀 해…….]

복장은 마법사! 특기는 무공!
그러나 오늘도 그는 물에 몸을 던진다.

유행이 아닌 자유추구 -
WWW.chungeoram.com
Book Publishing CHUNGEORAM

일류 新무협 판타지 소설

天山魔帝
천산마제

내일을 기약할 수 없는 땅, 천산.
소녀로부터 은자 한 닢의 빚을 진 소년 용악.
청년이 된 용악은 천산의 하늘이 된다.

하늘을 가르고 땅을 뒤엎는다!
한 호흡에 만 개의 벽(壁)!!
지금껏 내게 이빨을 드러낸 것들은 모두 죽었다.

은자 한 닢의 빚을 갚으며 시작된
십천좌과의 승부.
오너라! 천산의 제왕, 천산마제가 여기 있다!

유행이 아닌 자유추구 -
WWW.chungeoram.com
Book Publishing CHUNGEORAM